Dennis Ehrhardt

Sonderberg und Co. und der Tote im Rhein

Dennis Ehrhardt, 1974 in Buchholz in der Nordheide geboren, absolvierte ein Mathematikstudium, bevor er sich als Schriftsteller, Hörspielmacher und Verleger selbstständig machte. Die *Sonderberg & Co.*-Reihe wird unter seiner Regie als Hörspielbearbeitung verwirklicht – mit Jan-Gregor Kremp in der Rolle des Dr. Friedrich Sonderberg. Die ersten drei Folgen erscheinen im März 2011 bei Zaubermond Audio.

Weitere Informationen:
www.dennis-ehrhardt.de
www.sonderbergundco.de

Bereits als Buch im Droste Verlag erschienen:
Sonderberg und Co. und der Mord auf Schloss Jägerhof

Dennis Ehrhardt

Sonderberg und Co. und der Tote im Rhein

Droste Verlag

Bibliografische Informationen der Deutschen Nationalbibliothek
Die Deutsche Nationalbibliothek verzeichnet diese Publikation
in der Deutschen Nationalbibliografie; detaillierte bibliografische Daten
sind im Internet über http://dnb.d-nb.de abrufbar.

Die Veröffentlichung dieses Werks erfolgt auf Vermittlung
der Autoren- und Verlagsagentur Peter Molden, Köln.
Umschlaggestaltung: Guido Klütsch, Köln, unter Verwendung
eines Fotos von Thomas Schmitt/buchcover.com;
Münzabbildung akg-images gmbh
Satz: TypoForum GmbH, Seelbach
Druck und Bindung: CPI – Clausen & Bosse, Leck
ISBN 978-3-7700-1387-6

www.drosteverlag.de

Kapitel 1

in dem am Rheinufer in Oberkassel,
in einer Winternacht nahe der Schiffsbrücke,
eine Spur im Schnee entsteht

Es war, als ob die Stadt leuchtete.

Rechts und links verschwand der Rhein hinter einem dichten Schneevorhang, aber im Osten, am anderen Ufer, glommen die Umrisse von Düsseldorf märchenhaft wie eine Reihe von Polarlichtern, die einzig durch ein schmales Band, die Schiffsbrücke nach Oberkassel, mit der Realität verbunden waren.

Wilfried Kerckhoven stellte den Kragen auf und vergrub die Hände in den Manteltaschen. Schneeflocken klebten an seinen Wimpern, schmolzen auf den Wangen, und der Atem kondensierte vor seinem Gesicht. Er stand am Oberkasseler Ufer. Der Rhein war bereits zugefroren. Nur in der Mitte kündete eine dünne Fahrspur von den Schiffen, die in der Vorweihnachtszeit auf dem Strom verkehrten.

»Und, Herr Kerckhoven? Haben Sie sich unseren Vorschlag überlegt?«

Kerckhoven drehte sich nur halb um und musterte die Gestalt, die ihn nach Oberkassel begleitet hatte, aus dem Augenwinkel. Sie war mittelgroß, aber unter dem Wintermantel zeichneten sich breite Schultern ab. Das Gesicht verschwand unter der Hutkrempe, die tief in die Stirn gezogen war.

Kerckhoven blickte wieder auf die Schiffsbrücke. Er stellte sich vor, wie die schwimmende Brücke durch eine mächtige und breite Stahlbrücke ersetzt wurde. Einen festen Übergang, der Düsseldorf mit Oberkassel verband. Er stellte sich vor, wie er dem Oberbürgermeister das Gutachten überreichte, das diese Veränderung einleitete.

Übermorgen. Das war der Tag, von dem an es kein Zurück mehr geben würde. Die Zukunft lag offen vor den Düsseldorfern. Sie brauchten nur noch zuzugreifen.

»Und?«, ertönte es ungeduldig hinter ihm.

Kerckhoven hatte gar nicht richtig zugehört. Er zückte die Taschenuhr. Kurz nach sechs. Es war Zeit, den Heimweg anzutreten. Er fragte sich sowieso schon, weshalb er sich überhaupt auf die Verabredung eingelassen hatte.

Maria wartete bestimmt schon auf ihn. Maria, die immer so fordernd war. Morgen wollte er sich ihr erklären, genauso wie er sich Greta erklären wollte – Maria und Greta, die beide so reinen Herzens waren und zwischen denen er sich dennoch zerrieben fühlte wie von einem Mühlstein! Er würde ihnen seine Gründe darlegen, denn er hatte sich vorgenommen, Düsseldorf mit einem reinen Gewissen zu verlassen. Nichts sollte offen bleiben.

»Herr Kerckhoven, ich möchte Sie nur ungern unter Druck setzen, aber …«

Kerckhoven lächelte schmallippig. »Ich weiß Ihre Geduld zu schätzen – und auch Ihre Versuche, mich umzustimmen. Aber leider, leider, muss ich Ihnen sagen, Herr …«

»Bitte, nur eine einfache Antwort. Ja oder nein.«

»Die Antwort ist nein.«

Die Gestalt hob den Kopf, sodass Kerckhoven einen Blick auf die eisgrauen Augen erhaschen konnte. »Sind Sie da ganz sicher?«

Kerckhoven runzelte die Stirn. »Natürlich bin ich sicher! Ich habe mir während der vergangenen Monate über nichts anderes den Kopf zer …«

»Dann sollten Sie sich das hier ansehen.« Kerckhovens Gegenüber griff in die Manteltasche und förderte ein ledernes Etui zutage, etwas größer als ein Briefumschlag. Er öffnete es und zog ein quadratisches Stück Papier heraus. Eine Fotografie.

»Was ist das?«

»Werfen Sie nur ruhig einen Blick darauf. Die Szene dürfte Ihnen bekannt vorkommen.«

Kerckhoven starrte auf das Foto. Schweißperlen rannen ihm von der Stirn und gefroren auf den Augenbrauen zu Eiskristallen. »Woher haben Sie das?«

»Das spielt doch keine Rolle. Wichtig ist nur, ob Sie Ihr Urteil noch einmal überdenken möchten.«

»Nichts überdenke ich!«, giftete Kerckhoven, aber sein Herz flatterte auf einmal, und ihm kam zum ersten Mal in den Sinn, dass es ein Fehler gewesen war, die Einladung zur Fahrt über die Brücke anzunehmen. »Ich möchte jetzt nach Hause. Meine Wirtin erwartet mich bereits.«

Die Gestalt lächelte wieder. »Das ist wirklich schade. Sehr schade.«

Unverschämter Kerl! Kerckhoven wollte etwas erwidern, am besten etwas Freches, Zackiges, das diesen Kerl in seine Schranken wies, aber seine Kehle war wie ausgetrocknet, die Zunge gelähmt – wie ein verdorrter Zweig, der leblos am Rachen klebte.

Der Mann im schwarzen Wintermantel hob die Hand. Etwas glitzerte darin. Schneeflocken auf einem Stein.

Kerckhovens Knie gaben nach. Flach atmend sank er zu Boden. »Bitte … bitte nicht …« Er dachte an die Brücke und an das Gutachten und an Maria und Greta und an die Wahrheit, die er ihnen verkünden wollte. Er hatte doch noch so viel vor. »Bitte nicht … Ich … Ich …«

»Ja?«

»Ich weiß etwas … Etwas, das Sie sehr interessieren wird … Es hat mit der Brücke zu tun … und mit den Spekulationen …«

Der Mann nickte. »Ich höre.«

Und Kerckhoven erzählte. Er sprach so hastig, dass Spucke von seinen Lippen spritzte. Seine Brust hob und senkte sich, während er schluckte und redete. Redete und schluckte.

»Das ist alles?«, fragte der Mann, als Kerckhoven geendet hatte.

»Mehr weiß ich nicht«, greinte der und dachte wieder an Greta und Maria. »Bitte, Sie müssen mir glauben! Das ist alles, was ich weiß!«

»Aber ich glaube Ihnen doch«, sagte die schwarze Gestalt und schlug zu.

Der Stein traf den Hinterkopf. Kerckhoven ächzte. Er schnappte noch einmal nach Luft, dann erlosch sein Bewusstsein, und wie ein Sack Erde fiel er in den Schnee.

Kapitel 2

in dem Dr. Sonderberg überraschend gesundet, einen unliebsamen Streit schlichtet und einen unbekannten Compagnon erhält

»Das falsche Schild?«

»Ja, das falsche Schild!«, entgegnete Minnie. Sie hatte die Hände in die Hüften gestemmt und wirkte trotz der Pantoffeln, die zentimetertief im Schneematsch versanken, wie eine indische Rachegöttin.

Der alte Mann auf dem Bürgersteig schürzte die Lippen und strich in hilfloser Zärtlichkeit über das Messingschild, das er gerade vor der Eingangstür angebracht hatte. »Aber Dr. Sonderberg hat mir doch selbst den Auftrag erteilt! Warten Sie, ich habe das Schreiben dabei!« Er eilte zu dem Pferdefuhrwerk, das er an der Straße abgestellt hatte. Der Gaul schnaubte ungeduldig. Die Ladefläche war mit einer Leinendecke bespannt. Der Alte schlug sie zur Seite, zog einen Koffer hervor und begann, darin zu kramen, während Schneeflocken auf seinen grauen Haarkranz herabschwebten.

»Ah, da ist es ja!«, rief er triumphierend, klappte den Koffer zu und kehrte mit einem Schriftstück in der Hand zu Minnie zurück. »Hier steht es. Ein Messingschild, zwanzig mal dreißig Zentimeter, schwarze Großbuchstaben, Lieferung zum heutigen Tage. Und ein Schild, das man bei Meister Tuffler bestellt, wird pünktlich geliefert, darauf können Sie sich verl…«

»Jetzt schreien Sie doch nicht so, Herr Tuffler! Sie wecken ihn ja noch auf.«

»Wen?«

»Dr. Sonderberg natürlich. Er ist nämlich krank. Sehr krank. Jawohl. Und er braucht Ruhe.«

»Aber wenn er mir versehentlich einen falschen Auftrag gegeben hat, sollten wir …«

Die Haustür wurde geöffnet. »Was ist denn hier los, Minnie?«, erkundigte sich Dr. Sonderberg. »Bei dem Lärm kann ja kein Mensch arbeiten.«

Minnie schob sich zwischen das Schild und Dr. Sonderberg. »Nein, sehen Sie nicht hin. Was für ein Malheur!«

»Malheur? Ich verstehe überhaupt nichts!«

Sie deutete auf Tuffler, der sich nachdenklich die Stirn kratzte. »Er hat das falsche Schild angebracht!«

»Das habe ich überhaupt nicht«, widersprach der alte Schildermacher und schüttelte ein Dutzend Schneeflocken aus dem Haar. »Ich habe genau das Schild angebracht, das Sie vor einer Woche bei mir bestellt haben, Dr. Sonderberg.«

»Ein Schild? Was für ein Schild?«

Tuffler wedelte mit dem Blatt Papier.

Dr. Sonderberg sezierte Minnie, die den Blick betreten abwandte.

»Zeigen Sie mal her.« Sonderberg schnappte sich das Papier. »Tatsächlich, hier steht es. Sonderberg, Detektei, Königsallee. Hm«, setzte er mit einem erneuten Blick auf Minnie hinzu, »na, dann hat doch alles seine Ordnung, würde ich sagen.«

»Nichts hat seine Ordnung«, unterbrach Minnie. »Er hat einen Zusatz angefügt.«

Sonderberg lugte über ihre Schulter hinweg auf das Messingschild. Seine Augenbrauen schnellten jäh in die Höhe, als er das Ende der Zeile erreicht hatte. »Tja, meine Assistentin hat recht. Auf dem Schild steht ›Sonderberg & Co.‹, das ist nicht korrekt. Ich habe keine Teilhaber.«

Tuffler streckte die Hand nach dem Papier aus. »Aber im Auftrag stand doch eindeutig … Warten Sie mal …« Er nahm Sonderberg das Blatt wieder aus der Hand und fuhr mit dem Finger darüber. »Hier steht es doch! Sehen Sie selbst!«

Sonderberg schüttelte den Kopf. »Wahrhaftig! Da steht es. Wer hat den Auftrag denn geschrieben?«

Minnie holte Luft. »Da steht nicht ›Sonderberg & Co.‹, sondern Sonderberg, *gezeichnet Cogner.* Das bin ich, Minnie Cogner.«

»Also haben Sie den Fehler gemacht!«, schnappte Tuffler.

»Ich habe überhaupt keinen ...«

»Minnie«, sagte Sonderberg mit derselben Vorsicht, mit der er ein Zündholz auf einem Pulverfass ausgedrückt hätte, »das ist aber Ihre Handschrift.«

»Natürlich ist das meine Handschrift! Weil ich das Schild in Auftrag gegeben habe. Aber das heißt noch lange nicht, dass ich ...«

»Na, ist ja auch egal.« Sonderberg wandte sich an Tuffler. »Können Sie nicht einfach ein neues Schild anfertigen – mit dem korrekten Namen? Die Kosten trage selbstverständlich ich.«

Der alte Schildermacher streckte den Oberkörper durch. »Sehr gern. Aber das kann dauern. Weihnachten steht vor der Tür, und ich habe eine Menge Aufträge – und ich kann schließlich nichts dafür, wenn Ihre Gehilfin ...«

»Assistentin«, schnappte Minnie.

»... wenn Ihre Assistentin ...«

»Ja, ja, ist ja schon gut«, sagte Sonderberg. »Dann lassen Sie das Schild hier eben so lange hängen. Und wenn Sie das neue fertig haben, tauschen Sie es einfach aus.«

»Wie Sie wollen«, entgegnete Tuffler beleidigt und packte sein Werkzeug zusammen.

Sonderberg wandte sich an Minnie. »Und Sie kommen endlich rein. Wenn wir noch länger hier draußen rumstehen, kriege ich wirklich noch eine Erkältung.«

Kapitel 3

in dem Minnie ein Geheimrezept empfiehlt,
mit dem Staubwedel droht
und von einem Mord berichtet

Je näher Weihnachten rückte, desto schlechter wurde Minnies Stimmung.

Das war ein Grundsatz, ähnlich wie ein mathematisches Axiom, das man weder beweisen noch widerlegen, sondern höchstens beobachten konnte. Dr. Friedrich Sonderberg – seines Zeichens der berühmteste, weil einzige Meisterdetektiv von ganz Düsseldorf – hatte Minnies schlechte Laune aus nächster Nähe beobachten können. Zum Beispiel während sie die Blumen auf der Bank vor dem großen Panoramafenster totgoss, das auf den Garten hinter der Detektei führte. Oder während sie sich ungeduldig einen Mantel überwarf, vor die Haustür trat und mit der Zeitung in der Hand und einem grimmigen Blick im Gesicht wieder zurückkehrte. Oder während sie mit einem Staubwedel über die Bücher in den Regalen vor Sonderbergs Schreibtisch fegte und sie danach, wie üblich, in falscher Reihenfolge wieder einsortierte.

»Halt«, sagte er heute endlich und stand auf, wobei sich der Raum vor seinen Augen zu drehen schien und er um ein Haar wieder auf den Sessel hinter dem großen Eichenholzschreibtisch zurückgeplumpst wäre. Er fasste sich an die Stirn und war überrascht, dass sie nicht auf die Größe eines Heißluftballons angeschwollen war, denn genau so fühlte sie sich an. Und die Stirnhöhlen erst. Und die Nase. Alles zugeschwollen.

»Was ist denn, Dr. Sonderberg?«

»Die Bücher«, näselte er und deutete auf die ›Abhandlung über die

Verbreitung seltener Spinnenarten zwischen Elsass und Thüringen‹ in Minnies Hand. »Sie müssen sie richtig wieder zurückstellen, wenn Sie sie abgewischt haben. In der richtigen Reihenfolge.«

»Aber das tue ich doch.«

»Nein. Sie sind total durcheinander.«

Minnies Blick wurde noch grimmiger. »Das waren sie vorher. Jetzt stehen sie genau richtig, absteigend nach Größe sortiert, sodass man gut drüberwischen kann.«

»Oh Gott«, seufzte Sonderberg und hielt sich die Stirn. »Sind Sie etwa immer noch sauer wegen des Schildes? Das kann doch jedem passieren.«

Minnie bearbeitete mit zusammengekniffenen Lippen weiter das Bücherregal.

»Ich kann ja noch mal mit Herrn Tuffler reden, Minnie. Vielleicht gibt er uns einen Rabatt.«

»Sie sollten sich hören, Dr. Sonderberg.«

»Wieso? Ich finde, ein Rabatt wäre …«

»Ihre Stimme! Mit einer solchen Erkältung gehören Sie nicht an den Schreibtisch, sondern ins Bett.« Sie drehte sich um. »Wissen Sie was? Ich werde Ihnen sofort eine heiße Milch mit Honig kochen.«

»Unterstehen Sie sich! Wo ist mein Mokka?«

»Sehen Sie, genau das meine ich. Sie ernähren sich ungesund. Das muss sich ändern.«

»Seit wann ist Mokka ungesund?«

»Und Sie hören nicht auf Leute, die es gut mit Ihnen meinen.«

»Ludwig van Beethoven hat jeden Tag sechzig Mokkabohnen abgezählt, um sich daraus seinen Kaffee zu brauen.«

»Und er ist taub an der Wassersucht gestorben!«

»Sie *sind* sauer«, stellte er fest. »Wegen des Schildes.«

Sie machte eine wegwerfende Handbewegung – so wegwerfend, dass die ›Abhandlung über die Verbreitung seltener Spinnenarten zwischen Elsass und Thüringen‹ um ein Haar durch das Panoramafenster gesegelt wäre. »Ich bitte Sie, Dr. Sonderberg! Wen interessiert schon dieses unglückliche Schild. Vielleicht sollten wir es sogar hängen lassen. ›Sonderberg & Co.‹, das klingt doch wirklich gut. Das klingt groß, wenn Sie mich fragen, nach einer wirklich großen Detektei.«

»Dies ist aber keine große Detektei.«

»Und genau das sollten Sie sich mal durch den Kopf gehen lassen. Das wäre nämlich überhaupt nicht so schlecht, finde ich. Sie könnten jemanden gebrauchen, der Sie vertritt, zum Beispiel, wenn Sie krank sind.«

»Ich bin nicht krank.«

»Sie brauchen mir gegenüber nicht den Helden zu spielen. Sie werden sehen, nach einer Tasse Milch fühlen Sie sich wie neugeboren.«

»Ich hasse Milch ...«

»Im Kaffee schmeckt sie Ihnen doch immer ganz hervorragend. Übrigens, haben Sie schon von dem Mord gelesen?«

»Ein Mord? Wo denn?«

»In der Zeitung.«

»Ein Mord in der Zeitung? Wie das?«

»Ach, papperlapapp. Ich meine diese Leiche, die man auf der Oberkasseler Seite im Eis gefunden hat. Schreckliche Sache.«

»Minnie. Sie haben die Zeitung gerade erst reingeholt. Wie soll ich dann schon davon gelesen haben?«

»Das wäre ein Fall für Sie. Wie gemalt. Ein Mann ist im Rhein gefunden worden. Im Eis eingebrochen und erfroren.«

»Das hört sich aber nicht nach einem Mord an.«

»Und niemand weiß, wie das passieren konnte – oder was er da drüben gesucht hat. Aus Oberkassel kommt er jedenfalls nicht. Vielleicht weiß Inspektor van den Beeck schon mehr über den Fall. Sie sollten ihn fragen.« Sie tippte sich ans Kinn. »Wenn Sie wieder gesund sind, heißt das. In diesem Zustand kann ich Sie natürlich nicht auf die Straße lassen, um ...«

»Minnie?«

»Ja?«

»Geben Sie mir bitte mal die Zeitung.«

Kapitel 4

in dem Minnie eine unangenehme Frau beobachtet, einen noch unangenehmeren Besucher empfängt und sich ein rätselhafter Fall ankündigt

Minnie verstaute den Staubwedel im Küchenschrank und setzte die Milch auf. Die Lippen mürrisch zu einem Strich zusammengepresst, kehrte sie an ihren Arbeitsplatz zurück und begann, die Bücher zu ordnen und zu katalogisieren, die bisher wahllos auf Hockern und Schemeln im Eingangszimmer gestanden hatten.

Was darunter nur für krudes Zeug zu finden war! Bücher über Kriminalstatistiken natürlich, über aufsehenerregende Ermittlungserfolge und rätselhafte Kriminalfälle. Das konnte sie immerhin noch verstehen. Das war ja Dienstlektüre, sozusagen. Aber diese Abhandlungen über verschiedene Insektenarten zum Beispiel, die Sonderberg offenbar bloß zum Spaß sammelte, die waren Minnie sehr lästig. Oder die entsprechenden Abbildungen, die er selbst gezeichnet und in Dutzenden Ledermappen verstaut hatte. Die Mappen waren so groß, dass sie in kein Regal passten, weshalb Sonderberg sie der Einfachheit halber auf dem Boden oder auf einem Stuhl gestapelt hatte – und zwar meist dort, wo er gerade ging oder stand.

Dabei hatte sie ja längst akzeptiert, dass er auf Ordnung wenig Wert legte. Aber er wollte die Bände doch wiederfinden, wenn er sie benötigte!

Vor dem Fenster, auf der winterlichen Königsallee, trieben Kutscher und Droschkenführer ihre Fuhrwerke vorüber, hetzten Dienstmägde und Knechte vor dem Grundstück der Detektei entlang. Es herrschte eine Betriebsamkeit, wie sie für vorweihnachtliche Tage typisch war, in denen jeder noch eben einen Laib Brot einkaufen, das

Festessen vorbereiten oder ein einträgliches Geschäft abschließen wollte. Offenbar gingen die meisten Menschen davon aus, dass die Welt am 24. Dezember aufhörte zu existieren.

Auf dem Nebengrundstück krachte die Haustür ins Schloss. Minnie beobachtete, wie die aufgetakelte Frau Rosenke, die mit Dr. Sonderberg im Erdgeschoss praktisch Tür an Tür wohnte, mit wehenden Röcken auf die Straße stürzte und eine Kutsche zum Stehen brachte. In ihrer Begleitung befand sich einer jener jungen Männer, die Minnie in letzter Zeit des Öfteren im Nachbarhaus ein- und ausgehen sah. Diese Männer waren meist kräftig, blond und nicht über fünfundzwanzig Jahre alt. Und sie waren Künstler. Jedenfalls nannten sie sich so. Unstrittig war meist nur, dass sie sich im Dunstkreis des Malkastens bewegten, einer Künstlervereinigung, die Frau Rosenke mit großzügigen Spendengeldern unterstützte.

Minnie fragte sich, ob ihr Ehemann von den Männerbesuchen wohl etwas mitbekam. Er hielt sich ja tagein, tagaus in der Seifenfabrik in Oberbilk auf, die er aufgebaut hatte und die ihm saftige Gewinne einbrachte. Und Minnie fragte sich weiter, ob er, wenn er spät abends nach Hause kam, wohl noch Zeit fand, sich darüber Gedanken zu machen, wofür seine Frau das Geld ausgab, das er ihr so überreichlich zur Verfügung stellte.

Frau Rosenke scheuchte den jungen Maler in die Kutsche, nicht ohne noch einen grimmigen Blick zu Minnies Fenster herüberzuwerfen. Sie war Minnie schon früher, als diese noch als Dienstbotin in ihrem Haushalt gearbeitet hatte, mit kühler Distanz begegnet. Vor drei Monaten aber hatte Minnie die Stelle gekündigt, um Dr. Sonderberg in der Detektei zu unterstützen, und seitdem hatte sich die herbstliche Kühle in einen sibirischen Winter verwandelt. Einer Frau wie Eva Rosenke kündigte man nicht so einfach. Man wurde höchstens von ihr hinausgeworfen.

Minnie fand jedenfalls, dass sie eine gute Wahl getroffen hatte. Die Arbeit in der Detektei war viel aufregender als die Botengänge und das wöchentliche Wäschewaschen für die Rosenkes, und wenn es Dr. Sonderberg wieder einmal gelang, einen Gauner zu überführen, wurde Minnie zudem von der Gewissheit durchströmt, dass ihre Arbeit einen wichtigen Zweck erfüllte – wichtiger jedenfalls, als einen zusätzlichen Korb Wäsche für Frau Rosenke zu waschen, während diese ihrem Ehemann Hörner aufsetzte.

Allerdings war da immer noch die Sache mit der Anzeige.

Minnie hatte schon seit Tagen nach einem günstigen Zeitpunkt gesucht, um Dr. Sonderberg davon zu erzählen. Eigentlich wollte sie es spätestens heute Morgen tun, bevor er die Zeitung selbst in die Hände bekam, denn Dr. Friedrich Sonderberg verfügte über das detektivische Talent, unter den Dutzenden von Anzeigen auf einen Blick diejenige zu entdecken, die für ihn von Wichtigkeit war. Aber da seine Laune an diesem Morgen zum wiederholten Male entsetzlich war – was offenbar an der Erkältung lag, die er sich eingefangen hatte und die er konsequent leugnete –, hatte sie es wieder nicht über sich gebracht, ihm zu beichten, was sie getan hatte. Und wenn er jetzt …

Ein Schatten fiel auf das Fenster neben der Haustür. Kurz darauf vernahm Minnie schwere Schritte, und jemand klopfte an die Eingangstür der Detektei.

Minnie öffnete.

Im Rahmen erschien ein kräftiger Mann mit schulterlangem blonden Haar, der in seiner Statur dem Jüngling in Begleitung von Frau Rosenke glich. Dieser Mann hier hatte jedoch etwas Grobes und Ungeschlachtes an sich, das ihn nicht gerade wie einen Künstler wirken ließ. Vielleicht waren es die großen Hände oder die Geiernase oder die arrogant herabhängenden Augenlider, unter denen hervor er sie mit einem verächtlichen Blick musterte. Minnie schätzte ihn auf höchstens 22 Jahre. Was sie dagegen überhaupt nicht schätzte, waren die kniehohen schwarzen Reitstiefel, die er wie ein Dandy über der braunen Lederhose trug und an deren Sohlen zentimeterdicker Schneematsch klebte.

»Guten Tag?«

»Guten Tag! Ist Dr. Sonderberg da?«

»Und wer sind Sie, wenn ich fragen darf?«

»Johannes Steckler«, stellte er sich vor, während er an ihr vorbei mit langen Schritten den Raum durchmaß und sich auf dem Empfangssessel vor dem Schreibtisch niederließ, den Minnie kürzlich günstig aus einem Nachlass in Derendorf erstanden hatte. »Was ist nun mit Dr. Sonderberg? Ist er da?«

Minnie fiel es schwer, den Blick von den Schuhen zu lösen, die eine feuchte Spur von der Tür bis zu ihrem Schreibtisch hinterlassen hatten. Sie fasste das Gesicht des Fremden ins Auge. Der ungepflegte Vollbart wurde von fleischigen Lippen geteilt, zwischen denen dunkelgelbe Zahnstümpfe hervorschauten. Die Augen lagen ungewöhnlich tief in den Höhlen, als wollten sie sich hinter den herunterhängenden Lidern verstecken. So ein Mensch konnte nie und nimmer eine ehrliche Haut sein!

»Sehr erfreut, Herr Steckler. Ich nehme an, Sie kommen wegen der Anzeige. Aber wir haben schon einen Kutscher gefunden. Einen, der, äh, mit Verlaub, etwas besser gekleidet ist als Sie …«

»Ich hab keine Zeit für dummes Geschwätz. Ist Sonderberg da oder nicht?«

Minne setzte sich und legte die Hände flach auf den Tisch, was ihre übliche Methode war, um Kraft und Geduld zu schöpfen, wenn sie es mit unhöflichen Menschen zu tun hatte. »Sie sind also nicht wegen der Anzeige hier?«

»Was für 'ne Anzeige?«

»In diesem Fall wäre es sehr freundlich, wenn Sie mir mitteilten, in welcher Angelegenheit Sie Dr. Sonderberg zu sprechen wünschen, Herr Steckler.«

Johannes Steckler legte die Fäuste auf den Tisch und lehnte sich vor. »Wenn Sonderberg nicht da ist, hinterlassen Sie ihm gefälligst eine Nachricht. Mein Herr erwartet ihn. Franz Fuchs. Sagen Sie ihm das. Um elf auf der Brücke.«

»Tut mir leid, aber Dr. Sonderberg kann zurzeit keine Termine vereinbaren. Er ist krank.«

»Na, dann kann ja vielleicht sein Kompagnon helfen. Steht ja draußen dran. ›Sonderberg & Co‹. Schicken Sie eben den. Mir egal, wer kommt – solange er was taugt, verstehen Sie?« Stecklers Oberkörper schwang zurück. Er sprang auf und ging zur Tür, eine zweite Spur aus Schneematsch zurücklassend. »Wonach stinkt das hier eigentlich so? Ist das angebrannte Milch? Na, ist ja egal. Sagen Sie ihm auf jeden Fall, dass er gefälligst pünktlich sein soll, verstanden!«

Die Tür knallte ins Schloss.

Minnie atmete einmal tief ein. Und wieder aus.

Dann sprang sie auf und rannte in die Küche.

Eine Viertelstunde später erschien Dr. Sonderberg in der Zwischentür, als Minnie gerade den Wischmopp über einem Eimer Wasser auswrang.

»Was machen Sie da? Und wieso stinkt es hier so? Ist das verbrannte Milch?«

»Ich wische den Dreck weg, den dieser ungehobelte Kerl hinterlassen hat, sehen Sie das nicht? Wenn Sie mir unbedingt dabei zusehen möchten …«

Sonderberg nieste und zog ein Taschentuch hervor. »Wer war das denn?«

»Ein Flegel.«

»Das dachte ich mir schon. Aber vielleicht hat der Flegel ja auch einen Namen.«

»Stecker«, ächzte Minnie. »Oder Steckler. Oder so ähnlich. Haben Sie schon mal überlegt, einen Fußabtreter zu kaufen? Das würde viel Arbeit sparen.«

»Und was wollte er?«

»Weiß ich nicht.«

»Sie wissen nicht, wie der Mann hieß, und Sie wissen auch nicht, was er wollte?«

Minnie knallte den Mopp in den Eimer, dass das Wasser emporspritzte. »Er hat es ja nicht gesagt! Weil er sich zu fein war, mit mir zu reden. Also hat er ein Treffen vereinbart. Mit Ihnen. Um elf auf der Brücke.«

»Um elf?« Sonderberg nestelte an seiner Taschenuhr. »Ach je. Das ist ja schon in einer halben Stunde. Auf welcher Brücke denn?«

»Auf der Schiffsbrücke natürlich. Nehme ich an.«

»Na, das muss ja ein herzliches Gespräch gewesen sein!«

»Spielt keine Rolle. Sie werden sowieso nicht hingehen.«

»Ach, und warum nicht?«

»Sie sind krank.« Minnie kippte den Eimer vor der Tür aus und stellte ihn zusammen mit dem Lappen zurück in den Küchenschrank. Sonderberg war ihr in die Küche gefolgt und beobachtete, wie sie einen Topf ausspülte und die verbrannte Milch vom Emailleboden kratzte. Mürrisch setzte sie neue auf.

Sonderberg rieb sich das Kinn. »Wieso will der Mann sich mit mir auf der Schiffsbrücke treffen? Er hätte mir doch ebenso gut hier sagen können, was er von mir will.«

»Es geht wohl nicht um ihn, sondern um seinen Herrn. Ich habe mir den Namen nicht gemerkt. Ach, doch. Franz Fuchs. So einen Namen kann man ja gar nicht wieder vergessen.«

»Das nächste Mal schicken Sie ihn bitte zu mir durch. Sie wissen, dass wir dringend Klienten brauchen. Ich weiß nicht mal, wovon ich das Firmenschild bezahlen soll, das Sie uns so großzügig spendiert haben.«

»Dafür habe ich bereits Geld zurückgelegt. Es liegt in der Schublade in Ihrem Schreibtisch. Da, wo sich die Kasse befindet.«

»Ah, Sie sind ein Schatz, Minnie. Trotzdem will dieses Geld erst mal verdient werden. Es wird mir also nichts anderes übrig bleiben, als diesen Herrn Fuchs auf der Brücke zu treffen.«

Sie schlug mit dem Löffel auf den Topfdeckel. »Ich diskutiere das nicht mehr. Sie bleiben hier und trinken endlich Ihre heiße Milch mit Honig! Drei Tassen. Jeweils eine am Morgen, am Mittag und am Abend. Sonst werden Sie überhaupt nicht mehr gesund.«

»Aber …«

»Und zu dem Treffen auf der Schiffsbrücke werden wir Ihren Kompagnon schicken.«

»Mein Kompagnon? Wer soll das denn sein?«

»Ich stelle den Topf auf kleine Flamme. Dann können Sie sich jederzeit etwas nachschütten. Aber achten Sie darauf, dass die Milch nicht überkocht, während ich weg bin.«

»Während Sie weg sind? Wo wollen Sie denn hin?«

Sie stapfte an ihm vorbei zur Garderobe, schlüpfte in ihren Mantel und kramte die roten Handschuhe und die dazu passende Wollmütze hervor. Im Hinausgehen setzte sie noch hinzu: »Es ist ja nur zu Ihrem Besten. Sobald Sie wieder auf den Beinen sind, werde ich Sie natürlich sofort informieren, was das Gespräch mit diesem Unhold Steckler ergeben hat.«

»Aber ich hasse Milch!«, rief Sonderberg ihr hinterher.

Doch da war Minnie bereits aus der Tür.

Kapitel 5

in dem Minnie zwei zwielichtigen Gesellen begegnet, einen noch zwielichtigeren Fall übertragen bekommt und erfährt, dass der Rhein zugeschüttet werden soll

Minnie nahm den Weg über die Bolkerstraße. Die Häuserfassaden waren handbreit mit Schnee bedeckt und wirkten unter dem leuchtend blauen Himmel wie riesenhaftes Zuckergebäck. Vom Ostende aus erschien die Straße wie ein surrealer Tunnel, mit dem Marktplatz, auf dem bis vor ein paar Jahren noch die Säulen des Immermann-Theaters gestanden hatten, als Fluchtpunkt.

Die Bolkerstraße schien sich bei jedem Besuch weiter zu verändern. Immer mehr Geschäftsinhaber entschlossen sich, die Ladenfassade im Erdgeschoss aufzubrechen, um Schaufenster einzurichten – nur vereinzelt fanden sich noch Spuren der Überschwemmung, die die Altstadt 1882 komplett unter Wasser gesetzt und die Gasse in einen venezianischen Kanal verwandelt hatte.

Minnie erinnerte sich noch gut an die Bilder. Die Bewohner hatten sich auf den Kopfsteinpflasterwölbungen in der Mitte der Straße gesammelt wie auf einer Insel, um über das Unglück zu debattieren. Minnie hatte damals zusammen mit Herrn Rosenke den ganzen Tag lang die Garderobe, die Wohnzimmerbestuhlung, die Vitrinen, das zugehörige Bücherregal und das Küchengeschirr der Rosenkes nach oben in ihre Mansardenwohnung geschleppt. Frau Rosenke hatte vom Treppenhaus aus jeden ihrer Schritte mit lautstarken Anweisungen kommentiert. Sie waren gerade fertig, als die Behörden Entwarnung gaben: Der Wasserspiegel sinke wieder. Und prompt bestand Frau Rosenke darauf, das Interieur wieder nach unten zu bringen, und zwar noch am selben Tag, bitte schön, wenigstens die Vitrinen und den Bücherschrank. Für den nächsten Tag hatte sich nämlich ein Galerist aus Berlin angekündigt, der über Eva Rosenke einige Künstler des Malkastens kennenlernen wollte. Sie hatte sich in ihrer Wohnung mit ihm verabredet, um ihm in aller Ruhe die Rolle der wohlwollenden Stifterin vorspielen zu können. Das war natürlich nur Minnies Vermutung, aber in solchen Dingen besaß sie eine sehr gute Nase.

Natürlich hatte der Galerist wegen der Überflutung abgesagt, aber weil das Wasser auch in das Telegraphenamt eingedrungen war und einen Kurzschluss ausgelöst hatte, glaubte Frau Rosenke bis zuletzt an ihr Glück und beschloss erst am Sonntagabend, nachdem sie ihren Mann und Minnie den ganzen Tag lang mit Vorwürfen überschüttet hatte, ihre schlechte Laune in einer Flasche Burgunder zu ertränken. Auf dem Weg ins Bett stolperte sie in die Vitrine, die immer noch im Flur stand, woraufhin sie ihren Mann und Minnie ankeifte, das sei wohl Absicht gewesen, damit sie sich in den Scherben auch noch die Pulsadern aufschlitze. In jener Nacht hatte Minnie das Gefühl, unter einem Mühlstein zu schlafen. Am nächsten Morgen erwachte sie mit reißenden Kreuzschmerzen, und zum ersten Mal keimte die Idee in ihr auf, dass es noch andere Haushalte gab, in denen eine Dienstbotin gebraucht werden mochte.

Auf dem Marktplatz am Ende der Bolkerstraße herrschte buntes Treiben. Die Kutschen bildeten eine Schlange bis zur ehemaligen kurfürstlichen Kanzlei, und überall eilten Dienstbotinnen durch den Matsch, während ein paar Kinder unter dem schneebedeckten Bronzehaupt Jan Wellems eine Schneeballschlacht veranstalteten. Vor dem Theater saß ein Bettler und streckte bibbernd die Hände aus. Minnie gab ihm einen Groschen, den sie noch in der Tasche hatte, und bog in die Zollstraße ein.

Während der Marktplatz von Leben erfüllt war, fand sie sich nach Durchschreiten des Zolltores unvermittelt inmitten winterlicher Stille wieder. Es war, als hätte sie das Tor in eine unheimliche, jenseitige Welt durchschritten: Die Brücke nach Oberkassel war menschenleer. Die Pontons, die das Brückengestell trugen, schwankten nicht wie sonst unter dem Einfluss der Wellen, sondern waren – starr wie der ehrwürdige Jan Wellem – in die Eisdecke gebettet, die den Rhein überzog. Die dünnen, schneckenförmigen Spitzen der Laternenpfähle längsseits des Brückengeländers waren von Schnee bedeckt. Nur in der Mitte des Flusses war eine dünne Fahrrinne frei geblieben, in der, kaum sichtbar hinter einem Vorhang aus wirbelnden Flocken, zersplitterte Eisschollen trieben.

Minnie schirmte die Augen mit der Hand ab. Tatsächlich. Auf der Brücke näherte sich, von der Oberkasseler Seite kommend, eine einsame Gestalt. Franz Fuchs konnte es jedenfalls nicht sein, da es sich um ein junges Mädchen handelte, das zwei abgedeckte Körbe an den Armen trug. Das Gesicht gesenkt, stapfte es gegen den Schneevorhang an.

Armes Ding, dachte Minnie und zog selbst fröstelnd die Schultern zusammen. Die Glocke von St. Lambertus schlug gerade zur elften Stunde. Wo blieb bloß dieser Fuchs? Minnie beschloss, höchstens noch fünf Minuten zu warten.

Vom Marktplatz her näherte sich in rasender Fahrt eine Kutsche. Auf dem Bock saß eine kräftige Gestalt mit einem tief in die Stirn gezogenen Schlapphut und einem Schal um den Hals, der noch das halbe Gesicht verdeckte. Die Geiernase darüber war trotzdem nicht zu verkennen.

»Hüah!«, schrie der Kutscher und trieb die Pferde auf die Brücke, um sie mit einem harten Ruck vor Minnie wieder zum Stehen zu bringen, sodass die Hufe über die Schneefläche rutschten.

Die Tür der Kutsche öffnete sich, und ein hagerer Mann stieg aus. Er näherte sich Minnie mit schnellen und doch seltsam schleichenden Schritten. Sein Gesicht war jung, aber bereits von Falten um Mundwinkel und Augen durchzogen, die seine Miene verschlagen erscheinen ließen. Alles an diesem Mann war spitz: die Schuhe, der Hemdkragen, dessen Falten sorgfältig gebügelt waren, sogar das Kinn und die Nase, die wie eine Schwertspitze aus dem Gesicht hervorstach. Die Lippen wirkten dünn und seltsam farblos, vielleicht waren sie aber auch bloß blass, denn der Mann machte einen erschöpften Eindruck. Die Haut unterhalb seiner Augen war gelb verfärbt, weshalb Minnie vermutete, dass er dem Alkohol oder irgendeinem anderen Suchtmittel stärker zugeneigt war als seiner Gesundheit zuträglich war.

Ein breites, haifischartiges Lächeln erstreckte sich über sein Gesicht. »Gestatten, Franz Fuchs. Bitte sehr, meine Karte. Und Sie sind …?«

»Minnie Cogner. Die Assistentin von Dr. Sonderberg.« Minnie warf einen Blick auf die Visitenkarte, auf der Fuchs' Name in goldenen, unterstrichenen Großbuchstaben angegeben war. Auf dem Papier glänzte ein Fingerabdruck. Minnie steckte die Karte ein, die ebenso geschmacklos und prätentiös wirkte wie ihr Besitzer.

»Ah ja«, erwiderte Fuchs mit einem nachsichtigen Lächeln. »Herr Steckler hat mir bereits von Ihnen erzählt. Allerdings hatte ich erwartet, Dr. Sonderberg persönlich hier zu sehen – oder seinen Kompagnon.«

»Der ist leider krank.«

»Wie? Der Kompagnon auch?« Fuchs griff Minnie am Arm und führte sie zur Tür der Kutsche. »Nun, dann sollten wir besser alles in Ruhe besprechen. Bitte, steigen Sie ein.«

Minnie zögerte. Wohin würden diese beiden Unholde sie bringen? Aber dann dachte Sie an Dr. Sonderberg und seine Erkältung und an das Firmenschild und dass ein Klient zunächst einmal ein Klient war, auch wenn er alkoholabhängig sein mochte und einen Diener besaß, der aussah wie ein Kartoffeldieb.

Überrascht registrierte sie, dass das Innere der Kutsche nicht leer war. Ein untersetzter Mann von ungefähr vierzig Jahren saß in Fahrtrichtung auf der Bank. Sein Gesicht war knochig und breit – viel breiter als das von Franz Fuchs – und wurde von kurzem, rotem Kraushaar eingerahmt.

Fuchs stieg hinter Minnie ein und zog die Tür zu. »Darf ich vorstellen? Ferdinand Rothmann. Ein guter Freund und noch viel besserer Unternehmer, wie ich hinzufügen darf. Ihm gehört zum Beispiel das Kasino Sonnenhaus in der Altstadt. Herr Rothmann hat sich bereiterklärt, mich heute in einer dringenden geschäftlichen Angelegenheit zu begleiten. Ferdi, das ist Minnie Cogner, die Sekretärin von Dr. Sonderberg.«

»Assistentin«, berichtigte Minnie.

»Guten Tag, gnädige Frau.« Rothmann lüpfte seinen Hut, und ein anzügliches Lächeln kräuselte seine Lippen. Zwischen den Fingern seiner behandschuhten Linken drehte er einen Ebenholzstock mit ziseliertem Silberknauf. »Was soll das, Franz? Ich dachte, wir treffen diesen Detektiv, diesen Sonderberg, oder zumindest seinen Kompagnon.«

»Dr. Sonderberg ist leider krank, Ferdi. Und sein Kompagnon auch, wie Fräulein Cogner mir gerade mitteilte. Aber das macht nichts. Der Fall ist ja ziemlich eindeutig.«

»Welcher Fall?«, erkundigte sich Minnie, während sich die Kutsche zu ihrem Unbehagen wieder in Bewegung setzte.

Vor dem Fenster zog das weiße Brückengeländer vorüber und alle paar Meter ein schlanker Laternenpfahl, dessen verschnörkelte Metallspitze von Schneeflocken umtanzt wurde. Die Laternen, die lose an Flaschenzügen hingen, schaukelten im Wind. Vereinzelt eilten nun doch ein paar Menschen über die Brücke. Sie trugen die Kapuzen ihrer Mäntel tief in die Stirn gezogen und dicke Wollhandschuhe über den klammen Fingern.

»Wohin fahren wir eigentlich?«, fragte Minnie.

»Zum Oberkasseler Bahnhof«, erklärte Fuchs, der ihr gegenüber neben Ferdinand Rothmann Platz genommen hatte. »Herr Rothmann und ich müssen gleich mit der Bahn nach Aachen. Johannes wird Sie anschließend zur Königsallee zurückbringen.«

Minnie hörte, wie Steckler draußen einen Ruf ausstieß. Kurz darauf knallte die Peitsche, und die Kutsche blieb stehen.

»Was ist denn jetzt schon wieder?«, knurrte Fuchs. »Warum halten wir?«

Minnie reckte den Kopf. »Die Brücke ist gesperrt. Sie fahren gerade das Joch aus. Da hinten kommt ein Schiff den Strom herab.«

»Auch das noch!«, knurrte Fuchs und zückte seine Taschenuhr.

»Schöne Bescherung! Wenn wir Pech haben, verpassen wir die Bahn. Sehen Sie, Minnie? Ich darf doch Minnie sagen, oder?«

»Ja, also ...«

»Das ist der Nachteil an einer schwimmenden Brücke. Man muss ständig Rücksicht auf den Schiffsverkehr nehmen.«

Minnie beobachtete schweigend, wie eines der beiden mittleren Joche von der Brücke abgekoppelt wurde und sich auf seinen drei Pontons um zwei Jochlängen stromabwärts bewegte. Schwarzer Qualm quoll aus dem rot-weißen Schornstein an Bord des Jochs, als es langsam zur Seite glitt, um dem Dampfschiff Platz zu machen, das den Rhein herabtuckerte. Das zweite Joch hingegen blieb an seinem Platz, da die Lücke bereits groß genug war.

»Ein Wunderwerk der Technik!«, spottete Ferdinand Rothmann.

Fuchs zückte ein Taschentuch und säuberte mit hochgezogenen Brauen das Glas seiner Taschenuhr. »Wussten Sie, Minnie, dass diese Brücke erst seit ungefähr fünfzig Jahren existiert?«

Minnie hob die Schultern. »Aber wie sind die Menschen denn vorher über den Fluss gekommen?«

»Mit einer Gierponte. Das war eine Art Floß von annähernd quadratischen Maßen – Zimmermannsbohlen, die auf kleinen Booten schwammen. Damals gab es natürlich noch keine Dampfmaschinen, um die Ponten anzutreiben, also musste man gieren.«

Rothmann winkte ab. »Jetzt langweile uns bloß nicht wieder mit einer deiner Geschichtsstunden!«

»Was ist das – ›gieren‹?«, erkundigte sich Minnie.

»Das bedeutet, dass man die Ponten von der Flussströmung bewegen ließ.«

»Aber dann treiben sie ja davon!«

Fuchs schlug sich auf die Schenkel vor Lachen. »Um das zu verhindern, befestigte man sie an einer Kette, die man flussaufwärts in der Mitte des Stroms verankerte. Die Kette lief über mehrere ›Buchtboote‹, und so wurde die Gierponte – je nachdem, wie der Pontenführer das Ruder stellte – in einem Bogen zum einen oder anderen Ufer getrieben.«

»Verstehe.« Minnie zog die Stirn kraus. »Das klingt aber umständlich. Da ist eine Brücke selbstverständlich die bessere Lösung.«

»Und da sind wir schon beim entscheidenden Punkt, Minnie«, erklärte Franz Fuchs mit einem spitzbübischen Lächeln. »Was wir brauchen, ist nicht *diese* Brücke, sondern zum Beispiel eine viel höhere aus Stahl, unter der die Schiffe durchfahren könnten. Allerdings hätte eine solche Brücke auch ihre Nachteile. Ich habe da eine Idee, die viel, viel besser ist als jede Brücke und jede Ponte – aber ich will Sie nicht mit Details langweilen. Vielleicht sollten wir erst einmal über unseren Fall sprechen. Ich vermute, Sie haben bereits darüber gelesen. Es geht um die Leiche, die man am Oberkasseler Rheinufer im Eis gefunden hat.«

Minnie nickte. »Zwei Kinder haben sie beim Spielen entdeckt. Schrecklich! Der Körper war fast völlig von Eis bedeckt. In der Zeitung stand, dass die Polizei bereits ermittelt.«

Ein bitterer Zug kerbte sich in Fuchs' Mundwinkel. »In der Tat ermittelt die Polizei – und zwar möglicherweise bald auch gegen mich!«

»Gegen Sie?«

»Das wäre natürlich nur ein furchtbarer Irrtum, meine liebe Minnie – fast möchte ich sagen, ein irrtümlicher Verdacht, der vorsätzlich in die Welt gesetzt wurde. Verstehen Sie, was ich meine?«

»Ehrlich gesagt, nein.«

»Ich spreche von der Rheinbegradigung. Aber davon können Sie natürlich nichts wissen, es stand bisher nur im Wirtschaftsteil. Sehen Sie hinaus. Das ganze Oberkassel auf der anderen Seite der Brücke. Es liegt wie eine Endmoräne in der Landschaft, sodass der Rhein drum herum fließen muss. Eine Schlaufe von mehreren Kilometern! Völlig überflüssig.«

»Überflüssig?«

»Wirtschaftlich vor allem. Für uns Reeder. Diese zusätzliche Strecke kostet bei jeder Fahrt ein Vermögen – von den Gefahren des Rheinknies und den drohenden Überschwemmungen für die Bevölkerung will ich gar nicht erst reden.«

»Und Franz hat einen Plan, wie man das ändern kann!«, rief Ferdinand Rothmann grinsend.

»Sehr richtig«, erklärte Fuchs. »Ich werde den Rhein begradigen! Es ist ganz einfach. Man muss nur eine Schneise graben lassen, auf der anderen Seite an Oberkassel vorbei. Damit wird Oberkassel zur Insel, und die Schiffe können geradeaus dran vorbeifahren. Kein Umweg mehr! Keine Überschwemmungen mehr in Düsseldorf. Ist das nicht ...?«

»Unglaublich!«, flüsterte Minnie.

»Nicht wahr? Später könnte man sogar das alte Flussbett, über dem wir uns in diesem Augenblick befinden, mit Erde auffüllen. Damit sparen wir uns sogar die Brücke, ganz gleich, ob sie nun auf Stelzen steht oder auf Booten. Und die Stadt hätte von heute auf morgen viele Quadratkilometer neues Bauland gewonnen! Kurz gesagt, es handelt sich um ein Projekt, bei dem es auf allen Seiten ausschließlich nur Gewinner geben kann!«

»Fantastisch. Absoluter Wahnsinn«, spottete Rothmann.

Franz Fuchs presste die Kiefer aufeinander. »Bitte entschuldigen Sie, Fräulein Cogner. Mein Freund Ferdinand versteht nicht viel von der Schifffahrt.«

Minnie schüttelte den Kopf. »Aber ich verstehe nicht, was das Ganze mit dem Mord ... also, dem Unfall ... Ich meine, ist so eine Begradigung denn so einfach?«

»Natürlich nicht! Dafür braucht es Unternehmer, die das Projekt finanzieren. Kluge Köpfe. So wie mich. Und selbstverständlich noch ein paar Ingenieure, die etwas von ihrem Handwerk verstehen. Und nicht Leute wie diesen Kerckhoven ...«

»Kerckhoven?«

»Na, der Kerl, den sie im Eis gefunden haben! Ein Dummkopf. Ein ahnungsloser Mensch. Wollte mein Projekt kaputtmachen. Aber das Eis, auf dem er sich bewegt hat, war, hm, buchstäblich ziemlich dünn ...« Fuchs ließ ein leises Kichern hören.

Minnie hob die Augenbrauen. »Wollen Sie damit sagen, dass Sie ihn ...?«

Fuchs hob die Hände. »Gott bewahre! Ich bin natürlich unschuldig! Der Oberbürgermeister hat diesen Kerckhoven aus den Niederlanden hierherbestellt. Als Gutachter für das Brückenprojekt. Einen Holländer! Lächerlich.«

»Das Brückenprojekt?«, erwiderte Minnie. »Also, das müssen Sie mir jetzt doch etwas näher erklären.«

Ein Schiffshorn ertönte, als der Dampfer die Brücke passiert hatte. Der Brückenführer antwortete und trieb das Joch an, das elegant wie ein Rochen an seinen Platz in der Brücke zurückglitt.

Draußen knallte die Peitsche. Die Kutsche setzte sich in Bewegung.

»Gott sei Dank«, seufzte Fuchs mit einem Blick auf die Uhr. »Wenn wir Glück haben, schaffen wir die Bahn doch noch.« Fuchs zwirbelte das linke Ende seines Schnurrbarts. »Wo waren wir stehen geblieben? Ach ja, das Brückenprojekt. Also, das ist leider etwas komplizierter, und ich weiß nicht, ob Sie als Frau … Ich meine, ich möchte Sie natürlich nicht beleidigen … Es ist so: Der Oberbürgermeister hat einen anderen Vorschlag gemacht. Das heißt, eigentlich hat die Stadtverordnetenversammlung einen Vorschlag gemacht. Der Oberbürgermeister ist ja nur das Exekutivorgan, wenn man so will. Also, um es auf den Punkt zu bringen: Meine Rheinbegradigung ist den Herren Stadtverordneten zu teuer. Statt den Strom umzuleiten und das Flussbett trockenzulegen, will man tatsächlich die angesprochene Brücke über den Rhein bauen.«

Gerade holperte die Kutsche über das Joch, das vor wenigen Minuten noch ausgefahren gewesen war. Eine Wolke aus Kohlenstaub und Asche trieb vom davonziehenden Dampfer herüber und hüllte die Kutsche für Sekunden in Dunkelheit.

»Verdammter Fischkutter«, brummte Ferdinand Rothmann.

Minnie nickte. »Vielleicht haben die Stadtverordneten ja recht, und eine große Brücke, unter der die Schiffe durchfahren, wäre wirklich eine gute Lösung.«

Fuchs winkte ab. »Ich bitte Sie, das ist vollkommener Unsinn! Eine Brücke ist aus Stein und Stahl gebaut, verstehen Sie? Beides ist brüchig. Ich habe wirklich keine Zeit, einem Laien wie Ihnen den Sachverhalt im Detail zu erläutern, aber eine so lange Brücke würde sehr bald einstürzen, so viel ist sicher.« Fuchs streckte den Kopf aus dem Fenster. »Schneller, Johannes! Der Zug wartet nicht auf uns!«

Johannes Steckler ließ die Peitsche knallen.

»Also, was ich damit sagen will«, fuhr Fuchs an Minnie gewandt fort, »meine Idee der Rheinbegradigung würde viel Nerven und Zeit sparen, den Reedern, den Droschken und Kutschen, ja, und selbst den Fußgängern.«

»Ich verstehe. Aber wenn der Fall so eindeutig ist, wozu wurde dann überhaupt noch ein Gutachter bestellt?«

»Das ist ja gerade das Problem!«, ereiferte sich Fuchs. »Dieser Kerckhoven hat dem Oberbürgermeister recht gegeben. Hat gesagt, meine Rheinbegradigung ist unwirtschaftlich. Zu teuer.« Er seufzte theatralisch. »Das ist natürlich Quatsch. Es ist immer das Gleiche mit diesen Holländern, verstehen Sie? Das sind alles Kaufleute, keine Visionäre. Fantasielose Maschinen. Unnütz. Hinderlich, wenn man große Pläne verwirklichen will.«

»Und dieser Kerckhoven war der einzige Gutachter?«

Fuchs stieß mit dem spitzen Zeigefinger in ihre Richtung. »Sie stellen genau die richtigen Fragen, Minnie. Ich will dem Oberbürgermeister natürlich keinen Vorwurf machen, aber es ist schon seltsam, finden Sie nicht? Jedenfalls wollte Kerckhoven heute das offizielle Gutachten abgeben. Und gestern früh, also einen Tag vorher, findet man ihn tot im Rhein. Begreifen Sie, was das für mein Projekt bedeutet? Was das für ein Licht auf mich wirft?«

Rothmann lachte gehässig. »Ein falsches Licht ist schlimmer als gar kein Licht.«

Fuchs nickte und stieß einen Seufzer aus. »Da stirbt dieser Kerckhoven und wird postum zum Heiligen erklärt … Und dabei war er alles andere als das. Wirklich *alles andere*!«

»Wie meinen Sie das?« Minnies Blick wechselte zwischen Franz Fuchs und Rothmann hin und her. Sie wusste nicht, wen von beiden sie abstoßender finden sollte: den grobschlächtigen Kaufmann oder den aalglatten Reeder, der in seinem feinen Anzug auf den ersten

Blick wie ein Gentleman wirkte, aber darunter gewiss ebenso arrogant und unhöflich war wie Rothmann und der schreckliche Kutscher. Im Gegensatz zu Fuchs war Rothmann wenigstens ehrlich.

Franz Fuchs ruckte an seinem Kragen, aber sein hinterlistiger Blick verriet, dass Minnie genau die Frage gestellt hatte, die er sich erhofft hatte. »Ich kann Ihnen ja nur sagen, was ich gehört habe. Wirklich, ich möchte nicht, dass Sie einen falschen Eindruck bekommen, aber dieser Kerckhoven soll es faustdick hinter den Ohren gehabt haben.«

»Sag es frei heraus, Franz!«, forderte Rothmann. »Er war ein Casanova!«

Fuchs winkte ab. »Ach, das sind doch alles nur Gerüchte. Ich kann einfach nicht mehr darüber sagen. Das müssen Sie verstehen, Minnie.«

»Hm, aber wenn es nun für die Ermittlungen wichtig ist?«, gab Minnie zu bedenken.

Ein flüchtiges Lächeln streifte die Züge des Reeders. »Tja, also … ich kann ja auch nur sagen, was ich gehört habe. Demnach war Kerckhoven wohl dem Alkohol zugetan. Sehr zugetan. Und er spielte gerne. Na ja, und was die Frauengeschichten angeht …«

»Gibt es dafür Zeugen?«

Fuchs hob die Hände. »Bitte, wo denken Sie hin! Kerckhovens private Amüsements gehen mich rein gar nichts an. Ich weiß nur, dass er in der Pension von der Lessing gewohnt hat. Kennen Sie die?«

»Leider nicht.«

»Seien Sie froh. Ein Ungetüm von einer Frau. Aber was rede ich. Das Problem ist ja gar nicht Kerckhoven. Viel schlimmer ist in meinen Augen der Oberbürgermeister selbst.«

»Wollen Sie den etwa auch anschwärzen?«

»Ich bitte Sie, Minnie, ich will doch niemanden anschwärzen! Aber eins ist doch klar wie Kloßbrühe. Wobei ich zu bedenken geben möchte, dass das nur ein Gerücht ist. Also bitte zitieren Sie mich nicht … Aber man sagt, der Oberbürgermeister hätte gewissermaßen ein privates Interesse daran, dass die Brücke gebaut wird …«

Eine steile Falte entstand auf Minnies Stirn. »Sie meinen, er hat sein Amt benutzt, um einen persönlichen Vorteil aus dem Bauprojekt zu ziehen?«

»Oh, bitte, bitte, der Oberbürgermeister ist natürlich ein Ehrenmann. Aber es kommt ihm ja schon ein bisschen zupass, dass er mich jetzt beschuldigen kann, verstehen Sie? Jeder wird sagen: Ach, dieser arme Kerckhoven, der hatte bestimmt recht. Also bauen wir doch diese Brücke. Verstehen Sie?«

Rothmann prustete los. »Tja, mein lieber Franz, ein beliebter Bürgermeister und ein toter Gutachter. Da kannst du einpacken!«

»Du sagst es, Ferdi! Es ist eine himmelschreiende Ungerechtigkeit!«

Minnie legte den Kopf schräg. Das klang einleuchtend. Vielleicht war Fuchs doch gar nicht so ein Halunke. Sie schämte sich plötzlich, dass sie diese Möglichkeit nicht selbst in Betracht gezogen hatte. »Das ist natürlich eine verzwickte Situation. Ich kann allerdings verstehen, dass die Polizei diese Schlüsse ziehen könnte …«

Fuchs richtete den Oberkörper auf. »Also halten Sie mich auch für den Mörder?«

»Vor allem wäre es wohl sehr dumm von Ihnen, Kerckhoven umzubringen, wo Sie doch so offensichtlich von seinem Tod profitieren.«

»Da hast du es, Ferdi! Hab ich es dir nicht gesagt? Ich hab gesagt, Ferdi, den Kerckhoven umzubringen, das wäre doch schön blöd von mir. Natürlich nur so im Spaß dahergesagt. Wie käme ich dazu.«

»Haben Sie denn ein Alibi? Das würde Dr. Sonderberg die Arbeit sehr erleichtern.«

Fuchs lachte. »Natürlich habe ich ein Alibi. Ich war in Köln, als der Mord geschah. Geschäftlich.«

»Wann genau waren Sie in Köln?«

»Von vorvorgestern bis gestern Mittag.«

»Und was für Geschäfte haben Sie dort getätigt?«

Fuchs runzelte die Stirn. »Ist das wirklich von Belang?«

»Wie gesagt, es würde Dr. Sonderberg die Arbeit sehr …«

»Also gut, es war privat. Sind Sie jetzt zufrieden? Ich habe einen Freund besucht. Einen guten Freund.«

»Sobald die Polizei von Ihrem Alibi Kenntnis erhält …«

»Das geht leider nicht! Ich muss Sie ausdrücklich bitten, der Polizei nichts davon zu erzählen.«

»Warum das denn nicht?«

»Weil … weil … Nun, Sie als Frau können das natürlich nicht verstehen, aber im Geschäft ist ein zweifelhafter Ruf schlimmer als … schlimmer als …«

»Aber es geht ja gerade darum, Ihren Ruf zu bewahren!«

»Verstehe, verstehe. Leider ist das nicht so einfach. Der Freund, bei dem ich zu Besuch war … Nun, er bat mich darum, die Angelegenheit mit Stillschweigen zu behandeln. Aus privaten Gründen.«

»Aus privaten Gründen?«

»Ja, genau. Und das kann ich ja schlecht der Polizei sagen. Sie wissen schon, der leiseste Verdacht … Irgendwas bleibt ja immer hängen.«

Minnie nickte und dachte wieder daran, dass die Detektei dringend Klienten brauchte. Aber ob Dr. Sonderberg damit wirklich Ganoven wie diesen Fuchs gemeint hatte?

Die Kutsche verlangsamte ihre Fahrt. Sie hatten Oberkassel erreicht, und an der Vorderseite des Fensters kam bereits das langgestreckte, flache Bahnhofsgebäude in Sicht.

»Ah, da sind wir ja schon.« Fuchs griff wieder nach seiner Taschenuhr. »Gerade noch rechtzeitig. Also, Fräulein Cogner. Falls Dr. Sonderberg noch Fragen hat – er hat ja jetzt meine Karte. Ich bitte Sie … das heißt natürlich, ich bitte Sie, in meinem Namen Dr. Sonderberg und seinen Kompagnon zu bitten … Ermitteln Sie! Der Mörder darf auf keinen Fall ungestraft davonkommen!«

»Ich werde mit Dr. Sonderberg sprechen«, erklärte Minnie vorsichtig. »Der Form halber möchte ich Sie allerdings auf seine Honorarsätze hinweisen …«

Fuchs winkte ab. »Geld spielt überhaupt keine Rolle! Schicken Sie mir einfach wöchentlich eine Rechnung. Ich hoffe natürlich, dass es nicht mehr als eine Rechnung brauchen wird, nicht wahr, Fräulein Cogner?« Er zwinkerte ihr zu, lüpfte den Zylinder und klopfte gegen das Türholz. Steckler sprang vom Bock und öffnete die Tür.

»Das hoffe ich auch«, erwiderte Minnie. »Für Sie, Herr Fuchs.«

Rothmann verbeugte sich und deutete spöttisch einen Handkuss an. Dann folgte er Rothmann nach draußen.

Fuchs schlug die Tür zu und winkte. Er schien erleichtert zu sein, dass Minnie sein Angebot nicht sofort abgelehnt hatte.

Die Kutsche ruckte und fuhr an.

Minnie sah aus dem Fenster auf die schneebedeckten Felder von Oberkassel und schüttelte den Kopf. Sie wurde das Gefühl nicht los, dass Fuchs ihr längst nicht die ganze Wahrheit gesagt hatte.

Kapitel 6

in dem Minnie den Chauvinismus erfindet,
Sonderberg den Rheindurchstich erklärt
und im Milchstreit die Oberhand behält

»Oh, der Becher ist ja leer!«

Sonderberg nickte. »Ja, und er hat kein bisschen geholfen.«

»Ich werde Ihnen gleich einen zweiten holen.«

»Unterstehen Sie sich.« Sonderberg schnäuzte in sein Taschentuch und tastete seine Stirn ab. Sie schien zu glühen. Er fühlte sich schrecklich, und er hätte auf der Stelle einschlafen können, auch wenn er das Minnie gegenüber natürlich nie zugegeben hätte. Aber vielleicht rührte das Fieber ja auch von der Lektüre der Tageszeitung her, die ausgebreitet vor ihm auf dem Schreibtisch lag. »Was haben Sie sich bloß dabei gedacht, Minnie?«

Minnies Nase wurde fleckig. »Ach, Sie sprechen bestimmt von dem Mord. Es steht ja überall auf der ersten Seite. Ich weiß jetzt alles darüber.«

»Nein, ich spreche nicht von dem Mord«, sagte Sonderberg und schlug die letzte Seite der Zeitung auf. Unter seiner Schädeldecke pochte es. Er stach mit dem Finger auf die Seite ein. »Ich spreche von der Anzeigenseite. ›Kutscher gesucht‹. Kommt Ihnen das vielleicht bekannt vor, Minnie? Und weiter: ›Für unsere Detektei an der Königsallee suchen wir die Unterstützung eines festangestellten Kutschers samt Gespann. Sehr lukrative Bezahlung. Meldungen bitte an Fräulein Cogner, Detektei Sonderberg‹. Lukrativ. Haben Sie das wirklich geschrieben, Minnie? *Lukrativ*?«

Minnie ließ sich auf einem der beiden Besuchersessel nieder und wirkte auf einmal sehr klein. »Ich wollte es Ihnen ja schon den ganzen Morgen erklären, Dr. Sonderberg. Wirklich. Ich bin nur nicht dazu gekommen.«

»Dann haben Sie jetzt die Gelegenheit. Fangen Sie an.«

»Ich dachte mir ... Na, ich habe mir überlegt ... Ach, zum Teufel ... Ich dachte, Sie sind schwer erkältet, und da wäre es bestimmt keine gute Idee, Sie mit diesen notwendigen Fragen zu belasten.«

»Notwendig? Sie belasten mich in der Tat, denn ich muss diese Anzeige bezahlen! Von dem Kutscher samt Gespann will ich gar nicht erst reden!«

»Aber ich dachte mir, dass es vielleicht eine gute Idee wäre ... Also, bei den Ermittlungen, dachte ich mir, da kommt es ja oft vor, dass man unterwegs ist ... zum Beispiel, wenn man einen Verbrecher verfolgen muss ... oder wenn man eben Ermittlungen anstellen muss ... Ich meine, wenn Sie Ermittlungen anstellen müssen, Dr. Sonderberg.«

»Die Pferdebahn fährt direkt vor unserer Tür!«

Minnie überlegte. »Ja. Ja, das mag sein. Aber was ist, wenn der Verbrecher, den Sie verfolgen, nicht die Pferdebahn nimmt?«

»Minnie?«

»Ja?«

»Haben wir schon mal einen Verbrecher verfolgen müssen, seit Sie in der Detektei arbeiten?«

Minnie legte die Stirn in Falten und dachte nach. »Nein, ich glaube nicht, aber das wird sicherlich bald kommen, wenn wir mehr Klienten haben. Sie sagen selbst immer, dass das passieren muss.«

Sonderberg lehnte sich vor. »Ich glaube, Sie verwechseln da etwas. *Falls* wir mehr Klienten bekommen, können wir *vielleicht* darüber nachdenken, mehr Personal einzustellen, nicht umgekehrt. Erst bestellen Sie ein Türschild, ohne mich zu fragen. Damit könnte ich ja noch leben. Aber jetzt wollen Sie einen Kutscher! Was denken Sie sich dabei, Minnie?«

»Aber es ist doch nur zum Nutzen der Detektei!«

»Sie werden die Detektei ruinieren!«

Minnie platzte der Kragen. »Und Sie werden sie ebenfalls ruinieren, wenn Sie nicht bereit sind zu investieren, Dr. Sonderberg. Oder glauben Sie vielleicht, die Verbrecher warten nur darauf, von Ihnen geschnappt zu werden? Was soll denn ein Klient denken, wenn er diese Räume betritt und gar nicht bis zu Ihnen durchkommt, weil er vorher schon über Stapel von Schmetterlingsbüchern gestolpert ist!«

»Was haben die Bücher denn mit der Anzeige zu tun?«

»Viel! Sehr viel sogar! Ich bin nämlich auch gestolpert. Über den Anzeigenteil. Und das meine ich wörtlich. Und wenn ich die Bücher nicht weggeräumt hätte, stünden sie immer noch da. Lassen Sie mich Ihnen eines sagen, Dr. Sonderberg: Sie haben vielleicht einen Detektivsinn, aber einen Sinn dafür, wie man Klienten hereinbringt, haben Sie nicht.«

»Ach! Und Sie haben diesen Sinn!«

Minnie zögerte. »Das habe ich nicht gesagt. Ich probiere nur gerade etwas aus. Und dafür brauche ich Ihr Vertrauen.«

»Und einen Kutscher!«

»Wie ich schon sagte, für repräsentative Aufgaben zum Beispiel. Denken Sie an die Feier neulich auf Schloss Jägerhof. Dort nimmt man Sie mit einem eigenen Gespann gleich ganz anders wahr.«

Sonderberg nickte spöttisch. »Sie haben recht, Minnie. Man hätte sich wahrscheinlich über mich totgelacht. Da wäre übrigens noch eine winzige Kleinigkeit zu klären, wenn wir schon gerade dabei sind: Wo zum Teufel soll ich dieses Gespann unterbringen? Das hier ist eine gewöhnliche Etagenwohnung auf der Königsallee und kein Gestüt in Pempelfort.«

»Warten Sie doch erst mal die Reaktion ab! Vielleicht meldet sich ja überhaupt niemand.«

»Ach, Sie haben also eine Anzeige geschaltet, damit sich niemand meldet?« Er schloss die Augen. »Ich hätte wohl doch besser im Bett bleiben sollen. Das muss ein Fiebertraum sein.«

Minnie stand auf und kehrte kurz darauf mit einem kalten Lappen und einem Becher dampfender Milch zurück.

»Nicht schon wieder!«

Minnie blieb standhaft. »Drei Becher täglich.«

Sonderberg legte sich den Lappen auf die Stirn. »Was hat eigentlich das Treffen mit Fuchs ergeben? Sie waren doch auf der Brücke? Oder war der Besuch von diesem Steckler auch bloß ein Fiebertraum?«

»Wie es aussieht, haben wir einen neuen Klienten. Obwohl ich leider sagen muss, dass ich mir lieber wünschte, wir hätten keinen.«

»Was ist denn passiert?«

»Ach, wie's G'scherr, so der Herr. Sagt man das nicht so?«

»So ähnlich. Und das bedeutet?«

»Das bedeutet, dass Fuchs sich weltgewandt gibt, aber im Innern genauso ungehobelt und provinziell ist wie sein Diener, dieser widerliche Kutscher Steckler. Und erst der Begleiter! Glauben Sie mir, wenn ich den beschreiben müsste, also dafür ... also dafür fände ich erst überhaupt keine Worte!«

»Ich merke es. Wer war denn der Begleiter?«

»Ferdinand Rothmann. Jedenfalls scheint er ein dicker Freund von Fuchs zu sein. Der nannte ihn nämlich Ferdi. Ferdi! Ich bitte Sie, Dr. Sonderberg, klingt das nicht lächerlich? Eigentlich wollte er ja Sie sprechen. Oder zumindest Ihren Kompagnon, den es ja gar nicht gibt. Ich habe gesagt, dass Sie krank sind. Beide. Es war wirklich eine sehr unangenehme Situation, das können Sie mir glauben.«

»Aus welchem Grund wollte Fuchs uns denn nun sprechen?«

»Er will unsere Hilfe. Das heißt, natürlich will er *Ihre* Hilfe. Wenn Sie mich fragen, ist er wie dieser Chauvin.«

»Wer?«

»Na, dieser Kerl aus dem französischen Lustspiel! Das mit dem Soldaten aus Napoleons Armee. Über den es so viele Vode... Vod... Wie heißen die Dinger noch mal?«

»Vaudevilles?«

»Ja, genau! Von dem es so viele Vaudevilles gibt. ›La Cocarde tricolore‹! Jetzt hab ich's wieder. So hieß das Stück. Und darin spielte doch dieser dumme Soldat mit, der so oft verwundet wurde und die Franzosen für bessere Menschen hielt. Sein Name war Nicolas Chauvin. Und genau so war dieser Franz Fuchs!«

»Weil er auch unter Napoleon gedient hat?«

»Natürlich nicht! Aber Fuchs und Rothmann halten sich offenbar für etwas Besseres. Schlimmer noch, sie halten Männer für besser als Frauen, und das ist doch eindeutig … na, das ist doch eindeutig *chauvinistisch*!«

Sonderberg schmunzelte. »Chauvinistisch. Hm. Da ist Ihnen aber ein hübsches Wort eingefallen. Ich glaube nicht, dass es das überhaupt gibt.«

»Ab jetzt schon. Und es wird sich durchsetzen, ganz sicher. Sie können sich ja gar nicht vorstellen, wie selbstverliebt dieser Fuchs die ganze Zeit dreingeschaut hat! Ich glaube fast, er hat *durch mich hindurch*geschaut, während er von seinem Projekt erzählte – so als ob ich überhaupt nicht da wäre.«

»Was für ein Projekt denn?«

»Er will den Rhein zuschütten! Können Sie sich das vorstellen? Den Rhein! Also wenn Sie mich fragen, er hat's getan. Daran kann es überhaupt keinen Zweifel geben.«

»Den Rhein zugeschüttet?«

»Den Mord begangen! So einer wie der ist unbedingt schuldig.«

»Langsam, Minnie. Was denn für einen Mord?«

»Na, den an Kerckhoven. Steht doch alles in der Zeitung.«

Sonderberg schlug die erste Seite auf. »Etwa das hier? Die Leiche, die man am Oberkasseler Ufer gefunden hat?«

»Wilfried Kerckhoven, so hieß der arme Kerl.«

»Und was hatte der mit Fuchs zu tun?«

»Kerckhoven war Gutachter. Aus Holland. Er war hier wegen eines Brückenprojekts oder so. Der Oberbürgermeister ist auch beteiligt. Und die Schifffahrt. Dabei frage ich mich eigentlich, wie das überhaupt gehen soll. Den Rhein zuschütten! Ich meine, wo will der Mann überhaupt so viel Sand herbekommen?«

»Gewiss haben Sie da etwas missverstanden, Minnie.«

»Ich werde doch wissen, was ich gehört habe! Gerüchte nämlich. Verleumdungen. Unschöne Dinge. Dinge, die ich nicht wiederholen werde.«

»Aber ich bestehe darauf, dass Sie sie wiederholen! Nur so kann ich mir ein vollständiges Bild machen. Sie wissen doch: Jedes Detail kann wichtig sein.«

Minnie blinzelte überrascht. »Jedes?«

»Vielleicht sollten wir doch noch einmal von vorn anfangen, nur damit es keine Missverständnisse gibt.« Sonderberg hüstelte. »Ich verspreche Ihnen, dass ich brav meine Milch trinken werde, wenn Sie mir nur alles erzählen.«

Kapitel 7

in dem Dr. Sonderberg den Polizeiinspektor befragt, sich über politische Verhältnisse erkundigen will und im Gegenzug die Evolution erklärt bekommt

Das Kriminalkommissariat befand sich in der Hausnummer 4 am Marktplatz, direkt unter den Augen der Bronzestatue Jan Wellems, an der auch Minnie heute Morgen vorüberspaziert war.

Selbstverständlich war Sonderberg als Privatdetektiv gewissermaßen polizeilich bekannt, und das durchaus im doppelten Sinne, denn der ranghöchste Polizist der Stadt Düsseldorf, Polizeiinspektor van den Beeck, ließ selten eine Gelegenheit aus, um zu betonen, dass private Ermittler bei der Aufklärung eines Kriminalfalls grundsätzlich nur hinderlich sein konnten.

Der diensthabende Kommissar – ein hagerer junger Mann mit hervorstechenden Fischaugen, die durch eine schwere Hornbrille bizarr vergrößert wirkten – ließ Sonderberg dennoch ohne Umschweife zu Inspektor van den Beeck vor.

»Sonderberg!«, rief van den Beeck und zog den Gürtel seiner Uniform hoch. »Kommen Sie doch herein!«

Der Inspektor saß hinter einem Schreibtisch aus Kirschholz, der viel zu klein für seinen Körperumfang war, weshalb er die Beine rechts und links daneben ausgestreckt hatte. Die Stiefelspitzen wippten zufrieden im Rhythmus der Züge, mit denen er eine Zigarette paffte und den Rauch gegen die Decke blies. Er schien mit sich und der Welt im Reinen zu sein.

»Setzen Sie sich doch, Sonderberg. Kommissar Abel wird Ihnen gern den Mantel und den Hut abnehmen. Was führt Sie zu mir?«

Sonderberg reichte dem fischäugigen Kommissar Hut und Mantel sowie den Schal, den er nur umgebunden hatte, weil Minnie darauf bestanden hatte. Abel verstaute alles zusammen an dem Garderobenständer neben der Tür. Sonderberg folgte der Einladung des Inspektors und ließ sich auf einem Stuhl nieder, der in Größe und Form passend zum Schreibtisch gefertigt war. Was bedeutete, dass Sonderberg den Inspektor knapp über seine Knie hinweg anschauen konnte. Dieser Stuhl war der einzige in van den Beecks Büro, und es ging das Gerücht um, dass er die Kanten der Sitzfläche extra spitz hatte feilen lassen, damit sich auch ja kein Gauner zu bequem darauf einrichten konnte. Sonderbergs Hintern schmerzte schon jetzt, und sein Kopfweh wurde durch die verkrampfte Haltung auch nicht gerade besser.

»Danke, Abel.« Inspektor van den Beeck nickte in Richtung des Polizeikommissars, der in Erwartung einer Anweisung neben dem Garderobenständer stehengeblieben war wie eine Maschine, deren Kessel man abgeschaltet hatte. »Sie können jetzt gehen. Wenn ich Sie brauche, melde ich mich.«

»Jawohl, Inspektor. Vielen Dank, Inspektor.« Abel deutete eine leichte Verbeugung an und zog die Tür hinter sich zu.

Van den Beeck paffte Sonderberg eine Wolke aus Zigarettenqualm ins Gesicht. »Mein lieber Sonderberg. Sie sehen blass aus, wenn ich das bemerken darf. Zigarette?«

»Nein, danke.«

»Sie haben sich doch nicht etwa erkältet?«

»Ein kleiner Infekt. Das geht vorüber.«

»Was haben Sie denn da über der Lippe?«

»Wo?«

»Da, rechts. Nein, nein, weiter in der Mitte.«

Sonderberg fuhr sich über den Mund und betrachtete seine Fingerkuppen.

»Sieht aus wie Milch«, sagte van den Beeck.

Sonderberg wischte die Finger beiläufig an der Hose ab. »Ich bin aus einem ganz speziellen Grund hier, den Sie sich vielleicht schon denken können, Inspektor ...«

»Wie geht es eigentlich Fräulein Cogner?«

»Oh, der geht es gut. Sehr gut sogar.«

Van den Beecks Körper straffte sich unwillkürlich. Die Glut an seiner Zigarettenspitze glomm auf. »Es freut mich wirklich sehr, das zu hören! Und ich hoffe natürlich, äh, sie hat meine Einladung zum Abendessen noch nicht vergessen.«

»Auf keinen Fall. Aber Sie wissen ja, wie das ist. Die Arbeit, die Arbeit. Sie hat einfach noch keinen passenden Termin gefunden.«

Van den Beecks Spannung löste sich in einem lauten Lachen. »Und dafür sind bestimmt Sie verantwortlich!« Er stach mit der Zigarettenspitze in Sonderbergs Richtung. »Mir machen Sie nichts vor! Sie haben sie schließlich nicht ohne Grund als Sekretärin eingestellt, nachdem Sie beide den Mord im Hofgarten aufgeklärt haben.« Er wiegte den Kopf zuerst nach links und dann nach rechts und rollte mit den Augen, bevor er Sonderberg verschwörerisch zuzwinkerte. »Na, die Polizei hat natürlich den entscheidenden Anteil am Erfolg gehabt, das wissen Sie besser als ich, aber wir kennen ja die Presse. Ein Privatdetektiv, der den Fall löst – das klingt natürlich viel interessanter als die profane Wahrheit, dass die Polizei einfach nur ihre Arbeit gemacht hat. Na, und wer bin ich, dass ich gegen den Wind anblase, wie?« Er lachte. »Außerdem gönne ich Ihnen den Erfolg. Ihre Detektei kann bestimmt ein paar Klienten gebrauchen.«

»Ach, ich kann mich nicht beklagen. Wir sind gerade dabei, zusätzliches Personal einzustellen.«

»Tatsächlich?«

»Jawohl, einen Kutscher.« Sonderberg fühlte ein Kribbeln in der Nase und tastete nach dem Tuch in seiner Rocktasche. »Es ist doch so, Inspektor: Ein Kutscher, das muss man klar sagen, gehört heutzutage einfach zur Grundausstattung jeder Detektei. Mit einem eigenen Fahrzeug ist man bei der Ermittlungsarbeit natürlich flexibler. Und die Ganoven werden ja auch nicht dümmer. Manchmal habe ich bei all den Aufträgen wirklich das Gefühl, an zwei Orten zugleich sein zu müssen.«

Van den Beeck runzelte die Stirn. »Verstehe, verstehe.«

Sonderberg nieste. »Entschuldigung.«

»Gesundheit, mein Lieber! Also, Sie überraschen mich wirklich immer wieder, Dr. Sonderberg. Aber nichts für ungut. Ich habe ein Herz für engagierte Mitbürger – solange Sie der Polizei mit Ihren Aufträgen nicht ins Gehege kommen, soll mir Ihr Erfolg durchaus recht sein!«

»Danke sehr.«

»Was meinen Sie? Soll ich nächste Woche einfach mal abends vorbeikommen?«

»Vorbeikommen? Wieso?«

»Na ja, wegen Fräulein Cogner. Zur Feier ihres Anfangs ... Eintritts ... in die Detektei. Ich könnte ihr eine Flasche Wein mitbringen, sozusagen als Einstandsgeschenk.« Er drückte die Zigarette im Aschenbecher aus und steckte sich sogleich eine neue an. »Dabei darf ich ihr eigentlich gar nicht gratulieren, wissen Sie? Frau Rosenke ist immer noch sehr erbost, dass Fräulein Cogner den Dienst bei ihr quittiert hat. Wissen Sie, was sie denkt? Dass *Sie* Fräulein Cogner das alles eingeflüstert haben.«

Sonderberg lächelte.

»Ja, so ist es! Ich habe natürlich versucht, ihr das auszureden, aber Sie wissen ja, wie die Frauen sind. Sie glaubt, dass Sie in Ihrer Detektei absichtlich das Chaos regieren lassen, damit Minnie ... ich meine, Fräulein Cogner sich für Sie verantwortlich fühlt.«

»Das Chaos? Ich bitte Sie, Inspektor ...«

»Tja, wem sagen Sie das! Aber die Frauen funktionieren eben so. Das mit der Putzwut, das war bei meiner Mutter übrigens nicht besser. Ich habe dazu auch eine Theorie, so eine Art evolutionäres Modell. Haben Sie schon von der Evolution gehört, Dr. Sonderberg?«

»Ich bin eigentlich hier, um ...«

»Ein Herr Darwin hat sie erfunden. Das muss ein kluger Beobachter gewesen sein, wenn Sie mich fragen. Die Evolutionstheorie besagt, dass alles im Fluss ist. Alles entwickelt sich weiter, verstehen Sie? Und das gilt auch für die Frauen. Wenn meine Mutter von morgens bis mittags geputzt hat, dann putzen die Frauen von heute gleich bis in den Abend. Sie müssen das tun. Es ist die Evolution, die sie dazu zwingt.«

»Interessant. Ich werde mit Minnie darüber sprechen.«

»Um Himmels willen! Sie würden sie tödlich beleidigen. Glauben Sie mir, ich kenne mich aus. Meine Mutter redet kein Wort mehr mit mir, seit ich ihr davon erzählt habe. Da kann man nichts machen. Frauen verstehen eben nichts von der Wissenschaft. Und Sie wollen wirklich keine Zigarette?«

Sonderberg schüttelte den Kopf. »Ich verspreche Ihnen, dass ich bei Fräulein Cogner ein gutes Wort für Sie einlegen werde. Aber erst müssen wir noch den Fall abschließen, an dem wir aktuell arbeiten.«

»Einen Fall? Erzählen Sie! Vielleicht kann ich helfen.«

»Es geht um die Leiche, die man gestern im Rhein gefunden hat.«

Van den Beeck klatschte sich auf die Schenkel. »Wilfried Kerckhoven! Das habe ich mir gedacht. Da ist jemandem wohl das deutsche Süßwasser nicht bekommen. Wissen Sie, wie meine Kollegen und ich den Fall intern getauft haben? Den schwimmenden Holländer! Ist das nicht komisch?« Er verschluckte sich fast am Zigarettenrauch. »Aber ich muss Sie warnen, Dr. Sonderberg. Bestimmt haben Sie es schon in der Zeitung gelesen. Der Fall ist sehr kompliziert. Und sehr politisch!«

Sonderberg zog hastig das Taschentuch hervor und schnäuzte hinein.

»Sie sehen wirklich nicht gut aus, Sonderberg. Vielleicht hätten Sie besser zu Hause bleiben sollen. Tja, Kerckhoven. Sie haben von dem Gutachten gehört, das der Mann erstellen sollte?«

Sonderberg schnäuzte abermals und nickte. »Stimmt denn überhaupt, was man sich erzählt – dass der Oberbürgermeister Herrn Kerckhoven aus den Niederlanden kommen ließ, damit er ein Gutachten für den Bau einer Rheinbrücke erstellt, die Düsseldorf mit Oberkassel verbindet?«

Van den Beeck nickte anerkennend. »Ich muss schon sagen, Sie haben Ihre Hausaufgaben gemacht. Ja, es gab diesen Auftrag.«

»Aber Kerckhoven kam nicht mehr dazu, seine Expertise fertigzustellen. Jemand hat ihn daran … gehindert.«

»Das ist eine von mehreren Möglichkeiten. Offen gesagt, gehen wir zurzeit von einem Unfall aus. Es ist nämlich nicht bewiesen, dass es Mord war.«

»Aber es ist auch nicht bewiesen, dass es keiner war.«

Der Inspektor legte die Stirn in Falten. »Gestatten Sie mir eine Frage: In wessen Auftrag ermitteln Sie eigentlich?«

»Franz Fuchs.«

Van den Beeck lehnte sich zurück und strich sich nachdenklich über das Kinn. »Der Reeder Fuchs! Verstehe. Das macht die Sache für uns natürlich nicht einfacher.«

»Inwiefern?«

»Wenn ich Ihnen einen guten Rat geben darf, Dr. Sonderberg: Lassen Sie das bloß den Herrn Oberbürgermeister und seine Beigeordneten nicht hören! Von der Stadtverordnetenversammlung ganz zu schweigen. Die ist auf Fuchs nämlich gar nicht gut zu sprechen.«

»Weil Fuchs einen Plan hat, der die Brücke überflüssig machen würde?«

Van den Beecks Augen wurden schmal. »Sie sind ein ausgekochter Kerl, aber ich durchschaue Sie! Natürlich kann ich zu politischen Fragen keine Stellung beziehen, aber wenn Sie mich als Privatmensch fragen, halte ich eine Brücke aus Stahl für gar keine schlechte Idee. Das würde den Verkehr enorm beschleunigen.«

»Würde die jetzige Brücke denn automatisch durch die neue ersetzt werden?«

»Das ist sogar die Voraussetzung! Sonst würde das Projekt ja gar keinen Sinn ergeben. Ich habe mir die Sache mal von einem Fachmann erklären lassen, wissen Sie? Warten müssen bei der jetzigen Brücke ja nicht nur die Fußgänger, sondern auch die Schiffe. Die Durchquerung kostet jedes Mal eine halbe Stunde. Und Zeit ist Geld, verstehen Sie? Dazu kommt die geringe Belastbarkeit der Schiffsbrücke. Ein geregelter Verkehr nach Oberkassel ist auf diese Weise nicht möglich.«

»Aber ist das denn überhaupt nötig? Wer will denn schon nach Oberkassel?«

Van den Beeck lachte. »Ich auf jeden Fall nicht, darauf können Sie Gift nehmen! Da drüben wohnen ja nur Bauern. Aber der Oberbürgermeister hat dazu wohl eine andere Meinung. Er hält zumindest eine Pferdebahnverbindung für wichtig. Oder schlimmer noch: Es soll auch das eine oder andere von diesen neumodischen Automobilen über die Brücke fahren können. Ich frage mich nur, wozu! Aber Sie wissen ja, wie die Politik ist. Auf die Meinung der kleinen Leute legt man da oben einfach keinen Wert.«

»Und die jetzige Brücke wäre zu schwach, um eine Pferdebahn zu tragen?«

»Auf jeden Fall! Deshalb muss eine neue Lösung her. Sagt die Politik.«

»Aber das muss ja nicht unbedingt eine Brücke sein. Wie ich hörte, hat Franz Fuchs dazu ebenfalls eine interessante Idee entwickelt.«

Van den Beeck lächelte selbstgefällig. »So genau kenne ich mich mit dem Thema nicht aus – aber eins dürfen Sie natürlich nicht vergessen: Fuchs ist Reeder. Also hat er seine Interessen. Wirtschaftlich gesehen, meine ich.« Er tippte sich an die Stirn und rieb Daumen und Zeigefinger gegeneinander. »Diese Leute denken doch alle nur ans Geld.«

»Im Gegensatz zu den Politikern«, stimmte Sonderberg zu. »Weiß man denn, wie das Urteil Kerckhovens ausgefallen wäre? Hätte er für die Brücke gestimmt – oder für das Fuchs'sche Durchstichprojekt?«

»Ach, wer weiß das schon mit Sicherheit. Und es ist ja auch völlig egal. Wir werden es ja sowieso nicht mehr erfahren. Kerckhoven hat nämlich den Stadtverordneten gegenüber bis zuletzt ein Geheimnis darum gemacht – wie übrigens leider auch um einige andere Dinge.«

»Welche anderen Dinge?«

Inspektor Van den Beeck druckste herum. »Ich darf Ihnen eigentlich nichts darüber sagen, aber offenbar entsprach es seinem Naturell … seiner Natur, äh, seinen *Trieben* öfter nachzugeben, als es sich unter zivilisierten Menschen geziemt! Er hat gewisse Etablissements aufgesucht. Häufig, wenn Sie verstehen, was ich meine.«

»Wie häufig?«

Van den Beeck hob unglücklich die Schultern. »Täglich.«

»Hm. Aber das ist ja nicht verboten.«

Van den Beeck hob die Hände. »Aber hier geht es doch nicht darum, was verboten ist! Immerhin wurde Kerckhoven von der öffentlichen Hand bezahlt – und da passt es natürlich schlecht, dass er dieses Geld dann postwendend in der Roten Laterne verprasst hat.«

»In der Roten Laterne?«

»Ich glaube, so hieß dieses Etablissement. Es ist oben am Hafen, nur ein paar Straßen von hier. – Kennen Sie es etwa?«

Sonderberg wurde rot. »Kennen? Nein, leider nicht … höchstens, äh, ganz flüchtig. Was bedeutet das denn jetzt für die Ermittlungen? Wie werden Sie in der Sache vorgehen?«

»Wir werden natürlich streng nach Vorschrift ermitteln, das kann ich Ihnen versichern. Es besteht ein öffentliches Interesse an der Aufklärung des Falles. Aus diesem Grund muss ich Sie leider auch bitten, sich zurückzuhalten, Dr. Sonderberg. Ich respektiere natürlich die Interessen Ihres Klienten, aber ich kann Sie nur ausdrücklich davor warnen, die Ermittlungen der Behörde in irgendeiner Weise zu beeinträchtigen.«

»Ich werde schon niemanden beeinträchtigen. Aber vier Augen sehen nun mal mehr als zwei.«

Van den Beeck hob den Zeigefinger. »Ich kenne Sie, Dr. Sonderberg. Aber sagen Sie nicht, dass ich Sie nicht gewarnt hätte.«

»Ich würde gern noch einmal auf die Brücke zurückkommen. Gibt es denn einen Grund für diese neue Pferdebahn?«

»Es geht wohl um Stadtentwicklung, oder so ähnlich. Wer weiß das schon.«

»Aber Oberkassel gehört doch zur Bürgermeisterei Heerdt.«

Van den Beeck lachte. »Vielleicht sucht der Bürgermeister ein Plätzchen für ein Ferienhaus.« Er kratzte sich gedankenverloren am Bauch. »Ich frage mich sowieso, warum Fuchs sich überhaupt beschwert. Wenn dieser Kerckhoven wirklich für die Brücke gestimmt hätte, ist es doch nur gut für Fuchs, dass er jetzt tot ist.«

Sonderberg nickte. »Und weil Herr Fuchs wusste, dass Sie genau das denken würden, hat er mich engagiert. Er möchte vermeiden, dass auch nur irgendeine Art von Verdacht an ihm hängen bleibt.«

»Ah. Sehr vorausschauend.«

»Wie geht es denn jetzt mit dem Brückenprojekt weiter?«

»Keine Ahnung. Wahrscheinlich ist die Sache schon längst entschieden. Die da oben machen doch sowieso, was sie wollen. Wissen Sie, zu Zeiten meines Großvaters, des Kommerzienrates Jan Caspar van den Beeck, der treu dem König gedient hat, da gab es ja noch so etwas wie Ehre. Aber heutzutage …« Van den Beeck warf einen Blick zur Bürotür, und nachdem er sich vergewissert hatte, dass sie geschlossen war, lehnte er sich vor und flüsterte: »Wenn ich Ihnen einen Rat geben darf, Dr. Sonderberg … Lassen Sie diesen Fall ruhen! Da sind einfach zu viele Interessen im Spiel.«

»Wollen Sie damit etwa sagen, die Brücke kommt so oder so – egal, wie das Gutachten ausgefallen wäre?«

Van den Beeck schlug die Hände zusammen und stieß einen Seufzer aus. »Ich hatte es befürchtet. Mit Ihnen ist einfach nicht gut Kirschen essen.«

Sonderberg nieste und schnäuzte sich die Nase. »Ich bin sowieso kein Kirschenfreund, da bin ich ganz ehrlich.«

»Und vor allem gehören Sie ins Bett, wenn Sie mich fragen. Darf ich Ihnen noch einen Rat geben?«

Sonderberg schnäuzte abermals. »Bitte sehr.«

»Heiße Milch! Die hilft auf jeden Fall bei Erkältungen. Und wenn Sie ganz sichergehen wollen, tun Sie einfach noch einen Löffel Honig hinein. Das hat meine Frau Mama immer gemacht – wenn sie nicht gerade das Haus geputzt hat, he he. Und es hilft garantiert!«

»Ich werde es mir überlegen.« Sonderberg hob den Finger. »Wie viele Tassen mussten Sie denn immer … Ich meine, wie viele Tassen trinkt man denn davon so am Tag?«

»Zwei. Das reicht vollkommen. Morgens und abends.«

»Zwei … So, so. Haben Sie vielen Dank, Inspektor.«

Kapitel 8

in dem Minnie die Pension Lessing aufsucht, erfährt, wer »Willi, mein Schätzeken« war, und eine traurige Nachricht überbringen muss

Die Pension Lessing war nicht schwer zu finden – vor allem nicht, wenn man wie Minnie über einen ausgezeichneten detektivischen Instinkt verfügte.

Als Gutachter, kombinierte sie, hatte Wilfried Kerckhoven sich vermutlich täglich in der Nähe des Rheinufers aufgehalten. Das machte es wahrscheinlich, dass sich auch seine Unterkunft in dieser Gegend befand. Dazu Franz Fuchs' Bemerkung, dass Kerckhoven noch andere als nur die beruflichen Leidenschaften pflegte, dass er sich hin und wieder vom Alkohol und von Frauen verführen ließ – da gab es zwischen Burgplatz und Sicherheitshafen wahrlich genügend Möglichkeiten.

Die restliche Arbeit bestand darin, sich durchzufragen, und nach weniger als einer Stunde stand Minnie vor einem windschiefen Fachwerkhaus in der Mühlenstraße. Die unteren Fensterläden waren geschlossen, aber eines der Fenster im ersten Stock war geöffnet. Eine korpulente blonde Person, von der auf den ersten Blick nicht zu sagen war, ob es sich um einen Mann oder eine Frau handelte, streckte die Oberarme aus dem Fenster und schüttelte eine Bettdecke aus – direkt über Minnie, die sich gerade noch rechtzeitig mit einem waghalsigen Satz in Sicherheit bringen konnte. Die Person im Fenster schien nicht zu bemerken, dass sich jemand auf der Straße befand. Unbeirrt hieb sie auf die Decke ein und gab dabei Geräusche von sich wie ein Stallknecht, der mit dem Dreschflegel das Korn aus den Ähren schlug. Immer neue Staubwolken wallten auf und verwandelten die Mühlenstraße in eine Nebellandschaft.

»Hallo?«, rief Minnie hinauf. »Entschuldigen Sie bitte – sind Sie Frau Lessing?«

Die blonde Gestalt hielt inne und lehnte sich gefährlich weit zum Fenster hinaus. Ein mächtiger Oberkörper kam zum Vorschein, mit melonengroßen Brüsten, die gegen eine Schürze aus sackgrauem Leinen drückten. Eine fleischige Hand strich die Locken zur Seite, und Minnie blickte in ein rundliches Gesicht mit winzigen Schweinsäuglein, von dem sie nicht im Entferntesten zu sagen vermocht hätte, ob es einer Frau oder einem Mann gehörte – wenn da nicht die Brüste gewesen wären.

»On wä bes do, wenn ech frare dahf?«, raunzte das blonde Etwas mit Bassstimme herunter.

»Mein Name ist Minnie Cogner. Ich bin auf der Suche nach … Also, wie wäre es, wenn Sie kurz runterkommen und die Tür öffnen würden? Dann brauche ich nicht so zu brüllen.«

Die Schweinsäuglein musterten sie verächtlich, dann verschwand die Gestalt vom Fenster, und einen Augenblick später auch die Bettdecke.

Minnie wartete.

Nach einer halben Minute war sie versucht anzuklopfen, als die Tür endlich mit einem Ruck aufgerissen wurde.

Von Angesicht zu Angesicht wirkte Maria Lessing noch imposanter, noch größer, noch breiter als oben im Fenster. Ihr Oberkörper füllte den Türrahmen aus, und als die Wirtin einen Schritt nach vorn trat, erschien es Minnie, als setzten sich zunächst die Schultern und Brüste und dann erst der Rest der Person in Bewegung.

»Sie sind also Maria Lessing?«

»En Liev on Jestalt,on zwor wöhtlech, minn Leev. Wä soll ech denn söns sinn, hä?«

»Und das hier ist Ihre Pension? Die Pension Lessing?«

»Janz rääsch. Dubbel odder Eenzel? Ach, es jo sowieso ejal. Ech vermeete nich an Frauezimmer!«

»Ich möchte kein Zimmer bei Ihnen mieten. Ich komme wegen einer Auskunft.«

»Jeb ech nich!«
»Ich muss schon sagen ...«
»On ech koof och nix. Wor's dat?«
»Wollen Sie denn gar nicht wissen, warum ich hier bin?«
Zwischen den Schweinsäuglein entstand eine Falte. Diesmal bemühte sich Frau Lessing um eine hochdeutsche Antwort, aber die Worte zwängten sich wie kleine, widerborstige Geister aus dem rheinischen Rachen. »Hören Sie, ich weiß nicht, welcher reiche Schnullermann Ihren Lebensunterhalt bezahlt, minn Düere, aber ich für meinen Teil muss um diese Zeit arbeiten. Ich rate Ihnen also dringlichst, zum Ende zu kommen mit Ihrer komischen Fragerei. – Hammer ons vörstonn, Schätzeken?«
Minnie schluckte. »Es geht um einen Ihrer Gäste. Wilfried Kerckhoven.«
Marias Oberkörper wogte hin und her. Sie wirkte auf einmal wie verwandelt. Ein seliges Lächeln glitt über ihre Züge, und das Hochdeutsche war vergessen. »Dä Söße! Dech es bestemmp sin Fott uffjefalle, nä? Äwer secher dat. Tja, zo spät, minn Leev. Dä jehöht mech. Han ehm erlächt!«
»Erlegt?«, stammelte Minnie.
»Wor eene Fangschuss! Dä Kähl war so ussjetrocknet, dä wosste jar nich, wie ehm jeschieht. Äwer jejault hat er. So hähzzerrißend!«
»Also haben *Sie* ihn ...?«
»Dat hättest höre solle. Wie än Schlosshond! Äwer dat donse all, wennse dran sinn. Emmer.«
Minnie spürte das Blut in ihren Schläfen rauschen. »Sie haben also noch andere Männer – umgebracht?«
Wieder die steile Falte. »Ömjebracht? Wieso ömjebracht? Hörens, Schätzeken ...«
»Aber Sie haben doch eben gesagt, Sie hätten Kerckhoven getötet.«
Auf einmal geriet der gesamte Oberkörper in Wallung. Minnie trat sicherheitshalber einen Schritt zurück.
»Willi? Minn Willi es dot ...?«
»Mausetot! *Schätzchen.*«

Maria Lessing schnappte nach Luft. Sie klammerte sich an den Türrahmen. Ihre Linke schoss vor und packte Minnie am Kragen. »Komm ren, komm ren! Dat moss ech jenauer wesse!«

Ehe Minnie reagieren konnte, wurde sie in das Innere des Hauses gezerrt, mitten hinein in ein überraschend geschmackvoll eingerichtetes Empfangszimmer mit einem Tisch und zwei Stühlen aus Kirschholz und einem Tresen, auf dem neben einem Federkiel und einem Tintenfass ein aufgeschlagenes Gästebuch lag. Maria Lessing schleppte Minnie zum Tisch und setzte sie auf einen der Stühle, bevor sie sich selbst mit einem schweren Seufzer auf den anderen fallen ließ.

»Ohjottohjottohjott ... Minn Willi es dot ... On dat es werklech wohr? Weil, wenn do mech Stuss verzälle dehst, Schätzeken ...!«

»Ich schwöre, es ist die reine Wahrheit. Es stand doch heute überall in den Zeitungen.«

»Ziedong? So wat läs ech nich!« Zehn kräftige Finger krallten sich in die Tischplatte. »Wie esset denn bloss passeht?«

»Soweit ich informiert bin, ist er im Rhein ertrunken.«

»Erdronke? Äwer dä Rhing es doch zujefrore!«

»Auf der anderen Seite, in Oberkassel. Er ist wohl abends auf das Eis hinausgegangen und eingebrochen. Aber die Ermittlungen dauern noch an. Im Augenblick geht man von einem Unfall aus.«

»Einjebroche! Eene Onfall! Ohjottohjottohjott ...« Maria Lessing blinzelte und rieb sich mit ihren fleischigen Fingern über das Gesicht, als hoffte sie, dadurch aus einem schrecklichen Traum zu erwachen. »Also deshalf es dä vorjestern nich nach Huus jekomme! On ech dacht schonn, dä Schlang uss dä rod Latähn hädd ehn ...! Oh Jott, ach, minn ärm Willi!« Der Schleier vor ihren Augen lüftete sich plötzlich, und ihr kalter Blick richtete sich auf Minnie. »On wä bes do eejenslech? Besse vonne Polezei odder wat?«

»Ich, äh, ermittle auch in dem Fall«, entgegnete Minnie und überlegte, was Dr. Sonderberg in dieser Situation antworten würde. Überhaupt nichts, begriff sie. Er wäre derjenige, der die Fragen stellte. »Wann haben Sie Herrn Kerckhoven zuletzt gesehen, Frau Lessing?«

Maria Lessing schlug auf den Tisch. »Ermeddela, ha! Eene wie do! On dat soll ech glaube donn? Villeecht bisse ja auch bloss usser Latähn!«

»Ich darf doch sehr bitten!«, entfuhr es Minnie.

Der Blick der Wirtin wurde noch dunkler, noch kälter. »Stemmp, dat hätt mech och jewundert. Dinne Klamotte es ja nich jerade … Tja! Wie war noch mol de Frare?«

»Wann haben Sie Wilfried Kerckhoven zuletzt gesehen?«

Maria Lessing schaute zum Fenster. Durch die Ritzen der Läden fiel ein Streifen Tageslicht herein. Sie schien den Blick auf einen fernen imaginären Punkt zu richten, irgendwo weit hinter dem Lichtspalt, und ließ einen tiefen Seufzer hören. »Jeseh'n? Wees nich. Woher denn och. Vorjestere villeecht. Ja, vorjestere Morje.«

»Und Sie sind da wirklich ganz sicher?«

»Natörlech ben ech secher! Dä es ja dr eenzich Jast för de Oorebleck, on dä hann ech mech natörlech besongersch öm ehm jekömmert … verstehste?«

»Sie meinen, Sie haben ihm das Frühstück gemacht, bevor er gegangen ist.«

»Dat Fröhstöck …? Ach so. Ja, dat och.«

»Und wirkte er ungewöhnlich, als er das Haus verlassen hat?«

Wieder blinzelte die Wirtin, und diesmal schien sie tatsächlich aus einem Traum zu erwachen. »Onjewöhnlich? Wie meenste n dat?«

Minnie begann wieder zu stammeln. Offen gesagt, hatte sie nämlich keine Ahnung, wie sie das gemeint hatte. Es schien ihr einfach eine gute Frage gewesen zu sein.

»Tja, dann hann ech och keen Ahnong, Kleen.« Maria Lessing stand auf, griff in ihre Rocktasche und zog eine Packung Streichhölzer hervor. Mit einer kraftlosen Bewegung riss sie eines an und entzündete die Kerze. »On jetz wehdet Ziet, dat de verschwinde dehst, minn Leev. Ech erwahde nohher noch Jäste, da moss ech dä Bedde härrichte.« Sie beugte sich über den Tisch und faltete die Hände. »Usserdäm es min Willi dot. Ech moss druere!«

Kapitel 9

in dem Sonderberg eine Armee in seiner Faust spürt,
in Erinnerung Millionen umschlingt
und erfährt, dass die Liebe der Liebe Preis ist

Auf dem Rückweg vom Kommissariat unternahm Sonderberg einen Abstecher in die Marienstraße, die östlich der Königsallee lag. Hier standen die Häuser nicht so eng gedrängt wie in der Altstadt. Gepflegte Rasenstücke und Vorgärten mit schnurgeraden Gehwegen verrieten, dass hier überwiegend die gebildete Klasse zu Hause war – Beamte oder leitende Angestellte der Fabriken, die es sich leisten konnten, in einer freundlichen Umgebung zu wohnen, aber noch nicht genügend Mittel für ein Grundstück in der Nähe des Hofgartens besaßen.

Sonderberg verharrte vor einem zweistöckigen Haus, dessen Obergeschoss zwischen zwei steile Dachschrägen gepresst war und nur ein einziges Fenster zur Vorderseite besaß. Sonderberg erinnerte sich daran, wie er in seiner Jugend oft an diesem Fenster gesessen und auf die Straße geschaut hatte, während Katharina – die er, wenn sie zu zweit waren, stets Kathrinchen zu nennen pflegte – ihm scheu über den Rücken streichelte und den Kopf gegen seine Schulter lehnte. Und er fragte sich, ob dort oben unter dem Dach immer noch der große Papageienkäfig mit den blauen Stäben und den beiden Querbalken im Innern stand. Auf den Balken geruhte immer ein südamerikanischer Ara mit rot-gelb-blauen Flügeln zu hocken, der nur hin und wieder den Kopf auf die Seite legte, dabei Sonderberg mit klugen, schwarzen Augen taxierte und spöttelnd und mit halb gesenktem Kopf in sein Gefieder krächzte.

»Ich fühle eine Armee in meiner Faust! – Dem Mann kann geholfen werden!«

Das war Ricos Lieblingsspruch. Der Papagei kannte noch mehr klassische Zitate, weil Kathrinchens Vater Oberstudienrat am Hohenzollern-Gymnasium war und der Käfig jahrelang in seinem Studierzimmer im Erdgeschoss gestanden hatte, bevor ihn Katharina nach dem Tod ihrer Mutter zu sich ins Dachgeschoss holte.

Das einzige Rätsel, das niemals gelöst wurde, war, warum Rico ein ausgeprägter Schillerfreund war. Lessing oder Büchner konnte man ihm vorlesen bis zur Mitternachtsstunde, ohne dass man eine Reaktion erreichte außer einem verächtlich dahergekrächzten: »Den lauten Markt mag Momus unterhalten. Ein edler Sinn liebt edlere Gestalten.«

»Kümmere dich nicht um ihn«, sagte Kathrinchen dann lachend und zog Sonderberg von dem Käfig fort, dessen Tür in der Regel sperrangelweit offen stand, da Rico zwar Schillers intellektuelle Freuden teilte, ansonsten aber beileibe kein Sanguiniker war. Stets hockte er nur freudlos auf seinem Balken und blickte stur geradeaus, die offene Tür ignorierend, als wären die Freuden und Leiden der äußeren Welt es nicht wert, dass man sich überhaupt mit ihnen beschäftigte.

»Kann man ihn denn mit gar nichts erfreuen?«, murmelte Sonderberg verständnislos, denn er war damals gerade zwölf und besaß noch die Illusion, dass das Leben zum überwiegenden Teil aus Freude bestand. »Vielleicht lässt er sich ja mit Geld locken«, überlegte Friedrich weiter und kramte ein paar Pfennige aus seiner Tasche, die er dem Papagei hinhielt.

Rico rollte mit den Augen und rief: »Donner und Doria! Seid umschlungen, Millionen!«, und blieb auf seinem Platz, als wäre er ein Weibchen mit einem Ei unter dem Hintern, das es zu brüten und zu bewachen galt.

»Lass ihn!«, sagte Katharina. »Er ist eben ein Sturkopf.«

»Genauso wie du«, erwiderte Friedrich.

Katharina erklärte, dass Rico eben unter einer Verhaltensstörung litt – kein Wunder, wenn man im Haus eines Studienrats aufgewachsen war. Sonderberg nickte, weil er bei allem genickt hätte, was Katharina sagte. Er hatte Mühe, den Blick von ihren dunkelgrünen Augen abzuwenden, die so groß waren und von solcher Wärme, dass das Zimmer um ihn herum – die Kommode, die Stühle und der alte Sekretär an der Wand – in grauem Nebel versank.

Kathrinchen, die sehr wohl wusste, was in Friedrich vorging, nahm seine Hand, legte sie auf ihren Kopf und blickte ihn an, wie man einen Menschen anblickt, von dem man sicher ist, dass er versteht, was man sagen will. Sonderberg erwiderte ihren Blick und fasste ihre Hand, und gemeinsam gingen sie ans Fenster, um die Menschen zu beobachten, die auf der Straße verkehrten, und die Stille zu genießen, die sie hier oben in diesem Zimmer umfing. So lange, bis Rico mit den Flügeln schlug und erklärte: »Kindisch, aber göttlich schön!«

Sonderberg erschien seltsam, dass er die Erinnerung an diese Zeit niemals verloren hatte, und wie es häufig ist mit solchen Erinnerungen, waren sie im Laufe der Jahre noch bedeutsamer geworden und blieben doch gleichzeitig immun gegen jede Veränderung, was eigentlich paradox war. Darüber hinaus schienen sie nur noch eine einzige weitere Eigenschaft zu besitzen: dass sie nämlich fest verwoben waren mit bestimmten Gerüchen, die er in jener Zeit und seither nie wieder wahrgenommen hatte – in diesem Fall war es der Duft von Kathrinchens langen, schwarzen Haaren: eine eigenartige Mischung aus Veilchenstaub, Orangen und Thymian, die in dieser Zusammensetzung nirgendwo anders zu finden war außer an ihrem Hinterkopf, wenn er ihn gegen die eigene Wange drückte und die Nase tief in ihrem Schopf vergrub. Es war ein Duft, der Sonderberg bis heute heilig war, weil dieser Duft ihn hatte erwachsen werden lassen, bevor er erwachsen gewesen war, und weil die Erinnerung daran blieb, während alles andere, was Sonderberg mit Kathrinchen verbunden hatte, zu Ende gegangen war – spätestens mit jenem unglücklichen Tag, an dem Friedrich seinen 17. Geburtstag feierte.

Natürlich hatte er Kathrinchen eingeladen, und sie hatten im Kreis der Familie gegessen und geredet, und abends brachte er sie zu ihrem Haus mit dem Dachgeschoss, und sie verriet ihm bei einem Gespräch am Fenster, dass sie jemanden kennengelernt hatte, »du weißt schon, jemanden eben«, und Sonderberg verstand nur, dass dieser Jemand ein Mann war wie er und dass er Volker hieß, während alle anderen Worte an ihm vorüberflossen wie ein Ozean, der sich im Nirgendwo verlor. Volker, so begriff er irgendwann später, hatte große Hände und ein großes Kreuz und arbeitete als Geselle in einer Kutschenmanufaktur in der Neustadt, was bedeutete, dass er ein regelmäßiges Einkommen besaß, wenngleich es an der Höhe auch einiges auszusetzen gab, zumindest aus der Sicht eines Oberstudienrats. Aber was ein echter aufgeklärter und modern denkender Bildungsbürger war – und als solchen beliebte Kathrinchens Vater sich zu bezeichnen –, der kam damit zurecht, wenn nur seine Tochter damit zurechtkam, und das würde sie, wie sie Friedrich mit einem schrecklichen Leuchten in den grünen Augen versicherte. Und während sie von Volker schwärmte, hörte Friedrich immer noch zu. Mit der verständnisvollen Miene des besten Freundes, der in dieser Sekunde alles darum gegeben hätte, nur ein *guter* Freund zu sein, und dessen jugendlich unbeschwerte Träume von einem gemeinsamen Leben mit Kathrinchen, von Kindern, vom Altwerden in ihren Armen (voller Leidenschaft und ohne die Schmerzen und Krankheiten des Alters, denn davon wusste er nichts) zerplatzten wie eine Schaumblase, die vom Wind gegen eine Mauer getrieben wird. Und Rico hüpfte im Hintergrund erstmals, seit Friedrich ihn kannte, zwischen den beiden Balken hin und her und verspottete ihn in krächzendem Kasernenton:

»Die Liebe ist der Liebe Preis! – Der Mohr hat seine Schuldigkeit getan, der Mohr kann gehen!«

Und da wusste Sonderberg, dass es aus war, bevor es richtig begonnen hatte, und er verließ Kathrinchen mit dem Versprechen, dass er immer für sie da sein würde, wenn sie es wollte. Aber sie wollte nun einmal nicht, und so sahen sie sich in den folgenden Monaten immer weniger, während Kathrinchen vor einer Manufaktur in Neustadt auf ihren Volker wartete und Friedrich an einem anderen, einsamen Ort bittere Tränen vergoss. Schließlich riss der Kontakt ab, und alles, was Friedrich blieb, waren die Erinnerungen und der Gedanke an den Duft aus Veilchenstaub, Orangen und Thymian, den er nie wieder losbekommen sollte, selbst bis ins gestandene Alter nicht, als er längst ein angesehener, wenn auch nicht unbedingt wohlhabender Detektiv war, der eine alberne Jugendschwärmerei längst vergessen haben sollte.

Er drehte sich auf dem Absatz um und ging in südwestlicher Richtung davon, die Marienstraße hinunter, wobei ihm bei jedem Schritt das Herz leichter wurde und der Atem schwerer, denn er war ja immer noch erkältet, und außerdem ging er zu schnell. So als gäbe es nichts auf der Welt, was ihm lieber sein könnte, als so rasch wie möglich aus der Nähe dieses Hauses fortzukommen, in dem er die schönsten Momente einer Zeit erlebt hatte, die er bis zu dem Augenblick, als Inspektor van den Beeck die Rote Laterne erwähnte, längst hinter sich gelassen zu haben glaubte.

Kapitel 10

in dem Sonderberg erneut auf die Rote Laterne stößt,
eine moralische Diskussion führt
und Minnie eine unangenehme Einladung überbringt

»Da sind Sie ja endlich!«, empfing ihn Minnie.

Sie saß hinter dem Schreibtisch, vor sich ein leeres Blatt Papier und daneben ein geöffnetes Tintenfass. In der Hand hielt sie einen Gänsekiel, mit dessen Feder sie sich nachdenklich über die Wange strich – und abrupt innehielt, als sie Sonderberg erblickte. »Himmel, wie sehen Sie denn aus?«

»Ja, wie sehe ich denn aus?«, fragte er zurück, schnaubte und tastete nach dem Taschentuch.

»Ihre Nase ist rot.«

Er deutete hinter sich auf die Königsallee. »Vielleicht ist es Ihnen aufgefallen: Wir haben Winter. Da kann man sich schon mal eine rote Nase holen.«

»Aber Ihre Wangen sind auch rot! Sogar Stirn und Augen. Sie haben bestimmt Fieber!«

»Unsinn. Ich bin nur etwas überarbeitet.«

»Ich hab's Ihnen ja gleich gesagt. Sie brauchen Ruhe, und zwar dringend. Ab jetzt werde ich Sie nicht mehr aus dem Haus lassen ...«

Er schnäuzte sich die Nase. »Soll ich etwa bis zum Frühjahr hinter meinem Schreibtisch sitzen bleiben?«

»... und Sie werden Ihre Milch trinken. Drei Becher am Tag. Ach was, *mindestens* drei Becher am Tag. Denken Sie nur nicht, ich hätte nicht gemerkt, dass Sie die Milch heute Morgen weggeschüttet haben. Sie sind ein sehr schwieriger Patient. Ich werde dem Rechnung tragen. Von jetzt an werde ich das kontrollieren.«

Sonderberg hängte seinen Mantel auf und legte den Hut und den Schal auf die Ablage. »Sie werden gar nichts kontrollieren. Und zwei Becher reichen völlig aus, wie ich aus sicherer Quelle weiß.«

»Welche Quelle?«

»Dienstgeheimnis. Ach, und da wir gerade dabei sind: Ich soll Sie von Inspektor van den Beeck grüßen. Er bat mich, Sie an seine Einladung zum Essen zu erinnern.«

Minnie wurde blass. »Um Himmels willen! Und was haben Sie ihm gesagt?«

»Dass ich Sie erinnern werde.«

Sie ließ den Federkiel sinken. Ein Tintentropfen fiel auf das leere Blatt Papier. Sie schien Sonderbergs Erkältung plötzlich ganz vergessen zu haben. »Du meine Güte, Dr. Sonderberg. Was mache ich denn jetzt?«

Er lehnte sich gegen den Schreibtisch, hob die Schultern und kratzte sich am Kinn, wobei ihm prompt auffiel, dass er heute Morgen vergessen hatte, sich zu rasieren. Vielleicht hatte Minnie doch recht, und er war wirklich krank. Andererseits konnte er darauf jetzt keine Rücksicht nehmen. Nicht, wo sich doch gerade ein neuer Klient in die Detektei verirrt hatte. »Was schreiben Sie da eigentlich?«

»Ach, was soll ich denn nur machen? Wegen der Einladung, meine ich.«

»Vielleicht sollten Sie sie annehmen, Minnie. Inspektor van den Beeck ist doch nun wirklich ein sehr netter Mann.«

»Aber ich bin eine Dame!«

Sonderberg lachte. »Genau deshalb wird er Sie gefragt haben … Was hat denn Ihr Besuch in der Pension Lessing ergeben?«

Minnie steckte den Gänsekiel in das Tintenfass. »Das wollte ich ja gerade aufschreiben. Diese Lessing ist jedenfalls eine sehr verdächtige Person! Sie liest zum Beispiel überhaupt keine Zeitung. Deshalb wusste sie auch gar nicht, dass Kerckhoven tot ist. Können Sie sich das vorstellen?«

»Tja, aber wenn sie das nicht wusste – was macht sie denn dann verdächtig?«

»Ach, einfach alles, ihr ganzer gewöhnlicher und vollkommen stilloser Aufzug. Sie hat übrigens Kontakt zu einem Etablissement, zu einem Ort, an dem Frauen ... na ja ...«

»Zur Roten Laterne?«

Minnie riss die Augen auf. »Woher wissen Sie das denn?«

»Ach, das war nur so eine Idee. Erzählen Sie weiter.«

»Ich glaube auch, diese Lessing hat überhaupt keine Pension. Die Männer, die sie beherbergt – und es sind übrigens ausschließlich Männer! –, übernachten dort nur, um ... um ...«

»Ja?«

»Sie wissen schon, was ich meine!«

»Hm. Ich glaube, ich verstehe. Aber das ist ja nicht verwerflich.«

»Finden Sie?«

Sonderberg tastete nach seinem Taschentuch. »Ich meine, es ist nicht illegal. Nicht, äh, verboten im Sinne des Gesetzes ... *Hatschi*! – Entschuldigung.«

»Gesundheit. Also, da kenne ich mich nicht aus. Jedenfalls machte diese äußerst gewöhnliche Person einen sehr, äh, ungewöhnlichen Eindruck.«

Sonderberg schnäuzte zwei Mal. »Vielleicht sollten Sie es doch besser aufschreiben, wenn Ihnen noch etwas einfällt.«

»Also auch das mit der Wirtin? Dann hätten Sie aber alles doppelt.«

»Minnie – ich meine nur, dass wir jede Möglichkeit in Betracht ziehen sollten. Das sind wir Herrn Fuchs schuldig. Schließlich zahlt er ein hübsches Sümmchen.«

»Ah, wo Sie es gerade sagen ...« Minnie senkte den Blick und strich über den obersten Knopf ihrer Bluse, als hätte sie darauf ein Staubkorn entdeckt. »Ich weiß gar nicht, wie ich am besten anfangen soll ...«

»Fangen Sie vorn an, Minnie. Das ist immer am besten.«

»Ich bin heute Abend verabredet!«

Sonderberg öffnete die Hände. »Wie schön! Wer ist denn der Glückliche? Ich meine, soll ich Inspektor van den Beeck vielleicht mitteilen, dass er sich nicht weiter zu bemühen braucht?«

»Nein, nein«, erwiderte Minnie hastig. »Nicht was Sie denken! Ich bin mit Elisabeth verabredet. Sie können sich vielleicht nicht an Sie erinnern, aber …«

»Etwa die, deren Mann nach Amerika geflohen ist?«

»Ausgewandert«, verbesserte Minnie, »und zwar, um Geld zu verdienen und es der Familie zu schicken.«

»Und? Ist schon ein Brief eingetroffen?«

Minnies Finger spielten immer noch an dem Blusenknopf. »Wie Lieschen sagte, ist wohl leider etwas dazwischengekommen.«

»Etwas?«

»Oder besser gesagt, jemand.« Sie stieß einen leisen Seufzer aus. »Eine Frau. Er hat sie in Hamburg getroffen, kurz bevor das Schiff ablegte. Auf der Reeperbahn.«

»Er ist also gar nicht losgefahren! Das nenne ich wirklich ein Unglück.«

»Nach Hamburg schon … aber das wollte ich doch gar nicht erzählen!« Ihre Stimme hob sich wieder. »Lieschen hat nämlich einen neuen Mann kennengelernt. Stellen Sie sich vor – beim Tanz! Natürlich hat sie mir gleich alles erzählt. Er ist nämlich so romantisch, und sie ist ja auch so romantisch, und die beiden passen einfach so gut zusammen. Und jetzt wollen sie heiraten und sich ein Haus kaufen.«

»Der Glückliche!«

»Da ist leider nur ein Problem, wie Lieschen mir sagte. Er hat wohl nicht so viel Geld …«

»Minnie! Sagen Sie es nicht. Sie haben ihm doch nicht etwa Geld geliehen?«

»Nicht ihm, sondern ihr. Nur eine kleine Anzahlung. Für das Haus. Mehr konnte ich ihr leider nicht geben, da ich aus meiner Zeit bei den Rosenkes ja sowieso nur eine Kleinigkeit ansparen konnte und … Na ja, und jetzt wollte ich Sie fragen, ob mein Gehalt für diesen Monat … Nun ja …«

»Aber der Monat hat gerade erst angefangen, Minnie!«

»Ich weiß. Aber sie brauchte das Geld ganz dringend.«

Sonderberg schüttelte den Kopf und murmelte in sich hinein. »Mir scheint, Sie brauchen es mindestens ebenso dringend.« Und lauter: »Schön. Ich werde es an Sie auszahlen. Ich meine, zahlen Sie es aus. An sich selbst. Wie auch immer.«

»Danke, Dr. Sonderberg. Vielen Dank.«

»Schon gut. Es ist ja Ihr eigenes Unglück, nicht meins.«

»Ach so, das habe ich ganz vergessen: Sie haben übrigens Besuch.«

»Besuch? Und das sagen Sie erst jetzt?«

»Es ist Ihr Neffe.«

»Gregor? Ach du lieber Himmel! Den kann ich jetzt überhaupt nicht gebrauchen.«

Minnie rümpfte die Nase. »Das habe ich nicht gehört. Außerdem hat Ihr Neffe ausgezeichnete Laune, die sollten Sie ihm nicht verderben.«

»So? Wieso das denn?«

»Das habe ich ihn nicht gefragt. Aber er sagte, dass er unbedingt mit Ihnen sprechen muss. Wegen eines Geschäfts, das er in nächster Zeit abschließen möchte.«

Jetzt war es Sonderberg, der die Nase rümpfte, denn er wusste nur zu genau, worum es sich bei Gregors Geschäften in der Regel handelte.

Kapitel 11

*in dem Gregor Sonderberg eine echte Kodak vorführt,
seinen Onkel um eine Investition bittet
und vom Geschäft seines Lebens fantasiert*

»Onkel Friedrich!«

Sonderberg schloss die Bürotür und zog die Brauen hoch. »Guten Tag, mein lieber Gregor. Na, wie ich sehe, hast du es dir ja schon bequem gemacht.«

In der Tat, Gregor saß auf dem Sessel hinter dem Schreibtisch und tippte mit den Fußspitzen nervös gegen einen Koffer mit Schweinslederbezug, den er neben dem rechten vorderen Tischbein abgestellt hatte. Mit einem schelmischen Lächeln sprang er auf. »Da bist du ja endlich, Onkel! Ich hab ja praktisch schon seit Stunden auf dich gewartet! Na ja, und weil diese Stühle da vorn so schrecklich hart sind, dachte ich mir, hier auf dem Sessel wäre vielleicht …«

»Ja, ja, schon gut.«

Gregor machte einen Satz auf Sonderberg zu und presste ihn an sich. »Wie geht es dir, Onkel?« Dann trat er zurück, und auf einmal haftete seinen Bewegungen etwas Gleitendes, Reptilhaftes an, als ahnte er schon, welche Worte jetzt folgen würden.

Sonderberg tat ihm den Gefallen. »Wie geht es deinem Vater? Hast du ihn mal wieder gesprochen?«

Gregors Gesicht verschloss sich. »Willst du mir etwa die gute Laune verderben? Ich habe keinen Vater mehr, das weißt du genau!«

»Und ich habe keinen Neffen, wie du weißt – und trotzdem bist du hier immer willkommen.« Sonderberg nahm den Platz ein, den Gregor freigemacht hatte. »Er würde sich bestimmt freuen, dich zu sehen – und zu sehen, dass es dir gut geht.«

Es war eine verzwickte Situation mit Gregor und seinem Vater. Es gab nicht viele Menschen, die Dr. Sonderberg als Freunde bezeichnet hätte. Eigentlich niemanden außer Dr. Reinhold Rebstedt. Sie hatten nicht nur gemeinsam Medizin studiert, sondern auch beide ihre Familien enttäuscht. Während Sonderberg sich unter den wütenden Protesten seines Vaters ganz und gar vom erlernten Fach abwandte, um zunächst Journalist und schließlich Detektiv zu werden, hatte Rebstedt es immerhin zum Nervenarzt gebracht, was in den Augen eines echten Mediziners nur eine andere Bezeichnung für Versager war. Er kümmere sich eben nicht um die äußeren, sondern um die inneren Krankheiten, wurde er nicht müde zu betonen – und selbst ein kritischer Beobachter kam nicht umhin, ihm zu attestieren, dass er es damit recht weit gebracht hatte: nämlich bis zum ärztlichen Leiter der Departemental-Irrenanstalt am Rheinufer und zum Stadtverordneten von Düsseldorf. Und zum Vater eines Sohnes, der ihn mindestens so enttäuschte wie Rebstedt den seinigen.

»Mag sein«, erwiderte Gregor darum unwirsch, »aber *ich* würde mich nicht freuen, ihn zu sehen – und dabei wird es auch weiterhin bleiben!«

Es war eine lange Geschichte von Missverständnissen und verletzten Gefühlen, die dafür verantwortlich war, dass Gregor seinen Vater nicht mehr sehen wollte, und Sonderberg war im Laufe der Jahre die Versuche müde geworden, ihn eines Besseren zu belehren. So akzeptierte er einfach, dass Gregor in ihm so etwas wie einen Ersatzvater gefunden hatte und ihn deshalb mit vollem Recht als »Onkel« bezeichnete. Irgendwann, sagte sich Sonderberg jedes Mal, wenn Gregor unvermittelt die Detektei aufsuchte, irgendwann werden sich die Dinge schon wieder fügen.

Er deutete auf einen der beiden Besuchersessel. »Bitte, Gregor, setz dich doch. Wie lange haben wir uns nicht gesehen? Ein paar Wochen? Du siehst gut aus.«

Tatsächlich zählte Gregor zu jenen Menschen, deren Gestalt und Erscheinung die Unbilden des Lebens nichts anhaben können. Obwohl einen halben Kopf größer als Sonderberg, wirkte er immer noch wie Anfang zwanzig, also fast zehn Jahre jünger, als er tatsächlich war. Die schmale Hüfte und das breite Kreuz, das lediglich in der Seitenansicht etwas schwächlich ausfiel, machten ihn zu einem Blickfang für die Frauen, von denen allerdings die meisten den Blick ebenso schnell wieder abwandten, sobald sie begriffen, dass Gregors kräftige und manchmal sogar leicht verwegen wirkende Erscheinung nur in sehr geringem Maße mit seiner Gedankenwelt, seinen Interessen und sonstigen inneren Werten korrespondierte.

Heute trug er eine schwarze Bundfaltenhose, die ihm ein ungewohnt sachliches Aussehen verlieh. Am auffälligsten aber war die goldene Kette, die er links am Gürtel befestigt hatte und an der er die ganze Zeit ostentativ spielte, ohne sie so weit aus der Tasche herauszuziehen, dass Sonderberg einen Blick auf die Taschenuhr hätte werfen können, die ohne Zweifel daran befestigt war. Sonderberg konnte sich nicht erinnern, dass Gregor schon einmal eine Taschenuhr besessen hätte – noch dazu eine mit goldener Kette – und ertappte sich sogleich bei der Frage, wie er die Uhr wohl erworben hatte, denn er kannte ja seinen »Neffen« und dessen Talente. Der sorgfältige Umgang mit Geld oder Zeit gehörte gewiss nicht dazu.

Aus diesem Grund gab es auch nur ausgesucht wenige Tage im Jahr, an denen Gregor sich in der Detektei blicken ließ. Diese Tage zeichneten sich dadurch aus, dass er zumeist reumütig und mit geschundener Seele von einer hinterlistigen Übervorteilung berichtete, deren Opfer er geworden war, oder von einer Arbeit, die zu beschwerlich war, um sie länger auszuführen – oder von einer glänzenden Geschäftsidee, die seinem in finanzieller Hinsicht so trübseligen Dasein eine entscheidende Wendung geben sollte und bei der für seinen Onkel Friedrich Sonderberg die ehrenvolle Rolle als Hauptinvestor vorgesehen war. Sonderberg hatte eine gewisse Vorsicht entwickelt, was Gregors Besuche anging – eine Vorsicht, die sich längst auch finanziell bezahlt gemacht hatte.

»Ich bin aus einem ganz bestimmten Grund hier, Onkel – aber wenn du unbedingt über meinen Vater sprechen willst, kann ich auch wieder gehen.«

Sonderberg hob die Hände. »Bitte, es war nur ein Hinweis. Minnie hat mir etwas von gewissen Geschäften erzählt, die du abschließen willst?«

Gregor lachte, doch in diesem Lachen war ein Unterton, eine Spannung, die Sonderbergs Instinkte alarmierte. »Ja, ich hab ihr ein bisschen was erzählt – aber natürlich nicht alles. Dafür ist die Sache viel zu heiß, verstehst du? Deshalb komme ich zu dir. Ich brauche dabei nämlich jemanden, der etwas von Geschäften versteht. Einen Mann mit Format sozusagen. So wie dich.«

»Red keinen Unsinn, Gregor. Worum geht es? Brauchst du Geld?«

»Ach, Onkel …«

»Oder willst du mir etwas andrehen? Mit dem Koffer da siehst du aus wie ein Policenverkäufer.«

Gregor griff nach dem Koffer und stellte ihn auf den Tisch. »Hab ich dich etwa gestört, Onkel? Du siehst abgearbeitet aus. Wahrscheinlich bist du mal wieder in Zeitnot.«

»Nur wer arbeitet, hat genügend zum Leben, Gregor.«

»Ha … genügend Geld oder genügend Zeit, lieber Onkel? Das ist hier die Frage.« Gregor ließ ein selbstgefälliges Lachen hören, und Sonderberg fragte sich, wobei er ihn wohl vorhin ertappt hatte. Das schlechte Gewissen stand seinem Neffen förmlich ins Gesicht geschrieben.

»Minnie hat schon angedeutet, dass du guter Laune bist. Gibt es dafür einen Grund – ich meine, außer der geschmacklos protzigen Taschenuhr, die du da zur Schau trägst?«

»Ah, sie ist dir aufgefallen? Ein Geschenk von einem Freund. Ebenso wie der Koffer.« Gregor zog die Uhr heraus und klappte sie auf. »Gefällt sie dir? Sieh mal, ein goldenes Ziffernblatt. Ist das nicht hübsch? Ehrlich gesagt, bist du der Erste, dem ich sie zeige. Ich habe sie nämlich erst gestern bekommen. Als Geschenk! Ein Geschenk des Vertrauens sozusagen. Von einem engen Freund. Rat mal, wie viel sie wert ist!«

»Ich bin schlecht im Raten, Gregor.«

»Och, komm schon! Bitte.«

»Das ist höchstens Blattgold. Eine Krone vielleicht.«

»Ah, als Detektiv verstehst du natürlich nichts vom Juweliergeschäft. Ich weiß jedenfalls, mit solcherlei Zierat muss man ja vorsichtig umgehen. Es gibt Elemente in der Stadt, die ...«

»Ja, ja, schon gut. Sag mir endlich, worum es geht.«

»Ha, dein Misstrauen, Onkel.« Gregor ließ sich endlich in einem der beiden Besuchersessel nieder und verschränkte lässig die Arme hinter dem Kopf. Die Sessel waren nicht weniger weich und sitzfreundlich als der hinter dem Schreibtisch, sodass Sonderberg sich erneut fragte, was Gregor wohl dort gewollt hatte. »Also, Onkel: Der Grund für meine gute Laune ist, dass ich heute Nacht das Geschäft meines Lebens machen werde. Morgen bin ich ein steinreicher Mann. Ich kann dir im Moment noch nicht sagen, worum es geht, deshalb nur so viel: Es handelt sich um eine absolut todsichere Sache!«

Sonderberg nickte. »Das hört sich nicht gut an.«

»Und wenn alles klappt wie geplant, kann ich dir auch endlich deine Schulden zurückzahlen.«

»Du meinst wohl, *deine* Schulden.«

»Ich wollte es dir nur vorher ankündigen. Damit du nicht so verblüfft bist.«

»Das bin ich in der Tat.«

Gregor strich über die Bundfalte seiner Hose, wie um sich daran festzuhalten. »Tja. Es gibt da nur eine Sache, über die wir noch reden müssen. Eine Kleinigkeit, wirklich, aber ... Nun, die Sache ist die, lieber Onkel, ich benötige für mein Geschäft einen klitzekleinen Einsatz. Eine Investition. Du als Geschäftsmann wirst das doch hoffentlich verstehen.«

Sonderberg nickte. »Ich verstehe das sehr genau.«

Gregor hob die Hände. »Es ist nicht so, wie du denkst. Ich habe deine Ratschläge beherzigt. Diesmal ist alles anders, weißt du? Ich habe gespart. Fast ein ganzes Jahr. Ich habe fast hundert Mark zusammen.«

»Aber?«

»Aber ein bisschen was fehlt mir noch zu den Hundert. Ein klitzekleiner, winziger Rest, und da dachte ich, du könntest vielleicht ...«

»Wie viel?«

»Du meinst, wie viel mir noch fehlt, oder wie viel ich schon gespart habe?«

»Wie viel, Gregor?«

Gregor seufzte. »Vierzig.«

»Vierzig hast du erst?«

»Nein, nein. Ich habe schon sechzig! Du siehst also, das Risiko ist für dich gar nicht so groß. Lumpige vierzig Mark müsstest du beisteuern, dann wäre der Einsatz komplett.«

»Ich habe ...«

»Moment, Onkel! Lass mich zuerst erklären, dann wirst du einsehen, dass du gar nicht anders kannst, als dich an dieser Sache zu beteiligen. Es kommt nämlich alles noch besser. Ich werde dir für die Hundert etwas geben. Ein Pfand! Eine Sicherheit! Na, was sagst du dazu?«

Sonderberg lehnte sich zurück und betrachtete Gregor, der nervös auf seinem Stuhl zappelte. »Du hast dich nicht geändert, Gregor. Sag, du bist doch nicht etwa wieder rückfällig geworden?«

Gregor streckte drei Finger aus und legte die Hand auf die Brust. »Ich hab's dir versprochen, und daran werde ich mich natürlich halten. Keine Spiele mehr! Glaubst du, ich weiß nicht mehr, wie unangenehm es für dich war, damals im Sonnenhaus, als du mitten in der Nacht dort aufgekreuzt bist, um mich vom Roulettetisch zu holen ...?«

»Und für dich erst.«

»Ich habe eingesehen, dass ich dir damit keinen Gefallen getan habe. Deshalb habe ich mich geändert. Seitdem habe ich kein einziges Spiel mehr unternommen.«

»Kein einziges?«

»Na ja, vielleicht hier und da mal eine klitzekleine Kartenrunde, aber das ist ja gar nicht der Rede wert. Am Roulettetisch war ich jedenfalls nicht wieder. Kein einziges Mal! Ich schwöre dir jeden Eid, und ich gebe dir sogar obendrein mein Ehrenwort als dein Neffe!«

»Na, danke sehr. Was soll bloß aus dir werden, Gregor? Du warst einmal auf dem Weg, ein angesehener Fotograf zu werden, wenn du nur damals diese Ausbildung beendet hättest. Und jetzt ...«

»... bin ich es immer noch! Auf dem Weg.« Gregor kippte den Koffer, öffnete das Schloss und drehte ihn schwungvoll herum, sodass Sonderberg einen Blick in das Innere werfen konnte. »Na, was sagst du dazu, mein lieber Onkel?«

»Eine Kamera?«

»Das ist nicht irgendeine Kamera, sondern eine echte Kodak! Das Modernste vom Modernsten, ein Wunderwerk der Technik sozusagen! Hier, siehst du? Sogar komplett mit Magnesiumblitz und Stativ. Das lässt jeden Kenner mit der Zunge schnalzen!«

»Woher hast du die?«

Gregor schloss den Koffer wieder und stellte ihn auf den Boden. »Betrachte es als Geschäft, Onkel. Ich lasse dir die Kamera da. Als Pfand für die Vierzig. Und morgen früh löse ich sie wieder aus.«

»Was soll das? Sehe ich aus wie ein Pfandleiher?«

»Bitte, Onkel! Nur dieses eine Mal.«

Sonderberg schüttelte den Kopf. »Gregor! Was hast du vor? Du tauchst wie aus dem Nichts auf, nachdem wir uns wochenlang nicht gesehen haben, trägst eine Uhr, von der du mir nicht sagen willst, woher du sie hast, dazu eine Kamera, die jedenfalls ebenso deine Finanzen übersteigt ...«

»Hab Vertrauen, Onkel! Ich weiß, was ich tue.«

»Das bezweifle ich. Und selbst wenn es so wäre, habe ich doch ein Recht darauf zu wissen, wofür ich mein Geld verwende. Oder für wen. Ich meine, hundert Mark willst du einsetzen – in einer Nacht! Das ist doch nie im Leben ein ehrliches Geschäft!«

Gregor schob das Kinn vor. »Verstehe ich dich also recht? Du willst mir nichts leihen?«

»Wieso gehst du nicht zu einem echten Pfandleiher? Mit der Uhr zum Beispiel. Wenn das Geschäft so sicher ist, wie du sagst, kannst du sie morgen auslösen.«

»Aber das geht nicht«, erwiderte Gregor gequält. »Ich sagte es doch schon, die Uhr ist ein Geschenk. Ich kann sie nicht weggeben. Außerdem hast du selbst gesagt, sie ist höchstens eine Krone wert.«

»Bedaure. Ich fürchte, ich kann dir nicht helfen.«

Gregors Blick verfinsterte sich. »Du verstößt mich also? Deinen einzigen Neffen?«

»Den einzigen Neffen, der mir nichts als Kummer bereitet.«

»Pah! Ich habe mit dieser Antwort gerechnet. Und weißt du, warum? Weil es in deiner Natur liegt, geizig zu sein, jawohl!«

»Werd jetzt bitte nicht frech, Gregor!«

»Aber damit werde ich mich nicht abfinden! Soll ich dir nämlich was verraten? Ich habe sowieso schon alles, was ich brauche! Ich wollte nur deine Antwort hören – um meine traurige Vermutung bestätigt zu sehen. Aber wir sind noch nicht miteinander fertig, Onkel. Morgen komme ich wieder. Dann zahle ich dich aus, und danach sind wir geschiedene Leute!«

Sonderberg kam nicht zu einer Erwiderung, denn Gregor sprang aus dem Sessel, deutete höhnisch eine Verbeugung an und schwang auf dem Absatz herum. Das Letzte, was Sonderberg noch von ihm wahrnahm, war ein Zipfel seines wehenden Hemdes, als er das Büro verließ und die Tür hinter sich ins Schloss krachen ließ.

In dem kurzen Wortwechsel, der draußen folgte, verstand Sonderberg nur Gregor, der Minnie mit erhobener Stimme erklärte: »Weil er es nicht anders verdient hat ... Genau, sagen Sie ihm das so ... Ich glaube nicht, Minnie, denn in diesem Haus ist es zu kalt, um länger darin zu verweilen!«

Wenig später knallte auch die Eingangstür. Sonderberg blieb in seinem Sessel sitzen und fragte sich, ob er über das nachdenken sollte, was er gerade erlebt hatte, als er Schritte vernahm, die sich dem Büro näherten. Es klopfte, und Minnie schob den Kopf durch den Türspalt.

»Kommen Sie rein, Minnie.«

»Wirklich?«

»Ja, wirklich. Kommen Sie rein.«

Sie öffnete die Tür und ging zum Sessel, wobei sie die Fußsohlen vorsichtig aufsetzte, als fürchte sie, dass der Boden vielleicht vermint wäre. Wortlos nahm sie Platz und musterte Sonderberg.

»Haben Sie ihn auf seinen Vater angesprochen?«

»Was meinen Sie, woher jetzt seine schlechte Laune rührte.«

Sie wartete ab, und als er nichts hinzusetzte, fragte sie vorsichtig: »Möchten Sie darüber reden, Dr. Sonderberg?«

»Nein, will ich nicht!«

Es folgte eine Minute Stille. Minnie ging zum Panoramafenster und betrachtete die Veilchen auf der Fensterbank. »Die könnten auch mal wieder gegossen werden.«

»Tun Sie sich keinen Zwang an«, brummte Sonderberg.

»Was hat er denn von Ihnen gewollt?«

»Er wollte Geld. Oder auch nicht. Ach, weiß der Teufel. Wahrscheinlich wusste er es selbst nicht so genau.«

»Und Sie wollten ihm nichts geben?«

»Ich will ihm helfen, Minnie! Und das kann ich gewiss nicht mit Geld. Aber er weist mich zurück und reitet sich wahrscheinlich immer tiefer in den Sumpf.«

»Also wenn ich das geahnt hätte, Dr. Sonderberg, dann hätte ich ihn natürlich ...«

»Schon gut, Minnie. Sie können ja nichts dafür.«

»Ich bin sicher, er wird sich wieder beruhigen! Und was er zu mir gesagt hat ...«

»Ich habe gehört, was er gesagt hat. Ich konnte es von hier aus wirklich sehr gut verstehen.«

»Ach, das!« Sie winkte ab. »Das hat er doch gar nicht so gemeint!«

Sonderberg lehnte sich zurück und ließ einen tiefen Seufzer hören. Er fasste sich an die Schläfen. »Natürlich hat er das nicht so gemeint, Minnie, aber genau das ist ja das Problem. Nichts, was er sagt, ist jemals wirklich so gemeint ... Apropos. Was hatte das zu bedeuten, als er sagte, er hätte schon alles, was er braucht?«

»Also, zu mir hat er nur gesagt, dass er ...«

Sonderberg wurde blass. »Minnie! Wo ist das Geld, das für den Schildermacher gedacht war?«

Sie blickte stirnrunzelnd auf den Schreibtisch. »In der linken Schublade, wie immer.«

»Der Schlüssel! Wo ist der Schlüssel!«

»Aber der steckt doch immer, wenn Sie im Büro sind.«

»Vorhin war ich aber nicht im Büro!« Sonderberg suchte den Schreibtisch ab. Unter dem Koffer mit der Kodak wurde er fündig. Er konnte sich nicht erinnern, den Schlüssel dort abgelegt zu haben … Rasch schloss er die Schublade auf.

»Aber Sie glauben doch nicht ernsthaft, dass Gregor …? Also, das kann ich mir nun wirklich nicht vorstellen!«

Sonderberg zog die Schublade auf. »Wie viel war es?«

»Ich habe heute Morgen vierzig Mark hineingetan. Etwas mehr als sonst, wegen des Schildermachers.«

»Weg!«

Minnie Cogner linste über den Schreibtisch hinweg in die Schublade. »Was meinen Sie damit, weg?«

»Leer! Er hat alles mitgenommen – genau die vierzig Mark, die er brauchte.«

Minnie sank auf einen der Besucherstühle. »Oh, dieser Schlingel. Wenn ich das gewusst hätte! Kommen Sie, Dr. Sonderberg. Er kann noch nicht weit sein.«

Sonderberg winkte ab. »Lassen Sie nur. Den holen wir nicht mehr ein. Aber diesmal ist er zu weit gegangen! Ich werde die Polizei informieren!«

»Sie wollen Ihren eigenen Neffen anzeigen?«

»Natürlich! Es ist schließlich zu seinem eigenen Nutzen! Oder wollen Sie ihn etwa so einfach davonkommen lassen?«

»Nein, aber …«

»Vielleicht lernt er ja endlich mal daraus. Ich glaube, das Einzige, was ihm noch helfen kann, ist der harte Arm des Gesetzes …« Er räusperte sich. »Ach, übrigens, könnten Sie das vielleicht für mich übernehmen, Minnie?«

»Zur Polizei gehen? Wieso das denn?«

»Na, dann können Sie auf der Wache ja auch gleich mit Inspektor van den Beeck sprechen. Wegen des Abendessens. Und ich habe den Abend frei und kann endlich ins Bordell gehen.«

»Wie bitte?«

Sonderberg wurde rot. »In die Rote Laterne, wollte ich sagen. Was gucken Sie denn so, Minnie? Mein Besuch wird selbstverständlich rein beruflicher Natur sein!«

Kapitel 12

in dem Gregor einen heimlichen Besuch macht,
ein Geschäft platzen lässt, das es nie gegeben hat,
und im geeigneten Augenblick die Flucht ergreift

Gregor schäumte, als er die Detektei verließ, und der Zorn wurde einzig gelindert durch das Triumphgefühl, mit dem er die Münzen in seiner Hosentasche zwischen den Fingern rieb. Er wischte sich fahrig die Haare aus der Stirn, während er die Königsallee entlangeilte. Irgendwo hinter ihm näherte sich eine Pferdebahn.

In Ordnung, zugegeben! Natürlich hatte er ein schlechtes Gewissen wegen des Diebstahls – und das, obwohl es ja genau genommen gar kein Diebstahl war, sondern nur eine Leihgabe, dieses Detail durfte ja wohl noch angemerkt werden! –, aber sein Onkel hatte es ihm ja auch wirklich nicht leicht gemacht. Dabei hatte er alles versucht, um ihn zu überzeugen. Wirklich alles. Was konnte denn er dafür, dass die Sache mit der Kamera schiefgegangen war, dass die Fotos nichts geworden waren? Das war doch schließlich nicht seine Schuld! Aber er sollte die Sache jetzt ausbaden! Die Ungerechtigkeit schrie zum Himmel.

Die Pferdebahn war fast bei ihm angekommen. Gregor hatte eigentlich die Absicht gehabt, zu Fuß zu gehen, aber auf die paar Pfennige kam es nun auch nicht mehr an – jetzt, da er so schrecklich in der Tinte saß. Er kaufte sich eine Fahrkarte für die erste Klasse und setzte sich auf einen freien Platz im Perron. Die Szene in der Detektei lief noch einmal vor seinem geistigen Auge ab. Wie gut, dass er das Geld eingesteckt hatte, bevor sein Onkel zurückgekehrt war. Das wäre ansonsten ja ein schönes Desaster geworden.

Ah, die Wut über die herablassende Behandlung ließ ihn auf dem

Sitz herumrutschen. Eine Dame mit Hutnadel drehte sich um und verzog das Gesicht.

Gregor schnitt ihr eine Grimasse und stieg aus.

Den Rest bis zur Ratinger Straße hätte er sowieso zu Fuß gehen müssen. Vor der Roten Laterne brannte noch kein Licht. Es war ja schließlich erst später Nachmittag. Aber die Tür war offen.

Gregor trat ein.

Es war keines der Mädchen zu sehen, und dennoch wurde er bereits erwartet.

»Ah, da ist ja unser lieber Freund und Helfer!«, rief einer der beiden Männer am Tresen und winkte ihn heran. Der Sprecher war rothaarig, breitschultrig und von verwegenem Aussehen, was selbst durch den Gehrock, das Hemd mit Kragen und das rote Plastron darüber nur unwesentlich kaschiert wurde. Auch das Lächeln täuschte nicht darüber hinweg, dass dieser Mensch den Charakter eines Hais besaß, der zuschnappte, wo immer er Beute witterte.

»Guten Tag, Gregor. Du bist ausnehmend pünktlich. Bitte setz dich doch zu uns.«

Gregor gehorchte. Er ließ die Hände in den Taschen, wo sie nervös die Scheine rieben.

»Hast du dich an unsere Vereinbarung gehalten?«

Gregor schluckte. »Es gibt da eine gewisse Schwierigkeit. Also, keine *wirkliche* Schwierigkeit«, fügte er hastig hinzu, als er den Temperatursturz im Gesicht seines Gegenübers bemerkte. »Ich habe das Geld natürlich dabei.«

»Gut.«

»Aber ich wollte fragen, ob es nicht vielleicht doch eine andere Möglichkeit gibt … Ich meine, ich habe ja getan, was Sie gesagt haben, um meine Schulden abzuarbeiten … Mit der Kamera … Und dass das Ergebnis nun nicht den gewünschten Erfolg …«

»Gregor.«

»Oder die Taschenuhr! Vielleicht könnte ich die Taschenuhr …«

»Du willst mir die Uhr zurückgeben? Die war ein Geschenk.«

»Ich weiß, aber …«

Gregor, ich bin nicht hier, um mir deine Ausreden anzuhören. Gib mir das Geld.«

»Bestimmt hat er keins dabei«, ätzte der Begleiter des Breitschultrigen, der bisher kein Wort von sich gegeben hatte. Er war von schmaler Gestalt und trug einen Gehrock aus feinem Zwirn. Das Gesicht jedoch war ausgesprochen hässlich, was vor allem an der riesigen, gekrümmten Nase lag. »Er lebt doch sowieso von der Hand in den Mund, der arme Bengel.«

»Ich habe das restliche Geld!«, rief Gregor und legte die Münzen auf den Tisch. »Da ist es. Die volle Summe. Wie ich gesagt habe.«

Der Breitschultrige strich die Scheine ein. »Schön. Dann sind wir hiermit wohl quitt.«

»Bis auf eine Sache«, fügte der Hagere hinzu. »Wo ist die Kamera?«

Gregors Kinn klappte herunter. »Die habe ich … abgegeben. Ich dachte nicht, dass … Also, ich dachte nicht, dass ich sie noch einmal brauche …«

»Hörst du das?«, schnappte der Hagere. »Der Kerl ist wirklich zu blöd. Die Kamera ist ein Beweisstück!«

»Ein Beweisstück?«, echote Gregor.

Der Breitschultrige lächelte. »Mein Freund hier hat nur so dahergeredet. Die Kamera ist unwichtig. Aber sie gefällt ihm. Sie ist sein Lieblingsstück. Er möchte sie deshalb unbedingt wiederhaben.«

»Tja, also …«

»Demnach sind wir also doch noch nicht quitt. Nicht, solange wir die Kamera nicht zurückhaben.«

»Aber ich habe sie weggegeben!«, wiederholte Gregor gequält.

Der Blick des Breitschultrigen wurde hart. »Dann beschaffst du sie eben wieder. Und zwar so schnell wie möglich! Oder unsere Vereinbarung ist nichtig, und ich betrachte deine Schulden als nicht bezahlt – habe ich mich klar genug ausgedrückt, Gregor?«

»J-ja.«

»Schön. Dann kannst du jetzt gehen. Mein Freund und ich werden noch ein bisschen hier bleiben. Die Gesellschaft der Damen genießen, wenn du erlaubst.«

»Ja«, knirschte Gregor und streckte die Hand aus.

Der Breitschultrige ignorierte sie.

Gregor drehte sich auf dem Absatz um und machte, dass er davonkam.

Kapitel 13

in dem Dr. Sonderberg einen besonderen Ort besucht,
seiner allerersten Liebe begegnet
und einen Sonderrabatt ausschlägt

In den Straßen krochen bereits die Schatten über die Häuserfassaden, und je näher Sonderberg dem Hafenquartier und der Ratinger Straße kam, desto näher schienen die Gebäude aneinanderzurücken, wie Riesen, die ihre Köpfe zusammensteckten und über den Wanderer tuschelten, der zwischen ihnen entlangspazierte. In einigen Hauseingängen raschelte es, wenn Sonderberg vorüberging, und ein Bettler oder irgendeine andere Lumpengestalt streckte eine ungewaschene Hand aus oder rief ihm einen Fluch hinterher.

Sonderberg war nicht geizig, aber ein bisschen Höflichkeit war ja wohl angebracht, bitte schön, und so ging er weiter, die Nasenspitze stur geradeaus gerichtet, während seine Knie mit jedem Schritt weicher wurden und sein Atem schneller ging, was nicht an den Bettlern lag und ihren unflätigen Rufen oder an den Schatten über den Häusern, sondern einzig und allein an dem Gespräch, das vor ihm lag und vor dem er am liebsten davongelaufen wäre, obwohl er es gleichzeitig mit jedem Nerv, jeder Faser seines Körpers und jedem Gedanken ersehnte.

Sogar der eigentliche Anlass dieses Gesprächs, der Fall Kerckhoven, war darüber in den Hintergrund gerückt, was eigentlich unverzeihlich war. Aber auch ein Meisterdetektiv ist nur ein Mensch, dachte er – wenngleich auch ein Mensch mit ungewöhnlichen analytischen Fähigkeiten, der deshalb imstande sein müsste, die jugendliche Nervosität, die von ihm Besitz ergriff, im Zaum zu halten.

Allein, es half nichts. Als er die Rote Laterne endlich erreichte, waren seine Beine weich wie Pudding, und die Straße unter seinen Füßen schwankte wie ein Schiffsdeck auf rauer See.

Das Etablissement befand sich in einem zweistöckigen Fachwerkhaus, das leicht zurückgesetzt von der Straße stand, als würde es sich ängstlich zwischen die beiden Nachbargebäude ducken. Über dem Eingang baumelte die Gaslaterne mit roten Scheiben, die dem Lokal den Namen gab. Die Tür war aus massiver Eiche gefertigt und wie ein altes Schlosstor mit zwei querlaufenden Metallstreben versehen. Hinter den Fenstern brannte Licht, und eine Kutsche hielt vor dem Eingang. Auf dem Bock saß ein grobschlächtiger Kerl, der gelangweilt an Sonderberg vorbeisah.

Sonderberg wollte gerade eintreten, da wurde die Tür geöffnet, und zwei Männer taumelten heraus. Der eine groß und hager, mit einem spitzen Gesicht und listigen Augen, der andere breitschultrig und rothaarig, mit kräftigen Oberarmen, die den schwarzen Rock und das Hemd, in das er sich gezwängt hatte, wie ein Kostüm wirken ließen.

»Was bildet dieser Rotzbengel sich eigentlich ein!«, schimpfte er und spuckte nur wenige Zentimeter von Sonderbergs Schuhspitzen entfernt auf das Pflaster.

»Jetzt beruhig dich doch bitte«, erwiderte der Hagere in besorgtem Ton und schenkte Sonderberg ein höflich entschuldigendes Lächeln. »Vielleicht solltest du eine Nacht drüber schlafen. Ich bin sicher, die Angelegenheit wird sich regeln lassen.«

»Regeln lassen?«, blaffte der andere. »Das ist ja wohl ein Witz! Und überhaupt, was bildest du dir eigentlich ein, wer du bist? Muss ich mir von dir Ratschläge erteilen lassen?«

»Natürlich nicht, aber vielleicht sollten wir das lieber nicht hier …«

»Und dann diese Drecksschlampe! Blamiert hat sie mich – und das vor all den Nutten!«

»Ja, ja«, beschwichtigte der Hagere und öffnete die Kutschentür. »Ich bin sicher, du wirst zu deinem Geld kommen.«

»Das will ich doch hoffen! Sonst kann die Schlange was erleben, das sag ich dir …«

Die nächsten Worte verschwanden hinter der geschlossenen Tür.

Der Kutscher, der wie versteinert auf dem Bock gesessen hatte, ließ die Peitsche knallen, und die Pferde trabten an. Die Kutsche entschwand in Richtung Rheinufer.

Sonderberg schüttelte den Kopf und betrat die Rote Laterne.

Der Eingangsbereich war zu einem großen Raum erweitert worden, dessen Wände mit farbigen Wolldecken verhangen waren. Hinter einem Tresen stand billiger Schnaps neben feinstem Bourbon in einem Glasregal. Vor der Theke ein paar schäbige Hocker und an der Wandseite eine Tischreihe mit bequemen, aber zerschlissenen Sesseln. An den Wänden darüber brannten Kerzen hinter gefärbten Windlichtgläsern, die blaue, rote und violette Schattenfiguren über das Interieur wandern ließen.

Der Vorraum war leer, aber als die Tür hinter Sonderberg ins Schloss fiel, raschelte ein Seidenvorhang neben dem Tresen. Weiche Wellen glitten über den Stoff, als zwei Mädchen in aufreizenden schwarzen Miedern erschienen.

Das Erste der beiden Mädchen war schlank, fast mager, und trug eine blonde Perücke, deren Kunsthaar weich über die knochigen Schultern herabfiel. Sie hielt den Kopf halb zur Seite gedreht, sodass Sonderberg ihr Profil studieren konnte. Die Nase war ein wenig zu groß und die Wangenknochen hoch angesetzt, was dem Gesicht einen intelligenten, aber auch leicht hochmütigen Ausdruck verlieh. Die kleinen Falten um die kajalgeschminkten Augen bewiesen, dass ihr Lachen echt war – oder aber, dass sie zumindest eine hervorragende Schauspielerin war. Sie eilte auf Sonderberg zu und begann, ihn mit sanfter Fröhlichkeit zu umgarnen und in Richtung Tresen zu ziehen.

»Mhm, Lieschen«, rief sie über die Schulter, »sieh mal, was für ein hübscher Kerl uns heute besuchen kommt!«

Lieschen war fast einen ganzen Kopf größer als die Blonde, und ihr Gesicht war gröber geschnitten, mit einer Nase, die dick und rund war wie eine Kartoffel. Ihre Augen lagen tief und waren ebenso pechschwarz wie das Haar, und sie trug einen naiven Zug um die Lippen, der traurig und zugleich sehr anziehend wirkte. Sie musterte Sonderberg wortlos und versuchte ein Lächeln, welches die Naivität augenblicklich zerstörte, weil es künstlich wirkte und im Gesicht festzukleben schien wie ein feuchter Pelz.

»Mhm«, gurrte die Blonde und streichelte Sonderbergs Nacken, »ich heiße übrigens Greta – und ich möchte wetten, dass du Gesellschaft suchst, mein Lieber. Warum wärst du wohl sonst hier? Was meinst du, Lieschen – ist unser neuer Gast ein Mann, der sich mit einer Frau an seiner Seite zufriedengibt? Oder möchte er zwei? Welche von uns wird er wohl wählen?«

Lieschen versuchte abermals ein Lächeln, das wie beim ersten Mal schrecklich misslang. Sie schien trotz ihrer Größe zu schüchtern zu sein, um auch nur ein Wort hervorzubringen.

»Wundere dich nicht über Lieschen, mein Lieber. Sie ist stumm. Aber sie kann dich trotzdem verwöhnen. Na, wen von uns möchtest du lieber in deiner Nähe haben? Du hast die Wahl, großer, starker Mann. Aber ich muss dich warnen. Jede von uns hat ihre Vorzüge. Am sichersten fährst du nur, wenn du uns beide wählst.« Sie gluckste.

Es schien ein Spiel zu sein, das sie mit jedem neuen Gast spielten, und doch wirkte es fröhlich und frisch, und es fehlte nicht viel, und der Blonden wäre es tatsächlich gelungen, ihn in ihren Bann zu ziehen.

»Ich muss gestehen, ich habe mich schon entschieden«, erwiderte er.

»Oh!« Greta legte einen Finger an die Lippen. »Dieser Herr macht es spannend. Was glaubst du, Lieschen? Ich glaube ja, er will mich. Ich habe doch gesehen, wie er mich anschaut ... Vielleicht verrät er mir ja sogar seinen Namen?«

»Sonderberg.«

»Nur Sonderberg?«, rief Greta mit gespielter Enttäuschung. »Nichts weiter?«

Lieschen verzog das Gesicht und rieb die Finger aneinander.

Greta lachte. »Sie sagt, ich soll nicht so einen Aufstand machen. Und sie meint, ich will dich bestimmt bloß, weil du nach Geld aussiehst. Was meinst du, Sonderberg? Stimmt das?«

»Ob ich Geld habe?« Er lächelte. »Ich weiß nicht. Aber ich kann Sie nur warnen. Lassen Sie sich nicht vom ersten Eindruck täuschen, meine Damen.«

»Das ist ein Mann mit Verstand, Lieschen. Nicht so ein Großsprecher wie die anderen beiden eben. Aber die waren ja auch bloß geschäftlich hier. Weißt du, dass du heute unser erster Gast bist, Sonderberg?« Sie zupfte an ihren Kleidern. »Ich sehe bestimmt schrecklich aus. Aber wer soll denn ahnen, dass wir heute schon so früh Besuch bekommen? Ich habe mich noch gar nicht richtig zurechtgemacht.«

Lieschen zeigte Greta einen Vogel und verschwand hinter dem Vorhang.

»Oh weh, Sonderberg. Jetzt hast du sie verscheucht. Ich hab dir ja gesagt, sie ist schüchtern. Jetzt musst du wohl mit mir vorliebnehmen …«

»Ich fürchte, ich muss Sie enttäuschen. Ich bin nämlich ebenfalls, äh, geschäftlich hier. Ich möchte zu Madame Rouge.«

Greta hob kaum merklich die linke Augenbraue. »Zur Madame? Also bist du einer von den speziellen Kunden? Seltsam. Ich hab dich hier noch nie gesehen.«

Da teilte sich der Vorhang erneut, und eine dritte Frau erschien. Sie war älter als die beiden anderen, mindestens fünfzig, und doch von ganz anderer Klasse als Lieschen oder selbst die plappernde Greta. Ein rotes Mieder spannte sich um ihre Hüften hinauf bis zu den schweren Brüsten. Ihre Gesichtshaut war straff, nur um den Hals herum hatte sie an Spannung verloren, doch ihre grünen Augen blickten klug und verschmitzt und mit einer Klarheit, die in Sonderberg lange vergessene Erinnerungen weckte. Bei seinem Anblick weiteten sie sich überrascht – aber nur für einen Moment, um dann sogleich die Freundlichkeit und Wärme zu spiegeln, mit der Sonderberg auch nach so vielen Jahrzehnten immer noch eine schwer zu zügelnde Aufregung und grenzenloses Vertrauen verband.

»Friedrich! Das ist aber eine Überraschung!«

»Ihr kennt ihn, Madame?«, rief Greta überrascht und offenbar auch ein wenig enttäuscht.

»Und ob ich diesen Kerl kenne! Ein Gesicht wie dieses vergisst man nicht so leicht.« Sie lächelte und fügte in einem Tonfall, der sanft war, aber dennoch keinen Widerspruch duldete, hinzu: »Geh nach hinten zu Lieschen, Greta. Du kannst ihr beim Lidschatten helfen. Und achte darauf, dass sie nicht wieder so viel Puder nimmt. Sie hat hübsche Wangen, die darf sie vor unseren Gästen nicht verbergen.«

Sie wartete, bis Greta verschwunden war, und bot Sonderberg schließlich an, ihr zur folgen – durch eine Tür, die versteckt unter der Treppe angebracht war und die in einen schmalen Korridor führte, der an einer weiteren Tür endete. Sie war in dunkelroter Farbe gestrichen und trug die Aufschrift »Bureau«.

»Bitte, tritt ein und nimm Platz.«

Sie wies auf einen Fauteuil vor einem halbhohen Glastisch, dessen drei Beine sich wie Schlangen umeinanderwanden. Auf dem Tisch standen drei Kerzen, die halb heruntergebrannt waren und ein mattes Licht spendeten.

Sonderberg ließ sich in den Fauteuil sinken wie in eine heiße Badewanne. Langsam und mit dem Gefühl, einen Platz in der Welt gefunden zu haben, an dem er bleiben wollte. Seine Knie zitterten nicht mehr, dafür waren die Beine jetzt taub, und der Schädel brummte. Sein Blick war gefangen von den Augen jener Frau, die zwar genauso älter geworden war wie er, die ihn jedoch immer noch mit Leichtigkeit in ihren hypnotischen Bann zog und ihn zappeln ließ wie eine Krabbe im Fischernetz.

»Leben heißt träumen; weise sein heißt angenehm träumen«, ertönte eine krächzende Stimme von der hinteren Zimmerwand herüber. Auf einem halbhohen Schrank mit verzierten Eichentüren, mitten auf einer mit erotischen Figuren bestickten Stoffdecke, stand ein Papageienkäfig. Sonderberg erkannte ihn sofort, genauso wie den Insassen, der ihn mit einem kühlen Blick bedachte wie einen alten Bekannten, dem man nie übelgewollt, den man seit der letzten Begegnung aber auch nicht vermisst hatte.

»Weise sein heißt vor allem, im richtigen Augenblick den Schnabel zu halten, alter Freund«, gab Sonderberg zurück.

Rico plusterte sich nur kurz auf und richtete den Blick gelangweilt aus dem Fenster.

Sonderberg hob die Schultern. »Ich dachte, dass Aras mit der Zeit klüger werden – genau wie ihre Besitzer.«

Katharina lachte das Lachen, in das Sonderberg immer noch verliebt war. »Vielleicht ist das ja der Grund. Er hat einfach nur ein schlechtes Vorbild. Meine Güte, Friedrich. Mit dir habe ich nun wirklich nicht gerechnet. Wie lange ist das her?«

»Du bist jedenfalls nur hübscher geworden, Katharina.«

»Ich darf gar nicht daran denken, was damals war. Es ist immer schlecht zurückzublicken. Dabei weiß ich noch genau, was mein Vater über dich gesagt hat.«

»Und?«

»Ich hab's dir damals nicht verraten, und heute werde ich es auch nicht tun. Ich will ja sein Andenken nicht in den Schmutz ziehen, Gott hab ihn selig.« Sie schmunzelte. »Im Hohenzollern-Gymnasium hängt immer noch ein Bild von ihm im Lehrerzimmer, wusstest du das? Er hat es doch tatsächlich bis zum Rektor geschafft, was vor allem für die Schüler gut war, vermute ich, denn dadurch konnte er nicht mehr so viel unterrichten.«

»Er war bestimmt stolz auf dich.«

Sie winkte ab. »Lass doch die schönen Worte. Du wärst nicht der Erste, der so über uns denkt. Und mein Vater war der größte Heuchler von allen. Er würde sich im Grabe umdrehen, wenn er wüsste, was ich hier tue. Dabei war er doch ein Mann, und Männer sind nun mal Sklaven der Natur. Sagt man das nicht so? Möchtest du was trinken?« Sie deutete auf eine Flasche Rioja, die halb leer auf dem Tisch stand. Bevor er antworten konnte, hatte sie zwei Gläser in der Hand.

»Aber nur ein bisschen.«

»Natürlich nur ein bisschen! Du bist bestimmt beruflich hier, nehme ich an. Wie könnte es anders sein.«

Sonderberg war versucht, sich zu entschuldigen, doch ihm fielen keine passenden Worte ein. Wofür sollte er sich überhaupt entschuldigen? Dafür, dass sie es gewesen war, die ihn verlassen hatte?

»Du bist jedenfalls nicht der Erste, der sich eine feste Meinung über uns gebildet hat, Friedrich.«

»Ich habe mir keine feste Meinung gebildet …«

»Aber du täuschst dich. Die Mädchen arbeiten gern hier. Ich sorge für sie und bezahle anständig.«

»*Du* bezahlst sie?«

»Natürlich, wer denn sonst? Du bist hoffentlich nicht auch einer von diesen Heuchlern geworden, die gegen uns hetzen, um sich anschließend durch die Hintertür hereinzuschleichen und sich meinen Mädchen an den Hals zu werfen.«

Er lachte verlegen. »Also, wenn ich mich recht erinnere, haben sich deine Lieben mir an den Hals geworfen. Diese kleine Blonde, zum Beispiel …«

»Greta. Ein kleines Biest, mit Haaren auf den Zähnen. Aber die meisten Kunden lieben es, von ihr in Verlegenheit gebracht zu werden. Ich glaube, meinem Vater hätte sie ebenfalls gefallen. Er hat mir mal erzählt, dass meine Mutter ganz ähnlich war. Aber was spielt das schon für eine Rolle.« Sie hob das Glas. »Reden wir nicht länger über tote Menschen. Auf uns.«

Sonderberg nickte. »Auf dich, Katharina.«

»Die Limonade ist matt, wie deine Seele«, rief Rico dazwischen, aber Sonderberg kümmerte sich nicht um ihn, sondern trank das Glas in einem Zug leer. Der Rioja perlte trocken über seine Zunge. »Ein reinsortiger Tempranillo«, murmelte Sonderberg. »Mein Kompliment.«

»Für die Gäste nur das Beste. Und was kann ich für dich tun?«

»Wie du schon bemerkt hast, meine Anwesenheit ist, äh, eher beruflich bedingt …« Wieso war es ihm nur so schrecklich peinlich, dass er all die Jahre kein Verlangen gespürt hatte, sie zu sehen? Hatte *sie* sich etwa danach gesehnt, *ihn* zu sehen? Er beschloss, dass es keinen Grund gab, sich Vorwürfe zu machen, doch ein Blick in ihre Augen reichte, und sein Entschluss zerschellte wie eine Schaluppe, die auf ein Riff geschleudert wurde.

»Ach ja, ich habe gehört, du bist jetzt Detektiv? Man liest ja hin und wieder von dir in der Zeitung. Dann sage ich immer: Schaut mal, den Mann habe ich auch mal gekannt – und keiner will es mir glauben. Kannst du dir das vorstellen?«

»Mir wäre es lieber, man würde weniger in der Zeitung lesen und dafür häufiger meine Detektei aufsuchen. Aber es scheint, dass die Leute lieber zu dir gehen, als einander einen Detektiv auf den Hals zu hetzen.«

»Und darauf trinke ich. Das bedeutet nämlich, dass die Menschheit noch nicht ganz verloren ist.« Sie nahm nur einen kleinen Schluck und setzte das Glas ab. »Ich nehme an, du bist wegen Wilfried Kerckhoven hier. Das arme Schwein.«

»Er war Stammgast bei dir, wie ich hörte.«

Sie wiegte den Kopf. »Na ja, was sich heutzutage alles so Stammgast nennt. Kerckhoven war etwas ganz Besonderes. Das heißt, eigentlich war er es auch wieder nicht. Er war einer von den Tiefen, wenn du verstehst, was ich meine.«

»Von den was?«

»Das sagt man so unter den Mädchen. Stille Wasser sind tief …«

»… und schmutzig!«

»Ach, Unsinn! Der Kerckhoven war ein ganz Harmloser. Kein Wunder. Der hätte ja nicht mal gekonnt, wenn er gewollt hätte.«

»Du meinst, er war …?«

»Impotent. Genau. Und redselig. Er hat's einem der Mädchen verraten, als er betrunken war. Und er hat viel getrunken, der arme Kerl. Na ja, als ob sie's nicht sowieso gemerkt hätten.«

»Aber das verstehe ich nicht. Wenn er nicht wollte … Ich meine, wenn er nicht aus dem *einen* Grund hier war, aus welchem Grund kam er dann …?«

»Aus dem Grund, aus dem die meisten Männer kommen – um zu reden. Damit sie sich mal kräftig ausweinen können. Zu Hause hört ihnen ja niemand zu. Ach, der arme Kerckhoven. Es ist wirklich jammerschade, dass sie ihn umgebracht haben.«

»Das weißt du? Dass sie ihn umgebracht haben?«

»Es stand doch in der Zeitung, wenn ich mich nicht irre.«

»In der Zeitung stand, dass man die Leiche drüben auf der anderen Seite im Eis gefunden hat. Kein Mensch weiß, wie sie dahin gekommen ist.«

»Na, von allein jedenfalls nicht! Kerckhoven war zwar schüchtern, aber blöd war er nicht. Und wer geht, wenn er nicht blöd ist, schon freiwillig nachts auf das Eis?«

»Hm. Ja.«

»Ich wette, du hast schon einen Verdacht, wer ihn ermordet hat!«

»Aber woher denn? Ich habe doch heute erst den Auftrag bekommen, in dieser Sache zu ermitteln.«

»Und dann bist du jetzt schon hier? Heißt das etwa, dass ich mir Sorgen machen muss?«

Sonderberg wiegelte ab. »Es heißt nur, dass Kerckhoven öfter hier war. Hat er viel Geld ausgegeben?«

»Mal mehr, mal weniger. Greta hat ihn hin und wieder dazu gebracht, eine Flasche Wein auszugeben. Meistens nur einen billigen Merlot. Aber was sagt das schon. Wir wussten ja alle, dass er nicht viel Geld hatte.«

»Und doch entschied er über viel Geld. An seinem Gutachten sollte es liegen, ob die Rheinbrücke verwirklicht worden wäre oder nicht.«

»Das ist Politik, da halte ich mich raus. Ich weiß nur, dass Kerckhoven manchmal unglücklich war über die Aufgabe, die man ihm gegeben hatte.«

»Unglücklich? Weswegen?«

»Da solltest du wohl besser Greta fragen. Aber ich bezweifle, dass er ihr viel erzählt hat. So redselig er war, über seinen Beruf sprach er selten. Wer weiß, vielleicht hat er ihn gehasst.«

»Hat er sich in Gesellschaft bewegt? Oder die Gesellschaft anderer Gäste gesucht, wenn er hier war?«

Sie zog die Stirn in Falten, was sie seltsamerweise noch hübscher erscheinen ließ. »Ich bin mir nicht sicher. Ich weiß nur, dass er schüchtern war. Aber das sagte ich ja schon. Ich glaube nicht, dass er sich um die anderen Gäste viel geschert hat.«

Sonderberg nickte. »Das würde zumindest erklären, weshalb seine Besuche hier Stadtgespräch wurden. Er legte wohl keinen Wert auf Heimlichkeit.«

»Er war eben ein Träumer. So wie du.«

»So sind die Männer!«, krächzte Rico dazwischen. »Lüstlinge sind alle!«

»Halt den Schnabel, du dummes Ding!«, erwiderte Katharina. »So, war das alles, Friedrich? Ich muss heute noch ein wenig arbeiten.«

»Fürs Erste zumindest.« Er wand sich aus dem Fauteuil, wobei er für einen Augenblick glaubte, ein Geräusch hinter der Tür wahrzunehmen – wie trippelnde Schritte, die sich hastig entfernten. »Allerdings würde ich tatsächlich gern noch mit Greta sprechen, Kathrinchen.«

»Och, untersteh dich, mich so zu nennen!«, unterbrach Katharina. »Kathrinchen – das ist ein für alle Mal vorbei.« Sie zwinkerte ihm zu. »Obwohl … ich könnte ja mal bei Greta oder Lieschen anfragen und dir vielleicht einen Sonderrabatt gewähren, Doktor Sonderberg. Für alte Freunde sozusagen.«

»Danke sehr! Meine Assistentin würde aus allen Wolken fallen, wenn sie wüsste, dass wir uns überhaupt kennen.«

»Ach.« Sie hob die Brauen. »Und du wirst es ihr natürlich nicht erzählen.«

»Ich, äh, werde den richtigen Zeitpunkt abwarten. Auf jeden Fall hat es mich sehr gefreut, dich zu sehen, Katharina.« Er drückte ihre Hände. »Das meine ich ernst. Ich hoffe, wir sehen uns einmal wieder.«

Kapitel 14

in dem Sonderberg in der Roten Laterne ermittelt, so einiges zwischen den Zeilen heraushört und sich wundert, wie Greta über die Liebe denkt

»Und? Hatten Sie ein schönes Wiedersehen nach all den Jahren?«

Greta saß in ihrem Zimmer im Obergeschoss und zog den blutroten Lippenstift nach. In dem matt orangefarbenen Schein, den die Gaslaterne auf das Oval des Schminkspiegels zauberte, wirkte ihr Gesicht noch zarter, noch verletzlicher als unten im Vorraum. Nur in ihren grünen Augen blitzte für den Bruchteil einer Sekunde ein Fünkchen Eifersucht auf und zerstob sofort wieder unter einem freundlichen Blinzeln der Lider.

»Nach all den Jahren?«, echote Sonderberg und lehnte sich an den Türrahmen. Er bemühte sich, nicht außer Atem zu klingen, obwohl ihm die Treppenstufen arg zugesetzt hatten. Er war halt die Wohnung im Erdgeschoss gewohnt, sagte er sich, aber da meldete sich noch eine andere, hartnäckige Stimme in ihm, die der Meinung war, dass er dringend abnehmen musste. Oder einfach mal auf die Pferdebahn verzichten und stattdessen öfter die eigenen Beine benutzen sollte. »Woher wollen Sie wissen, dass die Madame und ich uns schon so lange kennen?«

Greta wurde rot, und Sonderberg hatte keinen Zweifel mehr, dass sie es gewesen war, die vorhin an der Tür gelauscht hatte.

»Ach, das zu erraten, ist doch nicht schwer«, redete sie sich heraus. »Man braucht doch bloß zu sehen, wie Sie sie angeschaut haben. Außerdem haben Sie beide das gleiche Alter.« Sie räusperte sich verlegen. »Wollen Sie eigentlich ewig da im Türrahmen stehen bleiben?«

Sonderberg trat ein und schloss die Tür hinter sich. Greta deutete auf einen schmalen Tisch mit zwei Stühlen an der Fensterseite des Zimmers. Sonderberg nahm Platz.

»Ich habe aber nicht viel Zeit. Bald kommen die ersten Kunden.«

»Zunächst einmal muss ich mich entschuldigen«, sagte er. »Sie haben mich ertappt. Katharina und ich, wir kennen uns von früher und wir haben uns tatsächlich viele Jahre nicht mehr gesehen.«

»Ach, dann sind Sie gar nicht aus Düsseldorf?«

Jetzt war es Sonderberg, der rot wurde, und er war froh, dass Greta sich gerade dem Spiegel widmete. »Wir haben uns einfach ein wenig aus den Augen verloren, könnte man sagen.«

»Trotzdem sind Sie in sie verliebt«, stellte sie fest. »Sie brauchen es gar nicht abzustreiten. Ich finde daran nichts Schlimmes. Ich habe drei Kunden, die mir regelmäßig gestehen, dass sie in mich verliebt sind. Einer würde sogar seine Familie verlassen, um mit mir fortzugehen.«

»Ich kann diese Männer verstehen.«

Sie lachte kokett. »Ich glaube Ihnen kein Wort. Ich glaube, Sie sind ein Mann, der seine Familie um nichts in der Welt im Stich lassen würde. Aber machen Sie sich nichts draus. An der Madame haben sich schon ganz andere die Zähne ausgebissen.«

»Das klingt, als wäre es ein Unglück, unter ihr zu arbeiten.«

Greta schüttelte den Kopf. »Ich bin gern hier. Es ist die angenehmste Arbeit der Welt.«

»Angenehm? Tatsächlich?«

Greta kicherte. »Sie sind schon was Besonderes, Sonderberg. So komische Fragen, wie Sie stellen. Warum soll es nicht angenehm sein? Es bringt gutes Geld, und man braucht nicht allzu viel nachzudenken dabei.«

»Also wollen Sie nicht fortgehen? Trotz der Angebote?«

»Ach, das sind doch nur Worte! Außerdem, was soll ich in Holland? Können Sie sich das vorstellen? Dass ich in Klotschen in irgendeiner Windmühle Käse durch die Gegend rolle? Kommt überhaupt nicht infrage.«

»Hm. Ich schließe daraus, dass es Wilfried Kerckhoven war, der Ihnen dieses Angebot gemacht hat?«

Greta ließ einen Seufzer hören. »Ach, der wollte mich gleich mit Haut und Haaren und Heirat und Kindern. Dabei konnte er ja nicht mal welche machen!«

»Sie meinen, er wäre kein guter Vater gewesen?«

»Sie wissen genau, was ich meine! Da hätte schon der Storch kommen und das Gör durch den Kamin schmeißen müssen, damit da was passiert. Das könnte ich mir übrigens allgemein ganz gut vorstellen, wissen Sie? Das würde uns Frauen nämlich eine Menge Arbeit ersparen.«

»Also wollen Sie Kinder?«

»Ach, alles im Leben hat seine Zeit, wie meine Großmama sagte. Erst kommt der richtige Mann fürs Leben, dann kommen die Kinder – und Wilfried, Gott hab ihn selig, der war's jedenfalls nicht.«

»Und das haben Sie ihm genauso gesagt? Dass Sie ihn nicht lieben?«

»Um Himmels willen! Glauben Sie vielleicht, ich mache mir das Geschäft kaputt? Ihm hab ich's nicht gesagt, und den anderen sag ich's auch nicht. Nicht mal dem mit der Familie. Heinzie, mein Allerliebster. Dabei hat der mir den Kerckhoven ja überhaupt erst angeschleppt.«

»Heinzie? Und weiter?«

»Also eigentlich heißt er ja Herman. Mit einem ›n‹. Das ist, weil er Holländer ist. Er redet zwar nie groß drüber, aber man kann es schon hören. Sein Nachname ist … Gershwin, glaube ich. Oder so ähnlich. Holländisch eben. Da ist Heinzie doch viel einfacher!« Sie kicherte und schlug die Hand vor den Mund. Dann schien ihr bewusst zu werden, was sie da alles ausplauderte, und ihre Augen wurden schmal. »Wieso wollen Sie das überhaupt wissen? Also, wenn Sie die Madame nicht von früher kennen würden, käm ich glatt auf die Idee, Sie wären von der Polizei oder so!«

»Entschuldigung, ich bin Detektiv und ich versuche, herauszufinden, warum Wilfried Kerckhoven ermordet worden ist.«

Sie schüttelte den Kopf und verstaute den Lippenstift in einem Holzkästchen neben dem Tisch. »Na, da haben Sie sich ja was vorgenommen. Der Willi war so ein Lieber. Der hatte im Leben keine Feinde. Nie hätte den jemand umbringen können!«

»Und was ist mit dem Brückenprojekt? Dem Gutachten, das Kerckhoven schreiben sollte. Hat er Ihnen davon erzählt?«

»Ich weiß von keinem Gutachten! Und jetzt machen Sie, dass Sie rauskommen. Ich hab einen Termin für halb acht. Mein Heinzie wartet, und ich hab's nicht so gern, wenn er mich mit einem anderen Mann hier oben sieht. Das ist schlecht fürs Geschäft, das werden Sie doch verstehen, Sonderberg, oder etwa nicht?«

Sonderberg richtete sich auf und lüpfte den Hut. »Das verstehe ich sehr gut. Grüßen Sie die Madame von mir. Und Ihrem Heinzie dürfen Sie in meinem Namen gratulieren. Er hat sich eine Dame mit viel Geschmack ausgesucht.«

KAPITEL 15

in dem Dr. Sonderberg über Mauervorsprünge balanciert,
in einem zwielichtigen Hinterhof festsitzt
und Zeuge einer interessanten Unterhaltung wird

Sonderberg wartete an der Ecke zur Ratinger Straße in einem Hauseingang. Von hier aus konnte er den Bereich vor der Roten Laterne gut überblicken.

Der einzige Mann, der während der nächsten Viertelstunde das Etablissement betrat, war ein mittelgroßer Kerl Mitte dreißig mit dichtem, schwarzem Haar, das ihm sorgfältig gekämmt bis auf den Kragen des grauen Gehrocks reichte.

Der Mann blickte sich mehrmals nach allen Seiten um. Entweder rechnete er mit einem Verfolger, oder er hatte sich an solcherlei Vorsichtsmaßnahmen gewöhnt. Beides ließ darauf schließen, dass er nichts Gutes im Schilde führte.

Sonderberg wartete weiter. Wenn der Mann im grauen Gehrock tatsächlich so vorsichtig war, würde er durch ein Fenster einige Minuten lang die Straße beobachten, um sich Gewissheit zu verschaffen.

Nach zwei Minuten setzte Sonderberg sich in Bewegung. Der Weg führte ihn jedoch nicht zur Roten Laterne, sondern zum Nachbarhaus, das eine Toreinfahrt in den Hinterhof besaß. Ein abgespanntes Pferdefuhrwerk stand im Hof, und aus einem Stall drang das müde Wiehern eines Gauls. Irgendjemand schloss im ersten Stockwerk das Fenster.

Sonderberg lugte über die Mauer, die den Hinterhof vom Grundstück der Roten Laterne trennte. In Gretas Zimmer brannte Licht. Sonderberg sah ihren Schatten, der sich an der Gardine abzeichnete.

Ein zweiter Schatten trat hinzu. Mittelgroß. Wie der Mann im grauen Gehrock. Herman Gershwin – oder so ähnlich. Alias Heinzie.

Sonderberg ließ den Blick über das Grundstück schweifen. Vor dem Stall stand ein leerer Wasserkübel. Der Gaul schnaubte und starrte Sonderberg durch den Torspalt missmutig an. Sonderberg trug den Kübel zur Mauer und setzte ihn mit der Öffnung nach unten ab, sodass er einen guten Tritt abgab.

Ächzend zog er sich empor. Er war schon fast auf der Mauer, da schrammte sein Bein über die Kante, und er vernahm das Reißen von Stoff. Ein brennender Schmerz durchzuckte sein Knie. Verflixt. Er hörte schon, wie Minnie ihm wegen der kaputten Hose Vorhaltungen machen würde.

Leise richtete er sich auf und schlich, Schritt für Schritt auf der Mauer entlangbalancierend, näher an das Fenster heran. Endlich hatte er die Hauswand erreicht. Er war jetzt so nah am Fenster, dass er den Rahmen mit den Händen hätte greifen können. Es stand noch immer offen, und Gretas quengelige Stimme drang deutlich vernehmbar zu ihm heraus.

»… muss doch jetzt noch nicht sein, Heinzie.« Und deutlich anzüglicher: »Wir wollen doch auch nachher noch ein bisschen Spaß haben, oder?«

»Ach, nachher! Ich will aber jetzt, mein Täubchen – und vergiss nicht: Wer die Musik bezahlt, bestimmt auch, welches Lied auf der Tuba geblasen wird. Haben wir uns verstanden?«

»Ja, ja, du und deine Tuba – als wenn's nichts Wichtigeres gäbe auf der Welt als deine Musik!«

»Da hast du verflixt noch mal recht. Oder hast du schon vergessen, was ich für dich getan habe, meine Liebe?«

»Du hast gar nichts getan! Das war immer noch Rothmann.«

»Schhh! Keine Namen, wie oft soll ich dir das noch sagen!«

Greta lachte. »Ach, du hast doch nicht etwa Angst, dass jemand euer hübsches kleines Geheimnis entdeckt? Das wäre wirklich zu traurig. Aber mach dir keine Sorgen. Ich habe diesem Detektiv nichts erzählt.«

»Detektiv?« Herman Gershwin klang jetzt beunruhigt. »Was für ein Detektiv?«

»So ein großer, dicker Mann, der gerade hier war. Er sah eigentlich sehr nett aus. Ein bisschen alt vielleicht, aber sehr stattlich. Er wollte wissen, was mit Kerckhoven ist.«

»Kerckhoven! Wieso das denn?«

»Woher soll ich das wissen? Du hast mir ja nichts darüber gesagt. Kannst du dir vorstellen, wie das für mich war, als ich in der Zeitung gelesen hab, dass er tot ist?«

»Damit habe ich nichts zu tun!«

»Ach, das ist mir doch egal. Zutrauen würd ich's dir jedenfalls. Du und der Rothmann, ihr seid solche Barbaren!«

Sonderberg vernahm ein dumpfes Geräusch und hörte, wie Greta mehr vor Überraschung denn vor Schreck aufschrie.

»Pass bloß auf, was du sagst, Kleines! Ich kann auch unfreundlich werden …«

»Ach ja? Das versuch bloß! Die Madame wird es hören, und wenn sie mitkriegt, dass du mich schlägst, wird sie …«

»Ach, die Madame, die Madame! Wenn ich nur an die alte Schachtel denke, wird mir schon schlecht! Und erst ihr hässlicher Vogel mit seiner blöden Plapperei. Hm, vielleicht sollte ich dem glatt mal die Kehle durchschneiden. Was sagst du dazu?«

Greta lachte. »Das traust du dich doch sowieso nicht. Mach dir nichts vor, Heinzie. Du warst schon immer ein Schwätzer!«

»So denkst du also über mich! Aber du täuschst dich. Dir gegenüber schwatze ich nicht. Ich hab versprochen, dich hier rauszuholen, und das werd ich auch tun.«

»Dann streng dich lieber ein bisschen an, sonst suche ich mir einen anderen, dem ich mich an den Hals häng. Vielleicht diesen Detektiv, diesen Sonderberg. Eigentlich wollte er ja zur Madame, aber seit er mich gesehen hat, hat er kein Auge mehr für sie, das kannst du mir glauben …« Sie gluckste.

»Schhht! Hast du das gehört?«

»Was denn?«

»Da war was. Draußen, auf dem Hof.«

»Ach, das war bestimmt bloß wieder der alte Gaul. Der scharrt die ganze Nacht mit den Hufen und schnaubt. Das ist kaum zu ertragen.«

»Nein, nein, das war kein Gaul. Da war ein Geräusch … wie von einem Stein … oder einem Kiesel. Vielleicht ist jemand auf der Mauer.«

Sonderberg stieß einen lautlosen Fluch aus. Er war so in das Gespräch der beiden vertieft gewesen, dass er überhaupt nicht bemerkt hatte, wie sein rechter Fuß über den Mauerrand schabte. Ein Steinchen hatte sich gelöst und war in den Garten gefallen.

»Ach, Unsinn«, rief Greta. »Du siehst Gespenster, Heinzie!«

»Man kann nie vorsichtig genug sein! Du hast ja keine Ahnung, worum es hier geht. Das sind wichtige Geschäfte.«

Sonderberg hörte, wie sich Schritte dem Fenster näherten. Die Gardine wurde zurückgezogen. Sonderberg hielt den Atem an. Zog den Bauch ein. Presste die Hände flach gegen die Hauswand. Und wünschte sich, er wäre ein Käfer oder eine Assel, die sich mit einem Satz in einer Mauerritze in Sicherheit bringen konnte.

Gretas Nasenspitze kam zum Vorschein. »Auf der Mauer, auf der Lauer … Wen haben wir denn da?«

Der Gaul schnaubte erneut und stieß ein klägliches Wiehern aus.

»Da ist niemand.«

»Bist du wirklich sicher?«

Sie drehte den Kopf erst nach links, dann halb nach rechts. Starrte Sonderberg an. Er starrte zurück. Ließ langsam die Luft aus seinen strapazierten Lungenflügeln entweichen. Gretas Gesicht schwankte. Das Fenster schwankte. Sonderbergs Fingerspitzen krallten sich fester in das Mauerwerk. Das Schwanken hörte auf. Greta warf ihm einen spöttischen Blick zu.

»Also hier ist wirklich niemand«, rief sie ins Zimmer. »Auf der Mauer nicht und auch nicht im Garten!«

»Dann komm wieder her und mach das Fenster zu! Es wird langsam kalt hier.«

Ihr Kopf verschwand, und Sonderberg vernahm, wie das Fenster angelehnt, aber nicht gänzlich geschlossen wurde. Er streckte vorsichtig den Kopf nach vorn, bis er erneut die beiden Schatten auf der Gardine erblickte.

»Der Garten ist leer. Und auf der Mauer könnte sowieso keiner stehen, ohne runterzufallen.«

»Du hast recht, aber Detektiven muss man erst mal alles zutrauen … Und dieser Kerl war also wirklich scharf auf dich, meine Süße?«

Greta gurrte. »Und wie, Heinzilein! Ihm sind fast die Augen aus dem Kopf gefallen, während er mich ausgefragt hat. Das hättest du sehen sollen!«

Gershwin ließ ein raues Lachen hören. »Du siehst ja auch zu süß aus in deinem kurzen Rock, du Luder.«

Greta kicherte. »Du hättest mal sehen sollen, wie der mich angestarrt hat. Das ist ein gestandener Mann, sag ich dir. Bestimmt ist er berühmt, weil er schon so viele Fälle gelöst hat. Und Geld hat er auch. Sein Anzug war niegelnagelneu aus der Schneiderei …«

Sonderberg blickte an sich herunter. Der Anzug war mindestens zehn Jahre alt, und er war nur deshalb ohne Falten, weil Minnie ihn kürzlich aufgebügelt hatte.

»Und wenn schon, Gretchen!«, rief Gershwin wütend. »Du gehörst mir, und daran lasse ich keinen Zweifel aufkommen. Sobald diese Angelegenheit überstanden ist, packen wir unsere Sachen und verschwinden von hier – und zwar auf Nimmerwiedersehen!«

»Und wie lange soll das deiner Meinung nach noch dauern?«

»Nicht mehr lange jedenfalls. Drei oder vier Tage. Vielleicht auch weniger. Halt dich auf jeden Fall bereit.«

»Und was soll ich der Madame sagen, wenn ich gehe?«

»Ach, was geht mich die alte Vettel an. Denk dir doch einfach was aus. Oder verpass ihr einen Tritt in den Hintern, das ist mir gleich.«

Die beiden Schatten schmiegten sich aneinander.

»Also ist es wirklich wahr, Heinzie? Du wirst mich mitnehmen? Nach Holland?«

»So wahr ich hier stehe, mein Täubchen!«

»Und ich werde auch ganz bestimmt das Meer sehen?«

»Ganz bestimmt! Ich habe einen Freund, der hat einen Freund drüben, und dessen Freund hat eine Mühle direkt am Wasser. Da werden wir es uns gutgehen lassen!«

Der kleinere Schatten wich zur Seite. »Aber ich werde keinen Käse hin- und herrollen müssen, oder?«

Der große Schatten schüttelte sich vor Lachen. »Käse rollen? Wie kommst du denn darauf, mein Täubchen?«

»Ach, ich weiß doch auch nicht. Nur eine blöde Idee.« Die Schatten fanden wieder zueinander. Greta legte Gershwin die Hände um die Taille und schmiegte den Kopf an seine Schulter. »Das war bestimmt, weil dieser dumme Detektiv mich so gelöchert hat. Der hat mich ganz verrückt gemacht mit seinen Fragen.«

»Und du hast ihm wirklich nichts gesagt? Von mir und Kerckhoven, meine ich?«

»Kein Wort! Ist doch Ehrensache!«

Der große Schatten erwiderte die Umarmung. »Du bist mein Täubchen! So wahr ich hier stehe, wir werden zusammen nach Holland gehen. Ich schwöre es dir bei meinem Leben ...!«

Kapitel 16

in dem Minnie Sonderberg einen Kaffee erlaubt,
ihm eine geharnischte Predigt hält
und ein Mitternachtsgespräch neue Erkenntnisse bringt

»Und sie hat Sie tatsächlich nicht verraten?«

Sonderberg schüttelte den Kopf. »Sie hat getan, als würde sie die Mauer absuchen, dann hat sie sich zurückgezogen und das Fenster geschlossen. Das heißt, sie hat es nur angelehnt, damit ich weiter lauschen konnte. Nein, Minnie, sie hat mich nicht verraten.«

»Vielleicht, weil sie Sie gar nicht gesehen hat!«

»Unmöglich! Sie hat mich ja sogar angeschaut.« Sonderberg blickte nachdenklich aus dem Panoramafenster seines Büros in den Hinterhof, der jenem der Roten Laterne nur entfernt ähnlich war. Hier gab es weder einen Stall noch einen Gaul, was Sonderberg wieder an die Anzeige denken ließ, die Minnie aufgegeben hatte. Er fand jedoch, dass jetzt kein guter Zeitpunkt war, um darüber zu sprechen. »Das ist ja überhaupt das Seltsamste daran, Minnie. Greta wirkte nicht einmal überrascht. Als Gershwin im Zimmer misstrauisch wurde …«

»Wenn er überhaupt so heißt!«

»Wenn er überhaupt so heißt. Als er misstrauisch wurde, ist sie sofort zum Fenster gesprungen, so als wollte sie vermeiden, dass er selbst einen Blick hinauswirft.«

»Sie wollen damit sagen, sie wusste, dass sie belauscht wurde?«

Sonderberg hob die Schultern. »Zumindest hat sie es geahnt. Sie wusste schließlich, dass ich Detektiv bin.«

»Aber das heißt ja nicht unbedingt, dass Sie in fremden Hinterhöfen auf Mauern herumbalancieren … Und das in Ihrem Alter, mit

Verlaub. Sehen Sie nur, was Sie angerichtet haben – die Hose ist vollkommen hinüber.«

»Minnie …«, seufzte er, wobei er bewusst seinen *Nun-seien-Sie-doch-nicht-so-streng-mit-mir*-Blick aufsetzte. »Nun seien Sie doch nicht so streng mit mir.«

»Nein, wirklich! Was da alles hätte passieren können! Ich darf es mir gar nicht ausmalen. Das nächste Mal werde ich selbstverständlich mitkommen, damit Sie sich nicht wieder einer solchen Gefahr aussetzen.«

Er lächelte gequält. »Und gemeinsam mit mir auf die Mauer klettern? Vielen Dank, das ist sehr mutig von Ihnen, aber ich glaube, es wäre doch besser, wenn ich …«

»Keine Widerrede! Ich habe gleich gewusst, dass es ein Fehler ist, Sie allein in dieses Bordell gehen zu lassen. Als Ihre Angestellte habe ich eine gewisse Sorgfaltspflicht, und die werde ich nicht noch einmal vernachlässigen!«

Minnie schüttelte empört den Kopf, und Sonderberg überlegte, ihr von Madame Rouge zu erzählen – natürlich nur von der Madame, nicht von Katharina. Ihre gemeinsame Vergangenheit ging Minnie schließlich überhaupt nichts an. Allerdings, vielleicht hätte er ihr auf diese Weise verdeutlichen können, dass die Rote Laterne nicht im siebten Kreis des Fegefeuers lag und die Mädchen darin auch keineswegs so schreckliche Monster waren, wie Minnie offenbar glaubte … Andererseits schien diese Greta es tatsächlich faustdick hinter den Ohren zu haben. Sonderberg war sich immer noch nicht darüber im Klaren, wen sie nun mehr hinters Licht geführt hatte – ihn oder diesen Herman Gershwin.

»Und?«, fragte Minnie. »Was ist dann passiert? Nachdem Greta das Fenster wieder geschlossen hat.« Sie sah auf die Standuhr neben der Tür. »Es war gerade einmal sechs Uhr, als Sie losgegangen sind. Jetzt ist es nach Mitternacht. Können Sie sich eigentlich vorstellen, welche Sorgen ich mir gemacht habe? Mit jeder Stunde, die Sie weggeblieben sind, wurde es schlimmer.«

»Es war eine ganz normale Befragung. So etwas kann immer mal etwas länger dauern.« Besonders, wenn man die Befragte aus seinen Jugendzeiten kennt, von ihr den ersten Kuss empfangen hat und deshalb noch heute am Anfang des Gesprächs kein vernünftiges Wort herauszubringen vermag.

»Eine normale Befragung!«, knurrte Minnie. »Sie standen im Hinterhof auf einer Mauer. Sie hätten runterfallen können. Das war ganz und gar keine normale Befragung.«

»Ich bin aber nicht runtergefallen. Außerdem wussten Sie ja auch gar nicht, dass ich auf einer Mauer stehe. Ich habe brav gewartet, bis Gershwin sich von Greta verabschiedet hat. Dann bin ich auf Zehenspitzen zu der Stelle zurückgeschlichen, wo ich den Kübel abgestellt hatte, und habe den Hinterhof wieder verlassen.«

»Und dann?«

»Es war neun Uhr durch. Möglicherweise auch halb zehn. Mich hat natürlich interessiert, wer dieser Mann ist. Also bin ich ihm gefolgt.«

»Sie hätten doch einfach Greta fragen können.«

Sonderberg spitzte die Lippen. »Sie hat mich ja schon vorher belogen. Oder mir zumindest die Wahrheit verschwiegen. Ich glaube beinahe, dass sie ein doppeltes Spiel treibt.«

»Mit diesem Heinzie Gershwin?«

»Herman Gershwin. Vielleicht. Oder mit der Madame. Erinnern Sie sich, Minnie: Greta hat Gershwin offenbar versprochen, mit ihm fortzugehen. Sie hat auf die Madame geschimpft, als wäre die Arbeit in der Roten Laterne das Schlimmste, was man sich vorstellen kann.«

»Ich kann das arme Ding verstehen!«

»Aber warum hat sie dann mir gegenüber vorher ganz anders darüber gesprochen?«

»Vielleicht hat sie Angst, dass diese Madame etwas rausfindet.« Minnie legte den Kopf schräg. »Immerhin hat Greta Sie vorher auch belauscht. Also haben die Mädchen dort Geheimnisse vor dieser Madame.«

»Ach, ich glaube, sie war bloß neugierig. Das hat doch nichts zu bedeuten.«

»Das glauben Sie! Ich als Frau sehe das ein bisschen anders.«

»Sie als Frau? Was wollen Sie denn damit sagen?«

»Ach ... gar nichts! Außer dass mir mein Gespür verrät, dass in der Roten Laterne etwas nicht ganz koscher ist!«

»Tja, Minnie, dann wäre es natürlich noch viel praktischer, wenn Ihr Gespür Ihnen auch gleich noch verriete, was das sein könnte ...«

»Sie brauchen gar nicht spöttisch zu werden, Dr. Sonderberg! Ich habe mir nur Sorgen gemacht, weil Sie stundenlang außer Haus waren und sich in Gefahr gebracht haben.«

»Ich habe mich nicht in Gefahr gebracht. Jedenfalls nicht in der Roten Laterne«, fügte er etwas leise und durchaus ein bisschen schuldbewusst hinzu.

»Ha!«, rief Minnie aus. »Ich hab's doch gewusst! Dass Sie ein Bruder Leichtfuß sind, auf den man gar nicht genug aufpassen kann. Ich werde Ihnen jetzt erst mal einen Kaffee kochen ...«

»Danke, Minnie. Wir haben nach Mitternacht.«

»... und dann werden Sie mir alles erzählen, was Sie bei der Verfolgung dieses Mannes erlebt haben. Nein, keine Widerrede! Ich weiß, Sie suchen bloß einen Ausweg, um mich aus der Angelegenheit herauszuhalten, aber das werde ich nicht zulassen. Von jetzt an werde ich nicht von Ihrer Seite weichen, bis der Mörder von Wilfried Kerckhoven gefasst ist.«

Sonderberg ließ sich in seinen Sessel fallen und schloss die Augen, während Minnie schon in Richtung Küche davonstob.

»Da bin ich aber wirklich beruhigt«, murmelte er so leise, dass sie es unmöglich hören konnte.

Kapitel 17

in dem Sonderberg Herman Gershwin verfolgt, seinen Bericht beendet und eine interessante Entdeckung macht

Gershwin war zunächst die Ratinger Straße entlanggegangen. Er ging zügig, aber nicht zu schnell, sodass Sonderberg ihm in sicherer Entfernung folgen konnte, ohne ihn aus den Augen zu verlieren.

Natürlich hatte der Detektiv zunächst überlegt, zurück in die Rote Laterne zu gehen und Greta zur Rede zu stellen. Aber sein Instinkt hielt ihn davon ab. Noch wusste er nicht genug über die Beziehungen der Mädchen untereinander, und selbst wenn er Katharina grundsätzlich keine Schlechtigkeit zutraute, so gab es vielleicht doch Gründe, weshalb Greta diesem Fremden versprochen hatte, die Rote Laterne zu verlassen und mit ihm zu gehen.

Gershwin rechnete offenbar nicht damit, dass er verfolgt wurde. Er drehte sich kein einziges Mal um, während er von der Ratinger Straße in die Alleestraße wechselte und von dort in die Schadowstraße, um schließlich an der Tonhalle vorüber zum Wehrhahn zu gelangen, was Sonderberg eingedenk des Misstrauens, das Gershwin zuvor an den Tag gelegt hatte, sehr merkwürdig erschien. Tagsüber hätte man diese Strecke mit der Pferdebahn zurücklegen können, aber um diese Uhrzeit fuhren nur noch vereinzelt einige Kutschen durch die Straßen, und ein paar Bettler drückten sich in die Schatten zwischen die Gaslaternen. Es war Halbmond, und der Himmel lag unter einer dichten Wolkendecke begraben. Obwohl es nach Regen roch, fiel kein Tröpfchen vom Himmel. Noch ungefähr zwei Stunden, dann würden die Gaslaternen gelöscht werden und die Straßen in Finsternis versinken.

Vor einem zweistöckigen Haus mit schwarzer Fachwerkfassade blieb Gershwin stehen.

Das Gebäude war Sonderberg nicht unbekannt. Er hatte es sogar schon einmal betreten, vor einigen Jahren. Über dem Eingang war ein Emailleschild angebracht, auf dem in schnörkeligen Buchstaben das Wort »Sonnenhaus« stand. Es war das Kasino, aus dem er Gregor damals geholt hatte, als dieser der Spielsucht verfallen war. Das Kasino, das dem Ganoven Ferdinand Rothmann gehörte.

Gerade noch rechtzeitig drückte Sonderberg sich in einen Hauseingang, bevor Gershwin den Kopf wandte und den Blick über die Straße schweifen ließ. Hatte er seinen Verfolger bemerkt? Sonderberg ärgerte sich über seine vorschnelle Reaktion. Er hätte nicht in den Hauseingang flüchten, sondern einfach normal weitergehen sollen. Ein einsamer Spaziergänger, der zu später Stunde auf dem Nachhauseweg war.

Vorsichtig lugte Sonderberg um die Ecke.

Gershwin klopfte an die Tür. Es wurde geöffnet, und der Lichtschein einer Öllampe fiel auf das Kopfsteinpflaster vor dem Eingang.

»Da bist du ja endlich, Gershwin!«, sagte der Mann in der Tür. Er war einen halben Kopf kleiner als Gershwin und trug einen Smoking mit schwarzer Fliege, ähnlich den »dinner jackets«, wie sie gerade in England modern wurden. »Wo warst du denn so lange? Eigler hat schon auf dich gewartet.«

»Der ist also schon da?«

»Schon seit einer halben Stunde! Jetzt komm endlich rein. So gemütlich ist es hier draußen auch wieder nicht …«

Die Tür glitt in Schloss.

Sonderberg wartete wiederum einige Minuten, in denen er überlegte, ob er Gershwin in das Sonnenhaus folgen sollte. Damals, als er Gregor gesucht hatte, war das Kasino für eine geschlossene Gesellschaft reserviert gewesen. Sonderberg ahnte, dass er für Aufsehen sorgen würde, wenn er jetzt an der Tür aufkreuzte, und das konnte er vorläufig nicht gebrauchen.

Er machte sich also auf den Rückweg.

Kapitel 18

in dem Minnie von einem Bewerber berichtet,
Sonderberg davon nichts hören will
und eine Parallele zur Erfindung des Telefons zieht

»Das war schon alles?«, fragte Minnie enttäuscht.

»Das war schon alles«, bestätigte Sonderberg. »Wie Sie sehen, haben Sie sich umsonst Sorgen gemacht.«

Sie schüttelte den Kopf, als könnte sie es überhaupt nicht begreifen. »Und dafür waren Sie sechs Stunden lang in der Kälte unterwegs!«

»Ich finde, es hat sich gelohnt.«

»Gelohnt? Wieso das denn? Sie wissen ja noch nicht mal, wer dieser Heinzie überhaupt war …«

»Immerhin wissen wir nun, dass Gershwin tatsächlich sein richtiger Name ist.«

»Aber deshalb wissen wir noch lange nicht, wer er ist! Geschweige denn, wen er da mitten in der Nacht besucht hat!«

»Darüber habe ich mir auch schon Gedanken gemacht.« Er klopfte auf das in braunes Leder gebundene Buch auf seinem Schreibtisch.

»Was ist das?«

»Das Adressverzeichnis der Stadt Düsseldorf. Steht doch drauf.«

Minnie rümpfte die Nase. »Ich sehe, was da drauf steht. Aber wozu soll das gut sein?«

Sonderberg fuhr mit der Hand über die goldenen Lettern, die in drei diagonalen Zeilen auf die Vorderseite des Ledereinbands gestanzt waren. »Das Adressbuch ist hin und wieder sehr nützlich bei Ermittlungen, das darf ich wohl sagen. So habe ich vorhin, als Sie den Kaffee aufgebrüht haben, in diesem Buch zum Beispiel sechs Menschen mit Nachnamen Eigler gefunden, die in Düsseldorf registriert sind.«

»Und woher wollen Sie wissen, welcher von den sechsen gestern Nacht im Sonnenhaus war?«

»Es wird uns wohl nichts anderes übrig bleiben, als die sechs Adressen nacheinander abzuklappern und die Leute zu befragen …«

»… die Ihnen selbstverständlich alle die Wahrheit sagen werden. Vor allem der eine, auf den es ankommt.«

Sonderberg lächelte schmal. »Wenn Sie eine Idee haben, wie wir den richtigen Eigler mit weniger Aufwand herausfinden können …«

»Geben Sie das Buch mal her!«

Sonderberg schob das Adressbuch über den Schreibtisch.

»Sechs Einträge, sagten Sie?«

»Wenn ich mich nicht verzählt habe.«

Minnie blätterte in dem Adressbuch. »Haben denn alle sechs Eiglers ein Telefon?«

»Ein Telefon? Sie meinen dieses neumodische Ding, in das man hineinspricht, als rede man mit einem Menschen?«

»Sie *reden* ja auch mit einem Menschen, wenn Sie in ein Telefon hineinsprechen. Also, haben die sechs ein Telefon?«

»Das kann ich mir kaum vorstellen. Aber selbst wenn – wozu sollte diese Information gut sein?«

Auf Seite 219 hielt Minnie inne. »Ha, habe ich es doch gewusst!« Sie schob das Buch an Sonderberg zurück. »Da, lesen Sie. Unter Punkt 3.«

Sonderberg las. »*Namentliches Verzeichnis der an das Fernsprechnetz Düsseldorf Angeschlossenen.*« Er lachte. »Ich weiß, worauf Sie hinauswollen. Aber wissen Sie, wie viele Telefonanschlüsse es in Düsseldorf gibt? Nicht einmal hundert! Es wird uns also nicht erspart bleiben, die sechs Eiglers persönlich …«

»Lesen Sie, Dr. Sonderberg. Die Namen sind alphabetisch sortiert.«

Sonderberg senkte den Blick stirnrunzelnd auf die Seite 219 des Adressbuchs. »Hm. ›Rufnummer 1, Cretzschmar L. W., Dammstr. 6,

Rufnummer 63, Dampfschifffahrt für die Nieder- und Mittelrheinische Rheinwerft, Rufnummer 69 gehört einem ›de Haen‹, Castanien & Söhne in der Bilkerstraße …« Er sah auf und klappte das Buch zu. »Minnie, ich bin mir nicht sicher, ob Sie wirklich verstanden haben, wie ich über das neumodische Phänomen des Telefonierens denke …«

Sie nickte. »So, wie über alle interessanten neuen Erfindungen, die nicht unmittelbar mit Kriminologie zu tun haben.«

Er schüttelte empört den Kopf. »Ich gebe ja zu, dass sich die Welt weiterdreht. Wahrscheinlich wird irgendwann sogar jemand Waschmaschinen erfinden oder Kutschen, die fliegen können …«

Minnie winkte ab. »Pah, keine Waschmaschine wird jemals so gut waschen wie Menschenhände!«

»Da will ich mich nicht einmischen. Aber mit dem Telefonieren ist es jedenfalls noch viel schlimmer als mit dem Waschen! Noch gibt es ja erst ein paar Apparate in der ganzen Stadt, aber man hat bereits ein Amt eingerichtet, so eine Zentralstelle, von der aus man zu jedem beliebigen Anschluss verbunden werden kann, der ebenfalls an dieser Zentrale hängt.«

»Ich verstehe nicht, was Sie daran auszusetzen haben. Das ist doch sehr praktisch.«

»Denken Sie doch mal nach, Minnie! Ein Knäuel von Telefondrähten, der sich wie ein Spinnennetz über die ganze Stadt zieht. Ich frage Sie: Wer soll denn da den Überblick behalten? Das Ergebnis wird selbstverständlich das totale Chaos sein. Und am Ende will es wieder niemand gewesen sein.«

»Angeblich arbeitet man sogar daran, eine Verbindung ins Ausland zu schaffen.«

»Ins Ausland!« Sonderberg schlug sich auf die Schenkel. »Vergessen Sie es, Minnie! Das ist technisch völlig unmöglich. Der elektrische Widerstand in den Leitungen lässt es gar nicht zu, über größere Entfernungen als ein paar Meilen zu telefonieren – aber selbst das ist ja schon schlimm genug und ein Verbrechen an der Menschheit, wenn Sie mich fragen.«

»Aber stellen Sie sich das doch mal vor, Dr. Sonderberg! Wenn man eines Tages nicht mehr jemanden besuchen müsste, um mit ihm zu sprechen, sondern einfach ein paar Ziffern am Telefon wählen und das Gespräch dann über die Entfernung führen könnte. Das wäre doch fantastisch!«

Sonderberg verzog das Gesicht. »Was wäre denn daran fantastisch? Waren Sie schon einmal auf dem Markt, Minnie? Oder in der Tonhalle, bei einem Konzert?«

»Natürlich war ich schon auf dem Markt ...«

»Was ich damit sagen will: Da können Sie es doch deutlich hören, was passiert, wenn jeder mit jedem redet. Die Marktschreier mit den Kunden, die Kunden mit ihren Nachbarn und die Nachbarn mit ihren Kindern. Es wird eine vollständig unverständliche Kakophonie werden, eine Symphonie des Grauens, jawohl!«

»Aber man würde doch nicht mit allen auf einmal sprechen!«

Sonderberg blinzelte. »Sondern?«

»Na ja, man würde nur ein Gespräch zur gleichen Zeit führen.«

»Und gleichzeitig versuchen tausend Leute, einen anzurufen, weil sie auch ein Gespräch führen möchten.«

»Ja, aber das hört man ja nicht, weil die Leitung belegt ist.«

»Aber die anderen hören es! Dass die Leitung belegt ist! Sie werden schimpfen und sich aufregen, weil Sie nicht mit ihnen sprechen wollen. Und dann werden sie es noch mal probieren und noch mal, und am Ende werden die Straßen wie leergefegt sein, weil die Leute nur noch an ihren Telefonapparaten sitzen, um jemanden anzurufen oder von jemandem angerufen zu werden. Und wenn tatsächlich einmal niemand anruft, werden sie traurig sein und sich fragen, was sie falsch gemacht haben und ob sie von allen ihren Freunden verlassen worden sind. Wenn sie also nicht von den Stimmen am Telefon drangsaliert werden, dann von denen in ihrem Kopf. Es wird niemals wieder ruhig sein, es wird keinen Moment zum Innehalten mehr geben, keine Rückzugsorte, die ganze Menschheit wird sich in der Beschleunigung verlieren und ... und ...« Er stockte, als er bemerkte, dass Minnie überhaupt nicht mehr zugehört hatte.

Sie klappte das Buch wieder auf und hatte rasch die Seite mit dem Telefonverzeichnis wiedergefunden. »Lesen Sie!«

»Sie glauben mir nicht?«

»Ich glaube, Sie sehen das Ganze zu schwarz, Dr. Sonderberg. Das Telefon wird eine sehr nützliche Angelegenheit sein. Die Leute werden eine Menge Zeit sparen, wenn sie es benutzen.«

Er zog das Buch widerwillig zu sich herüber. »Fragt sich nur, wessen Zeit. Meine jedenfalls nicht. In dieser Detektei wird nämlich kein Telefon stehen, Minnie. Nicht, solange ich lebe.«

Er ignorierte Minnies Stirnrunzeln und tippte auf die offene Seite. »Am Ende steht mein Name etwa auch noch in diesem Amtsverzeichnis, und jeder Hans und Franz kann mich anrufen, als wäre er mein bester Freund.«

Minnie legte den Kopf schräg. »Das wäre jedenfalls eine hervorragende Art der Werbung – besser noch als unser Firmenschild.«

»Denken Sie nicht einmal daran, Minnie! Nachdem Gregor mich so schändlich hintergangen hat, weiß ich ja nicht mal, wie ich das Firmenschild bezahlen soll. Von dieser Sache mit der Anzeige für einen Kutscher will ich gar nicht reden.«

Minnie schlug mit der Hand auf den Tisch. »Jetzt reicht es aber! Ich verstehe, dass Sie nach dem Besuch in diesem Bordell so aufgeregt sind, aber das ist noch lange kein Grund, mich anzuschreien.«

Sonderberg starrte sie überrascht an. Er blinzelte und atmete tief durch. »Sie haben recht, Minnie. Entschuldigen Sie.« Er zog das Adressbuch heran. »Also, da wären die Amtspersonen … Die Verwaltung … Natürlich! … Und dann die Polizei … Kommissar Abel am Markt 4 … Ah, das ist van den Beecks Büro.«

»Sie sind viel zu weit. Sie müssen zurück auf Seite 219.«

Sonderberg blätterte eine Seite zurück. »Stimmt, hier war es. Rufnummer 69 war ›de Haen‹, und dann kommt … Minnie!«

»Was?«

»Woher wussten Sie das? Als Nächstes steht hier: Rufnummer 73, Eigler A., Kaiserstr. 2.«

»Das ist der einzige Eintrag?«, fragte sie enttäuscht.

»Ja, aber das macht nichts. Ich bin nämlich sicher, dass das der Eigler ist, den wir suchen.«

»Und woher wollen Sie das wissen?«

»Sie kennen doch Dr. Rebstedt, Gregors Vater. Er ist ja seit einiger Zeit Stadtverordneter. Wir sehen uns selten genug, aber er erzählte mir einmal von einem Stadtverordneten Eigler, mit dem er sehr schwierige Diskussionen geführt habe. Ich glaube, der Mann hieß mit Vornamen Albert … Nein, Armin. Ja, genau. Armin Eigler. Das muss unser Mann sein.«

»Aber das ist doch nur eine Vermutung. Die Chancen stehen immer noch eins zu sechs.«

»Aber ein Stadtverordneter hat bestimmt eher ein Telefon als eine gewöhnliche Person! Außerdem – denken Sie an das Brückenprojekt. Die Stadtverordnetenversammlung wollte in diesen Tagen darüber entscheiden – und ausgerechnet jetzt besucht der Stadtverordnete Eigler das ›Sonnenhaus‹ von Ferdinand Rothmann, der wiederum mit Franz Fuchs befreundet ist. Ein merkwürdiger Zufall, finden Sie nicht?«

»Sie haben recht. Das ist merkwürdig.«

Sonderberg klappte das Buch zu. »Wissen Sie was, Minnie? Es gibt doch immer wieder Überraschungen. Vielleicht haben Sie sogar recht. Vielleicht ist das Telefon doch keine so schlechte Erfindung, wie ich dachte … Hm, und was Ihre komische Idee mit der Anzeige in der Zeitung angeht … Vielleicht könnte ich da sogar mal ein Auge zudr…«

»Das wollte ich Ihnen ja schon die ganze Zeit sagen.«

»Ach.«

Minnie wurde rot. »Während Sie in der Roten Laterne einem fremden Mädchen nachgestiegen sind, hat sich hier jemand vorgestellt.«

»Kommt nicht infrage! Ich kann das nicht bezahlen.«

»Sein Name war Philipp. Er war sehr höflich, und außerdem war er sehr muskulös und gut gebaut, wenn ich das sagen darf.«

»Minnie, ich verstehe, dass Sie als Frau da eine andere Sicht haben, aber …«

»Ich will damit nur sagen, dass er durchaus in der Lage wäre, Sie bei Ihren Ausflügen zu begleiten, falls ich einmal keine Zeit haben sollte. Außerdem machte er einen sehr bescheidenen Eindruck.«

»Arbeitet er unentgeltlich?«

»Wie gesagt, ich verstehe Ihre Aufregung, aber Sie sollten sich Philipp einmal ansehen. Ich habe ihn gebeten, noch einmal vorbeizukommen, damit Sie sich eine eigene Meinung bilden können. Übermorgen um drei …«

»Aber …«

»Ich verspreche Ihnen, Sie werden nicht enttäuscht sein.« Er wollte erneut dazwischenfahren, aber sie hob die Hand und fügte hastig hinzu: »Und was die Bezahlung angeht, haben wir ebenfalls eine Lösung gefunden, das kann ich Ihnen jetzt schon versprechen.«

»Also arbeitet er unentgeltlich?«

»Nein, das tut er nicht, aber …«

»Dann sagen Sie den Termin ab.«

»Himmel, Dr. Sonderberg! Ich werde das jetzt nicht mit Ihnen diskutieren, weil Sie in dieser Sache nicht offen sind.«

Dr. Sonderberg sprang auf und schlug mit der Faust auf das Amtsverzeichnis, dass es beinahe vom Tisch geflogen wäre. Er wollte zu einer geharnischten Rede ansetzen – aber im letzten Moment schnappte sein Mund wieder zu. Wortlos schlug er noch einmal auf das Buch. Und noch einmal.

»Ja?«, fragte Minnie.

»Ja – nein …« Verflixt noch eins! Vielleicht hatte Minnie ja recht? Vielleicht hatte der Besuch bei der Roten Laterne ihn wirklich zu sehr aufgewühlt? »In Ordnung«, sagte er endlich, sich mühsam zur Ruhe zwingend. »Wir sprechen morgen darüber.«

Kapitel 19

*in dem Sonderberg von einem Rückfall heimgesucht wird,
einen schrecklichen Albtraum durchlebt
und eine wagemutige Entscheidung trifft*

Am nächsten Morgen stand Sonderberg früh auf.

Dabei musste er sich regelrecht zwingen, aus dem Bett zu steigen, denn jedes Einzelne seiner Glieder schmerzte, als wäre in der Nacht ein Vierspänner darüber hinweggedonnert. Nach der Morgenwäsche ging er mit tapsigen Schritten in die Küche und zählte im Gedenken an Ludwig van Beethoven sechzig Mokkabohnen aus dem Vorrat ab, die er in die Kaffeemühle füllte. Dabei musste er zweimal neu ansetzen, weil er sich verzählt hatte, und am Ende mochten es vielleicht auch fünfundsechzig oder siebzig Bohnen sein. Egal. Diese schrecklichen Kopfschmerzen!

Den gemahlenen Mokka gab er in ein Metallsieb und setzte sodann Wasser auf den Ofen. Kurz bevor es kochte, goss er das Wasser über das Sieb in die Kanne. All diese Bewegungen unternahm er automatisch und ohne darüber nachzudenken, weil es jeden Morgen dieselben waren, denn es stimmte, was Minnie ihm vorgeworfen hatte: Sonderberg liebte Kaffee aus echten Mokkabohnen und hatte sich darum angewöhnt, den Tag nicht ohne eine Kanne Mokka zu beginnen. Gedankenverloren tastete er nach der Milchkanne auf der Fensterbank – und griff ins Leere.

Seltsam. Gestern hatte die Kanne doch noch hier gestanden, aber nun war die Fensterbank leer.

Mokka ohne Milch, dachte er. Brrr.

Zum Ausgleich trank er die Tassen schnell hintereinander weg, aber die Mattigkeit wollte trotz der zusätzlichen Bohnen einfach nicht weichen. Er überlegte schon, eine weitere Kanne zu brauen, da hörte er draußen den Zeitungsverkäufer rufen. Sonderberg kam eine Idee. Rasch schlüpfte er in seine Schuhe, zog sich den Mantel über das Nachthemd und eilte aus der Tür.

Der Lärm auf der Königsallee brachte um ein Haar seinen Schädel zum Platzen. Marktfrauen und Dienstbotinnen eilten schnatternd vorüber. Ein Peitschenknall ließ Sonderberg auffahren. Der Gaul eines Pferdebahnwaggons trabte direkt auf ihn zu.

»Obacht, junger Mann!«, schrie der Kondukteur.

Sonderberg machte im letzten Augenblick einen Satz zurück, und der Waggon donnerte an ihm vorüber. Das Kreischen der Räder auf den Schienen sägte an seinen Nerven, und die Hufschläge des Gauls hallten in seinem Kopf wider wie Donnergrollen.

Von irgendwoher ertönte die Stimme eines Zeitungsverkäufers, und endlich erinnerte sich Sonderberg, was er auf der Straße gewollt hatte.

Er winkte den Mann zu sich und kaufte den *Düsseldorfer Generalanzeiger.*

»Das macht einen Groschen, verehrter Herr.«

»Und dann noch einmal den *Täglichen Anzeiger* dazu, bitte schön.«

»Sie wollen den *Generalanzeiger* und den *Täglichen* zusammen kaufen?«

»Haben Sie vielleicht auch das *Westdeutsche Gewerbeblatt* und die *Gartenlaube?* Das ist so eine komische Illustrierte, die …«

»Bedaure, aber leider habe ich hier nur den *Generalanzeiger* und den *Täglichen.*«

»Außerdem brauche ich noch jeweils die Ausgaben von gestern und vorgestern. Wo kann ich die kriegen?«

»Das weiß ich nicht. Da müssen Sie am besten im Verlag nachfragen …«

Sonderberg drückte ihm zwei Groschen in die Hand und schnappte sich die Zeitungen. »Danke, mein Guter! Sie haben mir sehr geholfen.«

Zurück im Büro, setzte Sonderberg sich hinter den Schreibtisch und schlug die erste Seite des *Generalanzeigers* auf. Der Tod des Gutachters Kerckhoven war gestern ein großes Thema gewesen, aber da es vonseiten der Polizei keine Neuigkeiten gab, rutschten die Berichte immer weiter nach hinten.

Tatsächlich fand Sonderberg in der Ausgabe vom heutigen Tage nur eine kleine Notiz, dass man immer stärker von einem Unfall ausgehe und deshalb bald mit der Einstellung der Ermittlungen durch die Polizei rechne. Inspektor van den Beeck wurde sogar namentlich zitiert.

Sonderberg fasste sich an die Stirn. Die Buchstaben verschwammen ihm vor den Augen. Er taumelte in die Küche zurück. Beethoven mochte taub gestorben sein, aber vergiftet wurde er jedenfalls nicht. Sonderberg zählte noch einmal ungefähr sechzig Mokkabohnen ab. Die Kaffeemühle drehte sich schwer wie ein Mühlrad.

Die zweite Kanne nahm er mit in das Arbeitszimmer und stellte sie auf den Schreibtisch. Dann nahm er sich die Zeitung ein zweites Mal vor, aber diesmal suchte er nicht nach Berichten über die Ermittlungen, sondern über den geplanten Bau der Rheinbrücke. Tatsächlich berichtete der *Generalanzeiger* über eine neue Abstimmung der Stadtverordnetenversammlung zu diesem Thema, die in den nächsten Tagen stattfinden sollte. Kerckhovens Tod wurde in diesem Zusammenhang nur am Rande erwähnt. Wie es hieß, hätten die »tragischen Ereignisse« keinen Einfluss mehr auf die Abstimmung. Der Oberbürgermeister wurde mit den Worten zitiert, er gehe davon aus, dass die Stadtverordnetenversammlung für eine neue Brücke über den Rhein votiere. Es wurde keiner der Stadtverordneten mit Namen genannt.

Sonderberg faltete die Zeitung zusammen und warf einen Blick auf die Uhr. Schon fast neun. Wo blieb Minnie bloß? Es gab schließlich viel zu tun. Als Erstes mussten sie Armin Eigler auf den Zahn fühlen und herausbekommen, in welchem Verhältnis er zu Gershwin, dem Mann aus der Roten Laterne, stand. Außerdem hatte Sonderberg sich entschieden, auch Franz Fuchs noch einmal zu dem

Durchstichprojekt zu befragen. Auch wenn Fuchs sein Auftraggeber war, konnte es nicht schaden, sich ein genaueres Bild zu verschaffen. Obwohl nach dem Zeitungsbericht wohl auszuschließen war, dass Fuchs von Kerckhovens Tod profitierte.

Und wenn es am Ende tatsächlich bloß ein Unfall gewesen war?

Sonderberg trank die letzte Tasse Kaffee und spürte, wie ihm der Schweiß auf die Stirn trieb. Er fühlte sich hundeelend. Wo zum Geier steckte Minnie?! Ohne sie konnte er an diesem Tag unmöglich aus dem Haus gehen … nicht mit diesen schrecklichen Kopfschmerzen …

Sonderberg schob den Sessel zurück und taumelte zum Sofa, das vor dem Bücherregal stand. Er legte die Beine hoch und schob sich ein Kissen unter den Nacken. Sofort ließen die Kopfschmerzen nach, aber da waren immer noch die Schluckbeschwerden. Sein Hals fühlte sich an, als wäre er auf doppelte Größe angeschwollen.

Schwer atmend schloss er die Augen. Der Schweiß rann ihm aus sämtlichen Poren. Vielleicht hatte Minnie doch recht, und es lag am Gewicht. Er leistete einen heiligen Eid, endlich abzunehmen, wenn die Erkältung vorüber war. Sofort am ersten Tag würde er damit anfangen, versprochen.

Die Umgebung versank.

Das Ticken der Standuhr schien sich immer weiter zu entfernen. Der Lärm auf der Königsallee, der hin und wieder selbst bei geschlossenem Fenster in die Detektei drang, wurde zu einem leisen Summen, das wie ein Bienenschwarm durch Sonderbergs Schädel brummte.

Kerckhoven.

Eigler.

Dr. Reinhold Rebstedt.

Franz Fuchs.

Katharina.

Sonderbergs Gedanken verwirrten sich im Fieber, und ehe er sich versah, war er auch schon eingeschlafen.

Er schreckte hoch.

Brauchte einige Sekunden, um zu sich zu kommen, dann erst begriff er, dass es das Schlagen der Standuhr war, das ihn geweckt hatte.

Fünf Uhr nachmittags! Er hatte über acht Stunden auf dem Sofa geschlafen!

»Minnie?«

Er schlug die Decke fort, die über seinen Beinen lag, und stand auf. Er hatte sich doch vor dem Einschlafen nicht zugedeckt! Also war Minnie inzwischen eingetroffen. Mit unsicheren Schritten näherte er sich dem Vorzimmer.

»Minnie?«

Ihr Schreibtisch war immer noch leer. Aber sie musste da gewesen sein, denn wer sonst hätte ihn zudecken sollen, während er schlief?

Er betrat die Küche. Das Erste, was ihm auffiel, war die Milchkanne, die bis an den Rand gefüllt auf der Fensterbank stand. Das Zweite war ein gefaltetes Blatt Papier, das daneben lag. Er erkannte Minnies Handschrift und faltete es auseinander.

Drei Becher täglich. Neben der Kanne stand ein Honigtopf.

Sonderberg faltete den Zettel wieder zusammen. Überlegte. Er hatte es ihr versprochen.

Schweren Herzens goss er Milch in den Topf und schob ihn auf die Feuerstelle. Warum war Minnie schon wieder verschwunden? Als die Milch heiß war, goss er einen Becher voll und rührte missmutig einen halben Löffel Honig hinein. Allein der Geruch bereitete ihm schon Übelkeit.

Er stürzte den Inhalt des Bechers in raschen, kleinen Schlucken hinunter und füllte ihn sogleich mit Wasser auf, um nachzuspülen, aber der schlechte Geschmack wollte nicht weichen. Die süße Milch klebte auf seiner Zunge wie Met.

Sonderberg überlegte, sich eine weitere Kanne Mokka aufzugießen, aber er hatte ja schon zwei getrunken, und der taube Beethoven fiel ihm wieder ein. Überhaupt ging es ihm schon viel besser. Der zusätzliche Schlaf hatte ihm gutgetan. Der Kopfschmerz war fast vollständig verschwunden, und der Durchmesser seines Halses schien auf ein normales Maß geschrumpft.

Er nahm Minnies Zettel erneut zur Hand, und erst jetzt erkannte er, dass auch die Rückseite beschrieben war. Er faltete ihn wieder auseinander.

Bin einkaufen und in ein paar Stunden wieder zurück.

Sonderberg warf einen Blick in den Vorratsschrank. Eingelegtes Obst, Milch, Mehl und Eier, Steckrüben und Weißkohl – er erinnerte sich daran, dass er vorgestern selbst hatte einkaufen wollen, aber dann war die Sache mit Franz Fuchs dazwischengekommen und dann die verflixte Erkältung. Jetzt war Minnie ihm zuvorgekommen. Aber es war doch nun alles da, also wo zum Teufel trieb sie sich jetzt wieder herum? Er würde das weibliche Wesen der Vorratswirtschaft nie so ganz verstehen … Wann Minnie die Detektei wohl verlassen hatte? Vielleicht war sie ja auf dem Markt aufgehalten worden.

Sonderberg streckte sich. Jetzt fühlte er sich wirklich besser!

Er wusch sich, zog sich um und warf sich Mantel, Schal und Hut über. Ein vergnügtes Grinsen huschte über seine Lippen, als er die Detektei verließ. Wenn er rasch genug zurückkehrte, sagte er sich, würde sie vielleicht gar nichts von seinem kleinen Spaziergang erfahren …

KAPITEL 20

in dem Minnie Cogner Gesellschaft sucht und Gesellschaft findet, und wie Sonderberg eine folgenreiche Entscheidung trifft

»Guten Tag, Madame. Mein Name ist René. Darf ich Ihnen den Mantel abnehmen?«

»Oh, das ist aber nett! Cogner. Fräulein. Äh, ja, vielen Dank, René.«

»Bitte sehr, das ist doch selbstverständlich.« Der dünne Mann in weißer Livree nahm den Mantel entgegen und hob beiläufig die Augenbrauen, während sein Blick Minnies selbst zusammengenähtes Oberkleid streifte. »Was wünschen Sie zu spielen, gnädiges, äh – Fräulein? Roulette oder Karten?«

Minnie Cogner war unschlüssig, was sie erwidern sollte.

Eigentlich war sie überhaupt völlig unschlüssig und konnte sich gar nicht erklären, wie sie auf die Idee gekommen war, das Sonnenhaus zu betreten.

Fast zwei Stunden lang hatte sie den Eingang von einer schattigen Stelle auf der gegenüberliegenden Straßenseite aus beobachtet. In dieser Zeit hatten mehrere Droschken vor dem Haus gehalten, und Männer in maßgeschneidertem Zwirn hatten das Gebäude betreten. Jetzt war es kurz nach sieben. Offenbar war das Sonnenhaus schon am frühen Abend gut besucht.

Minnie hatte skeptisch auf den Notizzettel in ihrer Hand geblickt. Elf Besucher insgesamt, davon fünf in weiblicher Begleitung. Keiner von ihnen war seither wieder herausgekommen.

Leider war sie völlig ratlos gewesen, was sie dann tun sollte. Ebenfalls das Sonnenhaus betreten? Was hoffte sie dort zu finden? Oder hier draußen stehen bleiben und weiterhin notieren, wer das Haus wann betrat und wieder verließ? Wem sollte das nützen?

Leider hatte sie sich die Detektivarbeit viel einfacher vorgestellt. Wenn doch bloß Dr. Sonderberg da gewesen wäre! Er hätte bestimmt gewusst, was zu tun war.

Sie hatte nach dem Einkaufen den halben Nachmittag darauf gewartet, dass er endlich erwachte, denn sie brachte es nicht übers Herz, ihn aufzuwecken. Wo er doch so friedlich dalag, den Mund halb geöffnet, sodass sie sein leises Schnarchen noch im Vorzimmer vernahm.

Sie hatte in der Küche aufgeräumt und dann im Vorzimmer, und als sie mit dem Staubwedel vor den Bücherregalen stand und feststellte, dass diese seit gestern gar keinen Staub angesetzt hatten, begriff sie, dass sie auf eigene Faust handeln musste. Es würde ihre Reifeprüfung als Detektivin werden!

Sie hatte einen neuen Zettel zur Hand genommen – und gezögert. Nein, sie durfte Sonderberg keine Notiz hinterlassen, dass sie das Sonnenhaus aufsuchen wollte. Das würde ihn in seinem Zustand nur unnötig aufregen – jetzt, da er sich endlich mal richtig erholte! Also hatte sie nur geschrieben, dass er seine Milch trinken sollte und dass sie zum Einkaufen war. Das konnte man als Frau immer schreiben. Kein Mann wurde misstrauisch, wenn man angab, den ganzen Tag mit Einkaufen zugebracht zu haben.

Ein mürrischer Zug kerbte sich in ihre Lippen, als sie jetzt wieder an den Zettel dachte. Natürlich würde er die Milch nicht trinken, jedenfalls nicht mit Honig. Höchstens würde er sich eine zusätzliche Kanne Mokka aufsetzen, so wie sie ihn kannte. Aber sie würde schon noch dafür sorgen, dass er so schnell wie möglich gesund wurde!

Und bis dahin musste sie eben allein entscheiden, was zu tun war.

Und sie traf eine Entscheidung.

Mit entschlossenen Schritten verließ sie die Nische und überquerte die Straße. Obwohl sie das Gefühl hatte, dass tausend Blicke sie verfolgten, kam sie ohne zitternde Knie an der Tür des Sonnenhauses an, wo René sie gleich am Eingang in Empfang genommen hatte.

»Karten geht also auch?«, wiederholte Minnie nun, um Zeit zu gewinnen.

»Selbstverständlich, gnädiges Fräulein.«

Minnie klatschte in die Hände, sodass sich einige der Besucher an den Kartentischen umdrehten. »Na, wenn das so ist. Zu einer Partie Whist sage ich natürlich nicht nein!«

René setzte ein blasiertes Lächeln auf. »Bedaure, Fräulein Cogner, aber niemand spielt hier Whist.«

»Nein? Ach, dann wohl eher dieses neumodische Bridge, wie? Das habe ich mal ausprobiert, aber Whist ist mir doch einfach lieber. Vielleicht fragen wir mal ein paar von den Damen da hinten, ich bin sicher, es wird sich eine Runde finden, die …«

René räusperte sich und rümpfte demonstrativ die spitze Nase. »Es tut mir leid, Fräulein Cogner, aber wir spielen hier im Sonnenhaus *ausschließlich* Poch.« Etwas leiser fügte er hinzu: »Und nur zu Ihrer Information, der Mindesteinsatz beträgt hundert Mark. Ich erwähne das nur der Form halber, verstehen Sie? Damit es nicht etwa zu einem Missverständnis kommt.«

»Missverständnis? Wieso soll es zu einem Missverständnis kommen?«

»Ich will damit nur sagen, dass …«

»Außerdem habe ich keine hundert Mark. Wissen Sie, was man als Dienstbotin verdient? Oder als Angestellte in einem Detektivbüro? Und was denken Sie eigentlich: Selbst *wenn* ich so viel Geld hätte, junger Mann, dann wäre ich ja wohl kaum so leichtsinnig, es offen mit mir herumzutragen!«

»Nun, wenn das so ist, muss ich Sie leider bitten …«

»Nun lassen Sie uns doch endlich die Damen fragen! Da drüben am Roulettetisch stehen ja genug von ihnen und schauen bloß zu. Bestimmt spielen sie genauso gern Whist wie ich. Jedenfalls bin ich sicher, bei einem Kaffee und einem leckeren Stück Torte käme nicht nur ich in Versuchung!«

René, der Minnie höchstens um fünf Zentimeter überragte, hüstelte in die hohle Hand. Dabei glitt sein Blick Hilfe suchend durch den Spielsaal, als erwarte er, dass ihm vielleicht einer der Croupiers zur Seite springen würde, aber die klammerten sich mit ihren manikürten Händen an die Roulettetische, an denen tatsächlich mindestens ein Dutzend aufgetakelte Damen saßen und sich zusammen mit ihrer reichen, müden Begleitung die Zeit vertrieben.

»Ich muss Sie bitten zu gehen, gnädiges Fräulein. Offenbar sind Sie hier falsch. Für eine Dame Ihres Schlages und Ihrer finanziellen Ausstattung empfehle ich doch besser eines der sehr freundlichen Lokale am Hafen …«

»Meiner finanziellen Ausstattung?«, schnappte Minnie. »Was wollen Sie denn damit sagen?«

René wurde rot. »Nun ja, Sie sagten eben …«

Minnie zückte ihr Portemmonaie. »Sehen Sie? Das sind fünfunddreißig Mark. Und zwar nicht ergaunert, sondern mit ehrlicher Arbeit verdient. Wie viele Karten kann ich dafür bekommen?«

»Wir verkaufen keine Karten. Und Sie werden jetzt gehen.« Er griff nach dem Mantel und versuchte, Minnie sanft, aber nachdrücklich in Richtung Tür zu schieben.

»Aua, lassen Sie mich los! Oder ich schreie um Hilfe! Es sind ja genug Männer hier. Da wird mir ja wohl einer zu Hilfe kommen. – Ha, der da zum Beispiel!«, rief sie über die Köpfe der Anwesenden hinweg und zeigte auf einen rothaarigen Mann, der an einem der Roulettetische stand und mit den Gästen ins Gespräch vertieft war. »Den habe ich schon einmal gesehen. Das ist Ferdi!«

René folgte ihrem Blick und hob die Brauen. »Das ist Herr Rothmann, der Inhaber dieses Etablissements!«

»Was Sie nicht sagen! Da habe ich ja gleich mal ein Wörtchen mit ihm zu reden.«

»Verzeihung«, unterbrach René, »aber Herr Rothmann ist sehr beschäftigt.«

Eine der Türen, die in die Personalräume führten, öffnete sich, und ein bulliger Mann mit finsterer Miene kam heraus und stapfte auf Minnie zu.

»Und den da kenne ich auch!«, rief sie. »Das ist doch Steckler!«

»Sieh an«, rief Johannes Steckler mit höhnischem Grinsen. »Die Schabracke aus dem Detektivbüro. Sind Sie wirklich zum Spielen hier? Das ist aber nicht Ihre Liga.«

»Mit Ihnen rede ich gar nicht! Ich will Herrn Rothmann sprechen.«

»Aber Herr Rothmann will nicht mit *Ihnen* sprechen. Er hat nämlich keine Zeit. Er muss sich um die Gäste kümmern.«

Inzwischen waren einige dieser Gäste auf das Gespräch am Eingang aufmerksam geworden. Gemurmel erhob sich, und endlich hob auch Ferdinand Rothmann den Kopf. Offenbar erkannte er Minnie, denn er verließ den Roulettetisch und kam mit raschen Schritten auf sie zu.

»Fräulein Cogner! Was machen Sie denn hier?«

»Bitte entschuldigen Sie«, hob René an, »aber Herr Steckler und ich waren gerade dabei, die Dame des Hauses zu verweisen.«

»Aber warum denn, warum denn?« Rothmann zeigte ein wölfisches Grinsen und legte Minnie den Arm um die Schulter, sodass sie unwillkürlich einen halben Schritt zurückwich. »Wenn Sie eine Partie Poch spielen möchten, Fräulein Cogner, warum denn nicht? Ich erkläre Ihnen das Spiel, wenn Sie wollen. Der Mindesteinsatz beträgt allerdings, äh, fünfzig Mark.«

Minnie warf René einen triumphierenden Blick zu. »Tatsächlich? Das ist aber dumm, Herr Rothmann. Ich habe nämlich nur fünfunddreißig.«

Rothmann legte den Kopf schräg. »Hm, dann werde ich in Ihrem Fall eine Ausnahme machen. Kommen Sie, am besten nehmen wir den Tisch da hinten, da spielen ein paar gute Bekannte von mir.«

Steckler schnappte nach Luft. »Herr Rothmann, ich verstehe nicht, warum wir dieser Schnepfe …«

»Halt's Maul, Blödmann! Und du auch, René. Kümmert euch lieber um die anderen Gäste!«

Er ließ Steckler und den livrierten René stehen und führte Minnie zum Pochtisch. »Darf ich vorstellen, meine Herren, das ist Fräulein Minnie Cogner. Das sind die Herren Eigler, Lehmbach und Ahlund.

Herr Eigler ist Stadtverordneter, Herr Lehmbach und Herr Ahlund sind, äh, persönliche Freunde.«

»Sie sind Armin Eigler?«, fragte Minnie erstaunt.

Eigler erhob sich. »Zu Ihren Diensten.«

»Sie kennen sich?«, fragte Rothmann.

»Wie? Oh, nein. Ich habe nur von Herrn Eigler gelesen. In der Zeitung.«

Rothmann nickte in die Runde. »Fräulein Cogner ist ebenfalls eine Freundin und möchte gern mit uns pochen.«

»Ich will es jedenfalls versuchen!«, erklärte Minnie.

Auch Lehmbach und Ahlund erhoben sich und verneigten sich höflich. Zwischen ihnen auf dem Tisch lag ein Pochbrett. Minnie hatte so etwas schon des Öfteren gesehen, aber noch nie selbst Poch gespielt, weil sie Glücksspiele verabscheute. Das kreisrunde Brett war wie eine Torte in acht gleich große Abschnitte unterteilt. In der Mitte befand sich das Pochfeld. Jeder der Abschnitte war einem bestimmten Kartenrang zugeteilt – Ass, König, Dame, Bube und Zehn. Auf dem sechsten Feld waren König und Dame zusammen abgebildet, auf dem siebten eine 9, eine 8 und eine 7. Das achte Feld war das Pochfeld.

»Bitte, setzen Sie sich doch.« Eigler, ein Mann Ende vierzig mit Halbglatze und dicken Tränensäcken unter den Augen, bot ihr seinen Stuhl an. »Eine Dame wie Sie bringt gewiss neuen Schwung in unsere Runde. Wobei Sie mir die eigennützige Hoffnung verzeihen mögen, dass Sie keine allzu gute Pocherin sind?«

Ahlund und Lehmbach lachten pflichtschuldig.

Minnie hatte das Gefühl, dass die Männer eine Antwort erwarteten. »Tja, also meine Spezialität ist das Invitieren, ich rieche einen Singleton beim Gegner nämlich auf dreißig Meter …«

Das Gelächter der anderen ließ sie verstummen.

»Fräulein Cogner spielt normalerweise Whist«, erklärte Rothmann mit unüberhörbarem Spott. »Hier beim Pochen läuft das anders, Fräulein Cogner. Da gibt es keinen Singleton! Aber ich habe mich ja angeboten, Ihnen zur Seite zu stehen. Bitte, nehmen Sie doch

Platz, Fräulein Cogner. Herr Eigler wird sich einen neuen Stuhl holen. Ich darf Sie alle drei warnen, liebe Herren, noch können Sie aussteigen. Ich gebe Ihnen nämlich Brief und Siegel, unser erstes Blatt enthält mindestens ein Gedritt!«

Kapitel 21

*in dem Sonderberg einen alten Freund aufsucht,
Minnie Cogner sich unter Feinden bewährt
und den Tag mit einer schwarzen Zahl abschließt*

Sonderberg verließ die Detektei um Punkt halb sechs. Bei sich trug er einen Regenschirm, weil ein heftiger Wind pfiff, der vom Rheinufer graue Wolken herantrieb, und eine Dose Schnupftabak, weil zusätzlich zu den Halsschmerzen nun auch noch die Nase verstopft war. Um Hals und Kinn hatte er einen Wollschal geschlungen, der noch dicker war als jener, den Minnie ihm aufgezwungen hatte.

Punkt siebzehn Uhr fünfunddreißig, also gerade einmal fünf Minuten später, erschien ihm die Pferdebahn, die von Süden heranfuhr, bereits wie ein rettender Strohhalm. Mit letzter Kraft kaufte er beim Kondukteur eine Fahrkarte für die erste Klasse und nahm auf einem der Kissen auf dem hinteren Perron Platz. Alles um ihn herum schien sich zu drehen. Erschöpft schloss er die Augen, aber als der Schwindel dadurch nur noch schlimmer wurde, riss er sie schnell wieder auf.

Ein Teil von ihm zog in Erwägung, ob Minnie mit ihrer Einschätzung, dass er lieber das Bett hüten sollte, nicht doch recht gehabt hatte. Der andere Teil jedoch dachte an den Fall Franz Fuchs und das Wochenhonorar, das der Reeder zu zahlen versprochen hatte. Von der gerechten Sache, um die es schließlich ging, einmal ganz abgesehen. Ein Mensch war gestorben! Ganz gleich, ob durch Mord oder durch einen Unfall – es verbot sich von selbst, in dieser Sache über eine simple Erkältung zu klagen.

Am Corneliusplatz stieg Sonderberg aus und nahm die Bahn in Richtung Wehrhahn und Grafenberger Straße, an der Tonhalle vorüber. Er ahnte nicht, dass Minnie zur gleichen Zeit nur wenige Dutzend Meter entfernt im Sonnenhaus die erste Partie Poch ihres Lebens spielte.

Hinter dem Güterbahnhof bogen die Schienen links ab. Sonderberg hielt sich am Geländer fest, um nicht vom Perron zu fallen, doch je weiter sie sich vom Stadtkern entfernten und je ruhiger die Umgebung wurde, desto klarer wurden auch seine Gedanken. Endlich erreichten sie die Endstation am Ende der Herderstraße. Sonderberg stieg aus und atmete tief durch. Hinter ihm spannte der Kondukteur das Pferd ab und auf der anderen Seite des Waggons wieder an. Danach sammelte er die Kissen aus der 1. Klasse ein und legte sie auf der anderen Seite, die jetzt hinten war, wieder aus.

Sonderbergs Ziel lag nur wenige Meter entfernt: ein ausgedehntes Rasengrundstück, das von einer brusthohen Mauer umgeben war. An der Front befand sich ein schmiedeeisernes Tor, das über einen Kieselsteinweg auf eine Villa mit Blendziegelfassade zuführte, wie man sie sonst nur in Städten wie Berlin oder Frankfurt zu sehen bekam. Aus einem Zwinger abseits des Weges löste sich ein Schäferhund und kam mit gesenktem Kopf auf Sonderberg zugetrottet.

»Ist ja gut, Räubernase. Komm mal her …«

Der Hund schlich näher und senkte den Kopf noch weiter. Sonderberg strich durch das dichte, regenfeuchte Fell. Der Hund schüttelte sich, und eine Kaskade winziger Sprühtropfen hüllte Sonderberg ein.

»Na, wie schön, Räubernase, das hast du ja hervorragend hingekriegt. Jetzt scher dich weg, mein Lieber, bevor ich dir einen Knoten in die Hinterbeine mache!«

Das Tor der Villa öffnete sich, und eine kleine, dickliche Frau von vierzig Jahren lief die Verandatreppe herunter auf Sonderberg zu. Sie trug ein Oberkleid mit kurzen Ärmeln und darüber eine graue Leinenschürze. Ihr fleischiges Gesicht war von Lachfalten durchzogen, sodass sie trotz der kleinen, hervorstechenden Augen und der Schwielen an den Händen wie eine Frau wirkte, die mit Freude durchs Leben ging.

»Dr. Sonderberg! Das ist aber eine Überraschung!«

»Mathilda! Wie schön, Sie zu sehen. Ist denn der Herr des Hauses zu sprechen?«

Mathilda schüttelte den Kopf, wobei weiche Wellen durch ihr Doppelkinn und die Falten an Hals und Oberarmen gingen. »Dr. Rebstedt ist in seinem Arbeitszimmer. Er sagte, er will nicht gestört werden … aber wissen Sie was? Für Sie werde ich eine Ausnahme machen.«

»Meinetwegen bitte keine Umstände. Wenn seine Zeit wirklich so knapp ist …«

»Aber nicht doch! Ich bin sicher, dass Dr. Rebstedt sich freuen wird, Sie zu sehen.«

»Sie sind dran, Fräulein Cogner.«

Armin Eigler schob den Talon zu ihr herüber.

Minnie griff nach dem Kartenstapel und verteilte, bis jeder Spieler fünf Karten auf der Hand hatte. Die nächste Karte auf dem Stapel deckte sie auf.

»Pik ist Trumpf!«, murmelte Minnie, wobei sie allerdings von Rothmann übertönt wurde, der ihr schon die ganze Zeit über gönnerhaft über die Schulter guckte und mit jedem Spiel ein wenig näher heranrückte, sodass sie den Geruch seines Rasierwassers kaum noch ertragen konnte.

»Trumpf-As!«, meldete Eigner, zeigte die entsprechende Karte und strich den Betrag auf dem Asse-Feld ein.

»Und? Hat jemand den König?«, rief Rothmann.

»Ja, ich«, sagte Minnie. »Wieso?«

Gelächter.

»Wenn Sie den König haben, Minnie, müssen Sie sich melden. Die Marke auf dem Feld gehört dann Ihnen.«

Minnie zog die Marke auf ihren Stapel und wartete ab.

»Dame?«, erkundigte sich Eigler. »Hat niemand die Trumpf-Dame?«

»Die hab ich auch«, sagte Minnie.

Wieder Gelächter.

»Sie haben wirklich außerordentliches Glück!«, flüsterte Rothmann ihr ins Ohr und tätschelte ihren Oberarm. »Damit gehört Ihnen die Marke auf dem Dame-Feld und auch noch der Einsatz für die Mariage.«

Minnie strich den Gewinn ein und blickte erstaunt auf ihren Stapel, der Marken für mindestens hundert Mark enthielt.

»Und der Bube?«, fragte Eigler. »Wer hat den Buben?«

Sonderberg hatte eine halbe Stunde im Empfangssalon gewartet und schließlich immer ungeduldiger auf seine Taschenuhr geschaut, bis sich endlich die Tür öffnete.

»Friedrich! Wie schön, dich zu sehen!«

Sonderberg stand auf und schüttelte Rebstedt die Hand. Er musste unwillkürlich an Minnie denken, die bestimmt längst wieder im Büro war. »Reinhold! Wie geht es dir? Halten deine Patienten dich bei Laune?«

»Prächtig, lieber Friedrich, prächtig. Drei Mahlzeiten am Tag und ein warmes Zuhause. Die meisten von ihnen können sich keinen besseren Ort zum Leben vorstellen. Außer natürlich den Neubau am Stadtrand.«

Die neue Irrenanstalt am Düsseldorfer Stadtrand war erst vor wenigen Jahren erbaut worden. Es stand zur Diskussion, ob Dr. Rebstedt von der Anstalt unterhalb der Rheinwerft in das neue Gebäude wechselte. Rebstedt war sehr beliebt bei seinen Patienten, weil er ein leidenschaftlicher Vertreter der These war, dass die meisten Geisteskrankheiten genauso wie körperliche Krankheiten zu therapieren seien, also mit viel Geduld und Anstrengung auf dem Gebiet der Patientenbetreuung wie auch der reinen Forschung. Auf den Fachkongressen teilten leider nicht alle Kollegen seine Meinung, aber Rebstedt war überzeugt, dass es nur eine Frage der Zeit war, bis seine Auffassung allgemeine Lehrmeinung wurde. Jede Nervenkrankheit sei heilbar, wurde er nicht müde zu wiederholen. Nur der Aufwand, den man investiere, müsse von Patient zu Patient immer wieder neu bestimmt werden.

Vielleicht war das der Grund, weshalb Gregors Schicksal ihm so viel Kopfzerbrechen bereitete. Die Gewissheit, dass er ausgerechnet bei seinem eigenen Sohn gescheitert war, steckte wie ein Splitter in Rebstedts Herzen. Und als wäre es dieser Splitter, der ihm das Leben zur Hölle machte, waren seine Wangen auch jetzt grau und eingefallen, die Lippen zu weißen Strichen zusammengepresst. Die Augen lagen in den Höhlen wie halb erloschene Kohlen. Im Vergleich zu Rebstedt fühlte Sonderberg sich trotz seiner Hals- und Kopfschmerzen wie das blühende Leben.

»Was ist mit dir, Reinhold? Bist du krank?«

Rebstedt winkte ab. »Ach, das ist gar nichts, Friedrich. Ich bin nur ein bisschen überarbeitet. Und dann die Jahreszeit, du weißt ja. Da holt man sich schnell mal eine Erkältung. Wie geht es Gregor?«

Sonderberg hob die Schultern und dachte mit Unbehagen an seinen Wutausbruch nach dem Besuch seines Neffen. »Er war neulich bei mir. Er war sehr guter Laune, aber du weißt ja, heute so, morgen so.«

»Hat er nach mir gefragt?« In Rebstedts Augen glomm es hoffnungsvoll auf.

Sonderberg überlegte zu lügen. »Er hat eine Menge wirres Zeug erzählt. Ehrlich gesagt, habe ich das Wenigste davon verstanden. Aber es scheint, als hätte er die Fotografie für sich wiederentdeckt.«

»Das wäre großartig! Ich glaube immer noch, dass er das Zeug zu einem wirklich guten Fotografen hat. Was meinst du, Fritz?«

»Bestimmt, bestimmt.« Sonderberg spürte, wie ihn ein Niesreiz packte. Gerade noch rechtzeitig zog er ein Tuch aus der Hosentasche.

»Ah, dich hat es wohl auch erwischt!« Rebstedt lachte, während Sonderberg sich schnäuzte, aber seine Augen lachten nicht mit. »Wenn ich gewusst hätte, dass du kommst, hätte ich mich natürlich darauf eingerichtet. Soll ich Mathilda Bescheid geben, dass sie uns einen Tee kocht? Obwohl, so wie du aussiehst, könntest du eher eine heiße Milch mit Honig vertragen. Oder möchtest du mit uns zu Abend essen?«

»Oh, so viel Zeit habe ich leider nicht. Aber ein Tee wäre mir recht.«

Rebstedt verschwand und kehrte kurz darauf zurück, um Sonderberg in den Besuchersalon zu führen. Sie nahmen in einer mit blauer Seide überzogenen Sitzgarnitur vor einem Tisch aus poliertem Kirschholz Platz.

»Seit ich Stadtverordneter bin, sehen wir uns viel zu selten, Friedrich. Aber du weißt ja, die Zeit ... Deiner Detektei scheint es jedenfalls sehr gut zu gehen, was man so liest. Die Aufklärung des Falles auf Schloss Jägerhof – das ging ja durch alle Zeitungen.«

Sonderberg verzog die Mundwinkel. »Ach, das ist wie bei dir in der Politik. Da wird eine Menge aufgebauscht.«

Rebstedt lachte. »Du hast recht. Bist du deswegen hier? Um mich über meine Geschäfte auszufragen? Oder möchtest du dir ein hübsches Plätzchen in meinem Heim reservieren lassen? Du weißt, die Selbsteinweisungen nehmen seit Jahren zu. Das liegt an den hektischen Zeiten. Die Leute sehnen sich nach Sicherheit und Entspannung.«

Sonderberg lachte. »Vielen Dank für das Angebot, aber im Moment fühle ich mich auf der Königsallee noch ganz wohl.«

»Das glaub ich gern. Ich war neulich mal dort. Ein hübsches Schild hast du dir machen lassen! ›Sonderberg & Co.‹ – dann hast du jetzt wohl einen Partner, wie?«

»Ach, das Schild. Ja, es ist jemand dazugekommen. Eine Frau. Das heißt, eigentlich ist sie gar keine Partnerin, sondern meine Angestellte. Ihr Name ist Minnie Cogner. Das mit dem Schild ist nur ein dummer Fehler.«

»Verstehe, verstehe. Na, ab und zu brauchen wir alle etwas Abwechslung vom Alltag.« Er zwinkerte. »Ich freue mich ja, dass ich Mathilda habe, aber ganz ehrlich, eine Frau in meinem Alter wäre mir lieber. – Ah, wenn man vom Teufel spricht ...«

Mathilda trat ein und stellte ein Tablett mit einer dampfenden Teekanne und zwei Tassen auf dem Tisch ab. »Wünschen die Herren Milch und Zucker?«

»Danke, Mathilda. Wir helfen uns selbst.«

»Bitte sehr, Dr. Sonderberg. Bitte sehr, Dr. Rebstedt.«

»Oh je, Mathilda«, rief Rebstedt, »das klingt, als würden zwei Greise auf dem Sofa sitzen und von der Revolution schwadronieren. Wie oft habe ich Ihnen schon gesagt, dass Sie mich Reinhold nennen sollen.«

»Ich weiß Ihr Vertrauen zu schätzen, aber ich fühle mich wohler, wenn es bleibt, wie es ist, Dr. Rebstedt.«

Der Arzt wartete, bis Mathilda die Tür hinter sich geschlossen hatte. »Sie ist ja sehr verlässlich, aber manchmal auch etwas überkorrekt. Ach, ich wünschte, sie wäre schon hier gewesen, als Gregor und Frieda noch bei mir waren. Dann wäre vielleicht alles anders gekommen.«

»Ja, vielleicht …«, erwiderte Sonderberg unbehaglich. Er fand, dass man die Vergangenheit ruhen lassen sollte. Ändern konnte man sie ja sowieso nicht mehr.

Rebstedt seufzte. »Also, was führt dich zu mir?«

»Es geht um einen Fall, an dem ich gerade arbeite. Und dabei bin ich auf die Rheinbrücke gestoßen, die demnächst gebaut werden und die Schiffsbrücke ersetzen soll.«

»Ah, die Kerckhoven-Sache. Das ist wirklich ein dickes Ei! Aber du arbeitest doch nicht für Kerckhoven, oder? Natürlich nicht. Der ist ja tot.«

»Ich nehme an, ihr habt in der Stadtverordnetenversammlung bereits über das Thema debattiert?«

»Ausgiebig! Wir reden ja über nichts anderes mehr in den letzten Monaten. Diese Woche sollte eigentlich eine Entscheidung gefällt werden – und was passiert? Da stirbt doch einfach der Gutachter, bevor er sein Urteil abgeben kann. Ist das zu fassen!«

»Also wird die Entscheidung vertagt? Im *Generalanzeiger* las sich das anders.«

Rebstedt zog umständlich eine Pfeife aus der Tasche und legte einen Tabaksbeutel auf den Tisch. »Darf ich dir auch etwas anbieten?«

»Danke, lieber nicht.«

»Wie schade. Du solltest mit dem Rauchen anfangen, Friedrich.

Ich empfehle es mittlerweile sogar einigen Patienten. Es beruhigt die Nerven.« Er drehte die Pfeife in den Händen. »Hat mir ein Bekannter aus Frankreich geschickt, der früher mal Patient bei mir war. Ein Neurotiker. Das ist Bruyèreholz, aus den Wurzelknollen der Baumheide. Die wächst nur dort, wusstest du das? Aber man darf nur das Holz von den Rändern nehmen, das ist besonders feuerbeständig. Dieser Mensch glaubt jedenfalls fest daran, dass er ein neues Geschäftsfeld aufgetan hat. Bald werden alle Pfeifenköpfe auf der ganzen Welt aus Bruyèreholz gefertigt, sagt er.« Rebstedt lachte, entzündete den Tabak und schmauchte. »Bitte entschuldige. Wo waren wir stehen geblieben?«

»Bei der Entscheidung der Stadtverordnetenversammlung über den Bau der Rheinbrücke.«

Rebstedt nickte langsam. »Tut mir leid, Friedrich, aber du wirst verstehen, dass ich dir dazu nichts sagen darf. Das ist gewissermaßen ein, äh, schwebendes Verfahren.«

»Wie ich hörte, soll es einen Konkurrenzvorschlag geben. Einen Rheindurchstich hinter Oberkassel. Weißt du etwas darüber?«

Rebstedt legte die Stirn in Falten. »Mir ist mal was zu Ohren gekommen. Es gab da so eine Idee, die ein paar Kaufleute und Reeder vertreten haben, aber du kennst ja Herren dieses Schlags. Die denken nur an die eigene Tasche. Bei dieser Sache aber gilt es, das Wohl der Stadt im Auge zu haben.«

»Und dieses Wohl liegt in der Grundstücksspekulation?«

Rebstedts Bewegungen wurden plötzlich fahrig. »Ich weiß nicht, worauf du hinauswillst, Friedrich.«

»Ich will darauf hinaus, dass so ein Rheindurchstich gewiss ein paar Jahre dauern würde. Vielleicht ein Jahrzehnt. Wahrscheinlich länger als der Bau einer Brücke.«

»Das mag sein. Es gibt dazu Expertisen, aber so genau habe ich mich damit noch nicht beschäftigt. Ich bin ja kein Ingenieur, weißt du?«

»Aber du bist zum Stadtverordneten gewählt, und damit entscheidest du mit, ob die Brücke gebaut wird.«

»In der Tat – zusammen mit neunundzwanzig anderen Vertretern! Außerdem ist das nicht das einzige Projekt, das wir zu besprechen haben. Natürlich ist die Brücke wichtig, aber noch wichtiger ist zum Beispiel der neue Hauptbahnhof, der im Osten gebaut werden soll. Weißt du, wie viel Geld die Schienenverlegungen verschlingen werden?«

»Gibt es denn Fachleute, die sich zum Brückenbau geäußert haben?«, beharrte Sonderberg. »Ich meine, außer Wilfried Kerckhoven.«

»Ach, wie schon gesagt, es gibt Expertisen. Aber die sollte man nicht allzu ernst nehmen. Diese sogenannten Experten sind immer von Interessen getrieben.«

»Das klingt, als hättest du damit Erfahrung.«

Rebstedt nahm einen tiefen Zug und warf aus dem Augenwinkel einen Blick auf die Zwischentür, als wollte er sich vergewissern, dass sie wirklich ungestört waren. »Ich möchte nicht, dass wir uns missverstehen, lieber Fritz, und ich möchte auch nicht, dass ein Fall wie dieser unsere Freundschaft beeinträchtigt. Ob die Rheinbrücke kommt oder nicht, ist für unsereins doch völlig egal. Oder hast du vielleicht eine liebe Tante in Aachen, sodass du zwei Mal in der Woche zum Oberkasseler Bahnhof musst?« Rebstedts gekünsteltes Lachen ging in einem Hustenanfall unter.

»Nehmen wir einmal an, es wäre so«, sagte Sonderberg, »und nehmen wir weiter an, meine liebe Tante wohnt nicht in Aachen, sondern in Oberkassel. Dann wäre ihr Grundstück nach dem Bau einer richtigen Brücke doch auf einmal ein Mehrfaches wert.«

Rebstedt tippte mit dem Mundstück in Sonderbergs Richtung. »Pass lieber auf, was du sagst, mein Freund. Hier sind wir ja unter uns, aber einige einflussreiche Leute in der Stadt wollen diese Brücke unbedingt. Da hat dein Klient Fuchs schlechte Karten.«

»Ich habe dir nicht gesagt, dass Franz Fuchs mein Klient ist.«

Rebstedt lachte verlegen. »Touché. Aber sehe ich vielleicht aus, als wäre mir ein Ziegelstein auf den Kopf gefallen? Seien wir offen: Franz Fuchs ist mit seinem Projekt des Rheindurchstichs weitgehend isoliert. Es dauert zu lange und es ist einfach zu teuer.«

»Sagt wer? Die Stadtverordnetenversammlung? Oder hat der Oberbürgermeister vielleicht kürzlich ein Grundstück in Oberkassel gekauft?«

Rebstedt schüttelte den Kopf. »Der Oberbürgermeister hat auszuführen, was die Stadtverordnetenversammlung beschließt! Das war so und wird immer so bleiben.«

»Reinhold, ich bitte dich! Was du da sagst, ist doch alles graue Theorie. Die richtige Politik wird hinter verschlossenen Türen gemacht, das muss ich dir ja wohl nicht erzählen!«

»Dann soll sie da bitte schön auch bleiben! Es ist nicht gut, an gewisse Dinge zu rühren.«

»Das habe ich kürzlich schon einmal gehört. An welche Dinge, Reinhold? Heißt das etwa, die Brücke ist beschlossene Sache?«

Rebstedt klopfte die erloschene Pfeife auf dem Teller aus. »Ach, Sonderberg. Du bist und bleibst eben ein Idealist. Wenn du mich hier unter vier Augen fragst, sage ich dir, Fuchs' Plan ist kompletter Blödsinn und sollte keine Aussicht auf Erfolg haben. Und er *hat* ja auch keine Aussicht auf Erfolg, wie es aussieht. Gott sei Dank. Wenn du mich aber in der Stadtverordnetenversammlung fragen würdest ...« Er ließ den Satz unvollendet im Raum stehen.

»Was soll das heißen? Dass Fuchs dich unter Druck gesetzt hat, um den Rheindurchstich zu bekommen? Und mit dir noch andere Verordnete?«

»Ach, warum jetzt schmutzige Wäsche waschen? Die Brücke ist favorisiert, und dabei bleibt es wohl auch. Wenn es dich aber beruhigt, versichere ich dir gern, dass Fuchs ein Ehrenmann ist.«

»Eben hast du noch gesagt, diese Reeder denken nur an den eigenen Geldbeutel!«

»Ja, schon, aber ... Ich meine, was ich damit sagen will, ist ... Ach, Friedrich, es ist eben nicht immer alles so einfach, wie es aussieht!«

Sonderberg stand auf. »Du weißt, ich habe immer ein offenes Ohr für dich, Reinhold – ganz egal, wer mein Klient ist. Aber wenn die Stadtverordnetenversammlung eine Entscheidung trifft, hoffe ich, dass du dich nur einer Partei verpflichtet fühlst, und das sind deine Wähler!«

»Ich habe ein reines Gewissen, Friedrich!«

»Wie schön. Ich wünsche dir alles Gute, Reinhold. Ich kann nur hoffen, dass wir uns in dieser Sache kein zweites Mal sprechen müssen.«

»Was soll das heißen?« Rebstedt sprang auf.

»Und was Gregor angeht«, fuhr Sonderberg im Gehen fort, »der wollte eigentlich heute bei mir vorbeikommen, um seine Schulden abzuzahlen. Bisher ist er noch nicht aufgetaucht. Aber ich würde mir an deiner Stelle keine Sorgen machen. Irgendwann werden wir ihn schon wiedersehen.«

»Friedrich! Was soll das? Gregor ist mein Sohn! Glaubst du, es tut mir nicht weh, dass er nicht mehr mit mir sprechen will? Friedrich! Wo willst du denn hin, verflixt noch mal? Du hast deinen Tee noch gar nicht getrunken …«

»Sie sind an der Reihe, Eigler!«

Der Stadtverordnete lehnte sich zurück. »Was glauben Sie, meine Herren?«, rief er gut gelaunt in die Runde. »Fräulein Cogner hat bisher am höchsten geboten. Soll ich mitgehen?«

»Ich denke, sie blufft nur«, sagte Lehmbach.

»Ach ja?«, entgegnete Rothmann, »und warum hast du dann nicht höher geboten?«

Spöttisches Gemurmel.

Minnie starrte angespannt auf ihre Karten. Sie hatte zwei Zehnen auf der Hand und war davon ausgegangen, dass man sie überbieten würde. Anscheinend waren die anderen Blätter noch schlechter.

Eigler schlug auf den Tisch. »Ich glaube auch, dass Sie bluffen, Fräulein Cogner! Deshalb poche ich über.«

»Nun«, rief Rothmann, »dann lassen Sie uns die Karten auf den Tisch legen.«

Minnie gehorchte.

»Ein Paar!«, rief Lehmbach verwundert.

»Was bedeutet das jetzt?«, fragte Minnie.

»Das bedeutet, dass ich besser dran bin!« Eigler legte die Karten offen. »Drei Buben! Haben Sie dazu noch Fragen, meine Herren?« Er griff mit einem selbstgefälligen Grinsen nach den Marken in der Mitte des Pochbretts. »Das macht noch einmal denselben Einsatz für Sie, Minnie. Ich frage ja nur ungern, aber haben Sie überhaupt so viel?«

»Fräulein Cogner hat bei mir Kredit«, versicherte Rothmann jovial.

»Danke, den brauche ich nicht«, erwiderte Minnie und zählte mit finsterer Miene die Marken ab, um sie Eigler zu übergeben. »Ich glaube, ich sollte jetzt besser aufhören.«

»Aber gar nicht!«, rief Rothmann dazwischen. Er hatte sich in der Zwischenzeit eine Zigarre angesteckt und blies breite, blaue Rauchkringel gegen die Decke. »Sie bleiben, liebes Fräulein! Der Abend fängt doch gerade erst an.«

Räubernase jaulte protestierend, als Sonderberg an der offenen Zwingertür vorüberging.

In der Zwischenzeit war es finster geworden.

Er warf dem Hund einen Keks zu, den er am Teetisch eingesteckt hatte. Räubernase schoss aus dem Zwinger und machte sich darüber her. Anschließend trottete er zu Sonderberg, um sich von ihm den Nacken kraulen zu lassen.

»Du bist schon ein herzensguter Kerl«, murmelte Sonderberg, und Räubernase gab ein zufriedenes Murren von sich, das man fast als Zustimmung hätte deuten können. Aus dem Augenwinkel nahm Sonderberg eine Bewegung hinter einem der Fenster der Villa wahr. Als er aufblickte, sah er gerade noch, wie Rebstedts Gesicht hinter der Gardine verschwand.

»Ach, wenn wir doch nur alle wie die Hunde wären«, brummte Sonderberg, und Räubernase senkte langsam die Schnauze, wie um ihn zu bestätigen. »Dann hätten Gregor und sein Vater sich im Leben nicht so zerstritten.«

Der Hund blickte ihn aus treuen Augen an.

»Nichts da, mein Lieber.« Sonderberg zog die Taschen heraus. »Keine Kekse mehr. Nur ein altes Taschentuch, aber das brauche ich selbst noch, wie du siehst.« Er schnäuzte sich.

Räubernase wartete noch ein paar Augenblicke, aber als Sonderberg tatsächlich keinen weiteren Keks mehr aus dem Gewand zauberte, wandte er sich ab und trottete zum Zwinger zurück.

»So ist das also«, seufzte Sonderberg, »ohne Kekse ist der Mensch gleich nur noch die Hälfte wert.«

Er blickte noch einmal zum Haus zurück, aber hinter der Gardine war jetzt keine Bewegung mehr zu erkennen.

Auf dem Rückweg zur Pferdebahn war Sonderberg so in Gedanken versunken, dass er den anderen Fahrgast, der zusammen mit ihm den Waggon bestieg, zunächst nicht beachtete. Der Mann nahm ebenfalls auf dem Perron der ersten Klasse Platz.

Der Kondukteur schnalzte mit der Zunge, und die Bahn setzte sich ruckelnd in Bewegung.

Was war nur mit Rebstedt los gewesen? Er trug ein Geheimnis mit sich herum, daran bestand für Sonderberg kein Zweifel – ein Geheimnis, das ihn nicht nur seelisch, sondern auch körperlich zu belasten schien. Und es hatte ausnahmsweise nichts mit Gregor zu tun. Wurde er in seiner Funktion als Verordneter der Stadtversammlung in der Frage des Brückenbauprojekts von irgendeiner Seite unter Druck gesetzt? Sonderberg dachte an den Stadtverordneten Eigler und dass es inzwischen wohl zu spät war, um ihn zu befragen. Das würde er gleich morgen früh nachholen.

Ein Schatten fiel auf die gegenüberliegende Sitzbank.

Der Mann, der mit ihm zusammen eingestiegen war, hatte seinen Platz verlassen und ließ sich ihm gegenüber nieder.

»Ein hübscher Tag, nicht?«

Die Stimme war hoch und ein wenig kratzig, so als hätte der Mann am gestrigen Abend in einem Streitgespräch starken Gebrauch von ihr gemacht. Sonderberg erkannte sie dennoch sofort, wie ihm auch die Erscheinung des Mannes nicht unbekannt war.

»Ich weiß nicht«, erwiderte Sonderberg, der plötzlich auf der Hut war. »Es sieht schon den ganzen Tag nach Regen aus.«

»Sie haben recht.« Herman Gershwin zündete sich eine Zigarette an. »Möchten Sie auch eine?«

»Danke, nein.«

»Überlegen Sie es sich. Wir haben Zeit.«

Der Kondukteur stieß einen Ruf aus, und der Waggon blieb mitten auf der Strecke stehen, ohne dass ein Fahrgast in Sicht war, der hätte zusteigen können.

»Ich habe den Herrn gebeten, uns ein wenig Zeit zu verschaffen«, erklärte Gershwin. »Also: Möchten Sie eine Zigarette?«

»Immer noch nicht, danke sehr. Wie geht es Greta?«

Gershwin nickte. »Sie haben uns also tatsächlich belauscht. Manchmal hat sie einfach Tomaten auf den Augen. Dafür werde ich ihr ordentlich das Fell gerben müssen.«

»Nur zu. Ob sie dann noch mit Ihnen nach Holland geht?«

Er grinste. »Sie dachten wirklich, ich habe nicht bemerkt, wie Sie mir von der Laterne bis zum Sonnenhaus nachgelaufen sind! Ich hab ja auch extra so getan, als würde ich mich nicht darum kümmern! Ein schöner Detektiv sind Sie, Sonderberg, das muss ich schon sagen.«

»Was wollen Sie von mir?«

Gershwin schaute sich um, wie um sich zu vergewissern, dass es außer dem Kondukteur keine Zeugen gab, und beugte sich vor. »Was wollten Sie bei Dr. Rebstedt?«

»Ein Gedritt aus Königen!«, rief Lehmbach staunend.

»Jawohl, meine Herren!«, bestätigte Eigler mit stolzgeschwellter Brust. »Den Kerl möchte ich sehen, der das überbieten kann!«

Nacheinander mussten die Teilnehmer passen, bis Minnie als Kartengeberin dieser Runde übrig blieb. Ihr Blick glitt verschämt zu den verbliebenen zwölf Marken, auf die ihr Stapel innerhalb der letzten dreißig Minuten geschrumpft war. Sie fragte sich, was sie hier eigentlich tat! Sich inmitten einer Runde roher Herren dem Glücksspiel hinzugeben! Dr. Sonderberg hätte sich bestimmt die Haare gerauft, wenn er gewusst hätte, wo sie sich im Augenblick herumtrieb.

»Na, liebes Fräulein Cogner«, säuselte Eigler grinsend. »Das ist dann wohl Ihr letztes Spiel gewesen!«

»Nicht so schnell«, wandte Rothmann ein und paffte. »Na los, Minnie! Zeigen Sie ihm, was Sie auf der Hand haben.«

Minnie legte die Karten auf.

Eigler schnellte hoch. »Hol mich der Teufel! Vier Siebener!«

Rothmann lachte brüllend. »Damit hast du nicht gerechnet, wie? Greifen Sie zu, Minnie! Der Pott gehört Ihnen!«

»Alles, was drin ist?« Minnie blickte ungläubig auf die Marken in der Mitte des Pochbretts.

»Das – und alles, was der liebe Herr Eigler Ihnen obendrauf zahlen muss.«

Knurrend schob Eigler aus seinem eigenen Stapel zehn Marken zu Minnie rüber.

Sie seufzte. »Wie spät ist es eigentlich? Oh, schon halb neun! Ich würde jetzt lieber gehen.«

»Ein Spiel noch!«, rief Rothmann.

»Aber …«

»Nur ein einziges Spiel!«, unterbrach er und warf Eigler dabei, ohne dass Minnie es bemerkte, einen finsteren Blick zu. »Sie müssen dem Herrn Stadtverordneten doch eine Möglichkeit geben, seinen Einsatz zurückzuholen.«

»Tja, also ich weiß nicht …«

»Hervorragend. Lehmbach, teilen Sie aus. Wir wollen keine Zeit verlieren!«

»Wie bitte?«

»Sie haben mich schon richtig verstanden, Dr. Sonderberg.« Gershwin kicherte, nahm einen tiefen Zug und blies den Rauch geräuschvoll zur Seite aus. »Sie sollten sich wirklich genau überlegen, was Sie in der Sache Franz Fuchs tun. Ich meine, nicht dass wir uns falsch verstehen. Sie sind bestimmt ein hervorragender Detektiv oder zumindest nicht so lausig, wie ich grad in meinem Ärger gesagt hab – aber dieses Mal gehen Sie ein bisschen zu weit, würde ich sagen …«

»Zu weit? Wobei?«

»… und ich spreche nicht von mir, wenn Sie verstehen, was ich meine. Sie sind dabei, sich ein paar wichtige Leute zu Feinden zu machen. Einflussreiche Leute.«

»Reden Sie von Armin Eigler?«

»Aber ich bitte Sie! Eigler ist doch bloß ein kleines Licht. Leider kann ich mich nicht deutlicher ausdrücken. Ich kann nur hoffen, dass Sie meinen Rat annehmen, Dr. Sonderberg.«

»Das war bereits deutlich genug«, entgegnete Sonderberg und schielte an seinem Gegenüber vorbei zum Kondukteur, der jedoch mit unbewegter Miene geradeaus starrte und den Eindruck erweckte, als bekäme er von dem seltsamen Gespräch auf dem Perron nicht das Mindeste mit.

»He, hier bin ich.« Gershwin schwenkte die Zigarette. »Hoffen Sie etwa, dass Ihnen jemand zu Hilfe kommt? Aber das ist doch nicht nötig!« Er räusperte sich demonstrativ und senkte die Stimme. »Das wäre höchstens nötig, wenn ich Ihnen schaden wollte. Ich will Ihnen aber nicht schaden, Dr. Sonderberg. Das Einzige, was ich von Ihnen hören will, ist ein klares Ja oder Nein.«

»Für wen arbeiten Sie?«, fragte Sonderberg. Als Gershwin schwieg, fügte er hinzu: »Also wollen Sie mir tatsächlich drohen? Hier, in aller Öffentlichkeit?«

»Ich bitte Sie, wie käme ich dazu! Aber es gibt ja nicht nur Sie. Denken Sie zum Beispiel an Ihren Neffen. Was soll aus ihm werden, wenn er niemanden mehr hat, der sich um ihn kümmert?«

Sonderberg sprang auf. »Was haben Sie mit Gregor zu tun? Woher wissen Sie von ihm?«

»Bitte, setzen Sie sich doch wieder. Ihre Aufregung ist ganz und gar unnötig. Oder Ihre bezaubernde Sekretärin. Wie heißt sie noch? Minnie Cogner? Sie genießt im Augenblick die Gesellschaft einiger sehr gefährlicher Leute, und es wäre doch schade, wenn ihr etwas zustößt. Finden Sie nicht?«

Sonderberg hatte Mühe, dem Mann nicht an die Gurgel zu gehen. »Wo ist Fräulein Cogner?«

»Sie werden die Rote Laterne von jetzt an meiden, Dr. Sonderberg. Und Sie werden auch Rebstedts Villa nicht mehr aufsuchen, solange die Ermittlungen nicht abgeschlossen sind. Besser gesagt, Sie werden so tun, als *wären* sie bereits abgeschlossen! Wenn ich Sie an einem von beiden Orten noch einmal sehe, haben Sie sich alles, was passieren wird, selbst zuzuschreiben. Haben Sie mich verstanden?«

Sonderberg erwiderte den Blick des anderen schweigend.

Gershwin stand auf und lüftete freundlich lächelnd seinen Hut. »Sehr gut. Und bitte entschuldigen Sie die Verzögerung. Ich hoffe, dass Sie trotzdem noch trocken nach Hause kommen. Einen schönen Tag wünsche ich, Dr. Sonderberg.«

Er stieg aus. Kurz darauf schnalzte der Kondukteur, und der Gaul trabte wieder an.

Kapitel 22

in dem Sonderberg erneut von einem Albtraum verfolgt wird, Minnie wieder einmal zur Rede stellt und endlich Struktur in den Fall bringt

Der Mann mit den rotglühenden Augen lächelte.

»Das ist wirklich eine traurige Sache. Aber Sie wussten ja um die Konsequenzen, wenn Sie nicht gehorchen, Dr. Sonderberg. Sie können mich übrigens Heinzie nennen.«

Gershwin tippte mit dem Fuß gegen den Kopf der Leiche, die vor ihnen auf dem Boden lag. Dr. Reinhold Rebstedts Augäpfel waren pechschwarz. Er hatte den Mund weit aufgerissen. Auch Zähne und Zunge waren von einem schmierigen, schwarzen Film überzogen.

Herman Gershwin lachte und sog an der zwei Meter langen Zigarette, die er lässig wie einen Billardqueue in der Hand schwenkte. Mit der glühenden Spitze zog er eine Spur über die Stirn von Reinhold Rebstedt, die monströs angewachsen war, ebenso wie das Einschussloch darin, das von einer Kanonenkugel hätte stammen können. »Das Gesetz von Ursache und Wirkung.« Gershwin deutete mit der Zigarette, die sich in einen riesigen Revolver verwandelt hatte, auf Sonderberg. Der Lauf qualmte noch. »Ihnen als Mediziner muss ich ja nicht sagen, was so eine Kugel anrichten kann, oder?«

Dr. Sonderberg schnäuzte in die Gardine, die Minnie am Tag zuvor gewaschen und frisch aufgehängt hatte. Einmal. Zweimal. Und ein drittes Mal. Aber seine Nase war immer noch wie zugekleistert. Er schnappte nach Luft.

»Wie wollen wir denn jetzt verfahren, Dr. Sonderberg?«, fragte Gershwin geduldig. »Verhaften Sie mich endlich oder nicht? Sie wissen doch, in der Roten Laterne wartet mein Mädchen auf mich.«

»Ich kann Sie nicht verhaften«, erwiderte Sonderberg. »Ich bin ein Detektiv.«

»Aber ich brauche eine Entscheidung«, beharrte Gershwin und hob müde die Schultern. »Sie wissen doch, die Mädchen …«

»Lassen Sie die Finger von Katharina«, ächzte Sonderberg und schnäuzte weiter. Die Gardine war schon ganz nass. Er ging hinüber auf die andere Seite des Fensters. Draußen auf dem Hinterhof schien die Sonne, obwohl es Nacht war. Die Helligkeit blendete ihn. Aber hier, im Arbeitszimmer der Detektei, war es stockdunkel.

»So einfach lasse ich mich nicht abspeisen. Ich kenne Sie, Dr. Sonderberg«, ertönte Gershwins Stimme aus der Finsternis. »Wir wissen alles über Sie. Dass Sie Schmetterlinge zeichnen. Dass Sie Milch mit Honig hassen. Und wir wissen alles über Ihren Neffen.«

»Gregor bleibt aus dem Spiel!«, keuchte Sonderberg.

»Sonst passiert was?«, entgegnete Gershwin höhnisch.

»Sonst … sonst werde ich …« Sonderberg nieste. Er konnte gar nicht mehr aufhören zu niesen und vergrub den Kopf in der Gardine. Diese schrecklichen Halsschmerzen.

»Sie sollten nicht so viel Mokka trinken«, rief Minnie aus der Küche. »Möchten *Sie* noch etwas Mokka, lieber Heinzie?«

»Nein«, sagte Gershwin. »Ich glaube, ich habe jetzt genug.«

Ein Hahn knackte.

Sonderberg drehte sich alarmiert um und blickte in die Mündung des Revolvers, die im selben Moment explodierte.

»Dr. Sonderberg! Dr. Sonderberg! Wachen Sie auf!«

Sonderberg riss die Augen auf. Es war immer noch dunkel. Vor ihm stand eine Gestalt. Es war nicht Gershwin.

»Ist alles in Ordnung mit Ihnen, Dr. Sonderberg?«

»Minnie!«, krächzte er. »Wo kommen Sie denn her?«

»Aus dem Vorzimmer natürlich. Ich habe Sie schreien gehört.«

Sonderberg blickte sich um. Er befand sich tatsächlich in seinem Arbeitszimmer, aber statt in die Gardine zu schnäuzen, lag er auf dem Sofa. Seine Kleider waren nassgeschwitzt. Draußen war es stockfinster.

»Wie spät ist es, Minnie?«

»Kurz nach zehn. Haben Sie Ihre Milch nicht getrunken?«

Er versuchte sich aufzurichten. Blaue und rote Flecken tanzten dort vor seinen Augen, wo Herman Gershwin im Albtraum gestanden und ihm den Revolver entgegengehalten hatte. »Wo waren Sie denn, Minnie? Ich habe auf Sie gewartet!«

»Ich habe Ihnen doch einen Zettel auf den Tisch gelegt. Dass ich einkaufen gehe.«

»Bis um zehn?!«

»Als Erstes habe ich neue Milch und nur das Nötigste geholt. Das ist ja wichtig, damit Sie gesund werden. Und als ich gesehen habe, dass Sie auf dem Sofa schlafen, habe ich ein wenig Geld aus der Kasse genommen und bin noch einmal losgegangen. Der Vorratsschrank ist jetzt wieder voll. Sie können sich also während der nächsten Tage erholen!«

»Minnie! Wo waren Sie?«

»Ich, äh … Na ja, als ich kurz vor Mittag zurückkam, haben Sie ja immer noch geschlafen. Ich habe Sie zugedeckt und dachte, ich könnte in der Zwischenzeit einige Ermittlungen anstellen.«

»Was für Ermittlungen?«

»Ich war in dem Kasino, von dem Sie gestern Abend erzählt haben.«

»Wie bitte?!«

Sie hob beschwichtigend die Arme. »Ich wollte es zuerst nur beobachten, aber dann habe ich gesehen, wie ein Besucher nach dem anderen eingetroffen ist, und da dachte ich mir, dass es vielleicht von Bedeutung sein könnte, was diese Leute miteinander reden. – Sie glauben ja gar nicht, wen ich in dem Kasino getroffen habe, Dr. Sonderberg!«

»Sie waren also drin? Ganz allein?«

»Nicht allein. Es waren einige Männer bei mir. Vor allem dieser Ferdinand Rothmann. Sie wissen doch, der unflätige Kerl, der mit Franz Fuchs in der Kutsche saß. Aber diesmal war er sehr freundlich zu mir. Er hat mir beim Pochen über die Schulter geschaut.«

»Sie haben *gepocht*, Minnie?«

»Nur ein bisschen! Ich hatte noch fünfunddreißig Mark aus der Kasse dabei – der Rest vom Einkaufen –, und ich dachte, es wäre für die Ermittlungen besser, wenn ich das Spiel mitspiele und die Herren nicht enttäusche. War das etwa ein Fehler, Dr. Sonderberg?«

Er winkte erschöpft ab. »Was ist dann passiert?«

»Ich habe verloren und wollte aufhören. Aber Ferdinand Rothmann hat darauf bestanden, dass ich weiterspiele. Er hat mir Kredit gegeben.«

»Um Gottes willen, Minnie …!«

»Es hat also alles in allem etwas länger gedauert, als ich gedacht habe«, sagte sie schuldbewusst, »aber da war dieser eine Kerl, dieser Eigler …«

»Der Stadtverordnete Eigler?«

»So hat Rothmann ihn vorgestellt, ja. Ein aufdringlicher Mann, wahrhaftig! Er hat mich ja geradezu herausgefordert.«

»Die beiden haben Sie also dazu verleitet, weiterzuspielen?«

»Na ja …« Sie zögerte. »Verleitet ist wohl der falsche Ausdruck. Ich habe gedacht, was kann schon passieren? Es ging ja nur um fünfunddreißig Mark.«

»Aber die Schulden! Bedenken Sie die Schulden!«

Minnie hob die Hände. »Ich schwöre wirklich und wahrhaftig, ich wollte aufhören, aber es war ganz komisch. Ich dachte immer, beim nächsten Mal klappt es bestimmt. Und dann war da eben dieser Eigler, der mich bestärkt hat, weiterzuspielen – von Rothmann einmal ganz abgesehen. Tja, und dann …«

Sonderberg rappelte sich auf und schlug die Decke fort. »Das war ein niederträchtiges Spiel, das man mit Ihnen gespielt hat, Minnie! Dahinter stand die klare Absicht, Sie abhängig zu machen.«

»Abhängig? Wieso das denn?«

»Durch die Schulden, die Sie beim Spiel anhäufen!« Die Zusammenhänge erschienen ihm auf einmal ganz klar. Er stand auf und setzte sich hinter den Schreibtisch, schnappte sich ein Blatt Papier aus einer der Mappen, die säuberlich geordnet auf der linken Seite lagen, und zeichnete einen Kreis in die Mitte. »Das ist das Sonnenhaus.« Und ein Kreuz hinein. »Das ist Rothmann. Ihm gehört das Kasino. Und das …«, er zeichnete ein weiteres Kreuz außerhalb und zog eine Verbindungslinie zum Kreis, »ist dieser Mann aus der Roten Laterne, dem ich gestern Abend gefolgt bin.«

»Wie hieß er noch? Heinzie?«

»Sein richtiger Name ist Herman Gershwin. Er steht mit dem Kasino und mit Rothmann in irgendeinem Zusammenhang. Wahrscheinlich wollte er Rothmann gestern Abend sprechen – und das würde heißen …«, Sonderberg zeichnete ein Oval, in das er das Wort *Stadtverordnetenversammlung* schrieb, »dass Rothmann irgendwie in das Brückenbauprojekt und den Tod von Kerckhoven verstrickt ist!«

»Aber was hat die Stadtverordnetenversammlung damit zu tun?«

»Sie entscheidet über das Brückenprojekt, Minnie. Und Dr. Rebstedt ist dort Mitglied. Ebenso wie dieser Armin Eigler!«

»Das ist ja schön und gut. Aber was genau hat Rothmann denn mit dem Brückenprojekt zu tun?«

Sonderberg ließ den Stift sinken. »Das weiß ich eben noch nicht. Aber Rothmann weiß von *uns*! Natürlich. Er war ja dabei, als Fuchs uns engagiert hat … ich meine, mich engagiert hat. Deshalb hat er mir nun diesen Gershwin auf den Hals gehetzt!«

Minnie hob die Brauen. »Er hat was getan?«

Sonderberg atmete aus und lehnte sich zurück. »Der Mann, dem ich gestern gefolgt bin, hat heute *mir* aufgelauert. Auf dem Rückweg von Dr. Rebstedt.«

»Sie waren bei Gregors Vater …?«

»Das tut jetzt nichts zur Sache, Minnie! Es handelte sich um eine ganz normale Befragung im Rahmen der Ermittlungen.«

»Aber Sie sind krank!«

Sonderberg ließ einen tiefen Seufzer hören. »Sie haben natürlich recht. Ich hätte das Haus nicht verlassen dürfen. Es war ein Fehler, Reinhold aufzusuchen, aber jetzt kann ich es nicht mehr ändern. Es ist sowieso nicht viel herausgekommen. Er hat Andeutungen gemacht, dass mehr hinter dem Brückenprojekt steckt, aber jeder konkreten Frage von mir ist er ausgewichen. Ich habe das Gefühl, dass er bedroht wird.«

»Bedroht? Von wem?«

Sonderberg hob die Schultern. »Vielleicht von diesem Holländer Gershwin. Also von Rothmann. Leider sind das nur Vermutungen.« Sonderberg gab wieder, was Gershwin ihm in der Pferdebahn gesagt hatte.

Minnie schnappte nach Luft. »Das ist ja ungeheuerlich! Wir müssen das sofort Inspektor van den Beeck melden! Dieser Kerl gehört hinter Gitter!«

»Ach, das hat doch keinen Zweck, Minnie. Er wird natürlich alles abstreiten, und es gibt keine Zeugen für das Gespräch.«

»Der Kondukteur!«

»Ja, der Kondukteur. Aber der wurde bestimmt für sein Schweigen bezahlt. Und selbst das können wir nicht beweisen.« Sonderberg schüttelte den Kopf. »Da gibt es etwas, das mir im Augenblick viel mehr Sorgen macht, Minnie – und zwar diese hinterhältige Falle, die man Ihnen im Sonnenhaus gestellt hat. Rothmann wollte Sie abhängig machen, und natürlich hat er jetzt sein Ziel erreicht. Wie viele Schulden haben Sie eigentlich gemacht, Minnie? Es war zwar das Geld aus der Detekteikasse, aber Sie wissen natürlich, dass ich Ihnen das eigentlich vom Gehalt abziehen müsste. Zumindest teilweise. Ich werde natürlich sehen, was sich tun lässt, um Ihnen aus dieser Patsche zu helfen. Also, Minnie. Hand aufs Herz! Wie viel war es?«

»Wie viel?«

»Ja, wie viel! Nun sagen Sie schon! Ihr verschämtes Schweigen macht die Angelegenheit nicht besser.«

»Moment …« Minnie öffnete ihr Portemonnaie und zählte die Scheine auf den Tisch.

Dr. Sonderberg sackte in seinen Sessel. »Was … Was ist das?«

»Das ist alles, was ich gewonnen habe. Wenn ich richtig gezählt habe, sind es ungefähr achttausend Mark.« Sie hüstelte. »Ihre fünfunddreißig habe ich natürlich schon abgezogen.«

Kapitel 23

in dem Sonderberg die gute Struktur ausbaut,
sich an das Gespräch in der Roten Laterne erinnert
und einen neuen Mitstreiter in der Detektei begrüßt

Am nächsten Morgen erwachte Dr. Sonderberg zum ersten Mal seit Tagen mit einem klaren Kopf. Er sog die Luft ein und war überrascht, wie frei er atmen konnte. Misstrauisch tastete er nach seiner Nase, um zu prüfen, ob sie noch vorhanden sei. Beruhigt stellte er fest, dass sie noch immer an ihrem Platz saß. Er räusperte sich probeweise. Selbst die Halsschmerzen waren verschwunden.

Mit einem Blick auf die Taschenuhr stellte er fest, dass es halb sieben war.

Voller Tatendrang sprang er aus dem Bett, wusch sich und kleidete sich an. Eine halbe Stunde später stand er in der Küche und zählte seine Mokkabohnen ab – heute nur vierzig, weil er gute Laune und außerdem etwas gutzumachen hatte. Nach zwei Tassen Kaffee begab er sich ins Arbeitszimmer.

Als Erstes öffnete er die Tür zum Garten, schüttelte die Sofadecke aus und bezog das Kissen neu. Die Decke, die Minnie ihm übergelegt hatte, roch nach Erkältung. Er gab sie in die schmutzige Wäsche.

Nach einer Viertelstunde schloss er die Tür wieder. Im Zimmer herrschte jetzt eine angenehm kühle Temperatur. Als Nächstes widmete er sich dem Bücherschrank neben dem Schreibtisch und räumte die obere Hälfte mit den Büchern über seltene Kriminalfälle und den Mappen voller Insektenzeichnungen vollständig aus. Die Mappen landeten zusammen mit den *Untersuchungen zur Kriminalstatistik in den westlichen Provinzen* und den *Aufsehenerregenden Kriminalfällen aus deutschen Großstädten* unsortiert auf dem Boden.

Anschließend nahm er auch die Regalbretter heraus, sodass an der Schrankrückwand eine freie Holzfläche von zirka einem Quadratmeter zum Vorschein kam. Dort hängte er das Blatt Papier auf, auf dem er gestern zusammen mit Minnie den Fall skizziert hatte.

Er betrachtete die Zeichnung genauer, die ihm auf einmal viel zu unstrukturiert erschien, und riss sie wieder herunter.

Stattdessen nahm er einige blanke Papiere aus der Mappe und hängte sie nebeneinander auf, sodass die gesamte Rückwand jetzt weiß war. Und dann begann er, den Fall sorgfältig neu zu zeichnen.

»Was tun Sie da? Und was ist das?«

Er drehte sich um. »Oh, Minnie. Ich habe Sie gar nicht kommen hören.« Er folgte ihrem Blick zu den Bücherstapeln vor seinen Füßen und kratzte sich am Kinn. »Ach so, das da. Tja, mir geht es besser, und ich habe beschlossen, ein wenig Ordnung in die Sache zu bringen.«

»Ordnung? In die Bücher?«

»In die …? Ach so, nein. Die hab ich nur vorübergehend da deponiert, bis ich … Na ja, eigentlich geht es um das hier. Sehen Sie mal. Was sagen Sie dazu?«

»Sie haben die Schrankrückwand bemalt!«

»Ich habe die *Papiere* an der Schrankrückwand bemalt! Das wird uns helfen, den Fall besser zu verstehen.«

Er deutete auf das Blatt, das er an der frei gewordenen Regalwand aufgehängt hatte. Minnie erkannte mehrere Kreise, ein Oval und fast ein Dutzend Kreuze, die allesamt mit unleserlichen Zeichen beschriftet waren.

»Was soll das sein?«

»Das ist unser Fall. Der gesamte Fall Franz Fuchs, könnte man sagen. Ich habe mich heute Nacht nämlich prächtig erholt, wenn Sie es genau wissen wollen. Mein Hals schmerzt nicht mehr und der Kopf sowieso nicht, und so konnte ich endlich wieder meine Gedanken sortieren. Das ist dabei herausgekommen.«

»Darf ich erst mal meinen Mantel ausziehen?«

»Gleich, gleich, erst muss ich Ihnen etwas zeigen.« Er deutete auf die Mitte des Blattes. »Das ist das Brückenprojekt beziehungsweise das Durchstichprojekt von Franz Fuchs. Ich habe zwei halbe Kreise gezeichnet, die aneinanderliegen, um zu verdeutlichen, dass es sich um Alternativen handelt. Um diese Mitte dreht sich alles. Können Sie mir folgen?«

»Ich kann Ihnen auch einen Kaffee aufsetzen, wenn Sie möchten.«

»Danke sehr, hatte ich schon. Mir geht es prächtig. Also, das ist das Bauprojekt. Und das hier, dieses Kreuz, ist Franz Fuchs. Auf der anderen Seite ist die Stadtverordnetenversammlung beziehungsweise der Oberbürgermeister. Ich habe es bei einem Kreuz belassen, weil sonst das gesamte Blatt, äh ...«

»Ich verstehe.«

»Gut. Dann weiter. Das hier ist die Pension Lessing. Und das hier die Rote Laterne. Orte habe ich als Kreise gemalt, Personen als Kreuze. Die Linien stellen die Verbindungen dar.«

»Und was ist das da unten?«

»Das ist das Sonnenhaus von Rothmann. Von ihm aus gehen Linien zur Stadtverordnetenversammlung – genauer gesagt, zu Armin Eigler und Reinhold Rebstedt –, zu Franz Fuchs und zur Roten Laterne.«

»Dieser Rothmann hat also überall seine Finger drin.«

»So sieht es aus. Was wir aber noch klären müssen ...«

»Dr. Sonderberg?«

Er ließ die Hand mit dem Stift sinken. »Ja?«

»Ich freue mich, dass es Ihnen wieder besser geht – auch wenn man dadurch gar nicht mehr zu Wort kommt. Ich habe aber trotzdem eine Überraschung für Sie.«

»Hat das nicht noch etwas Zeit?«

Minnie hob die Schultern. »Wenn Sie Ihren Besuch noch länger vor der Haustür warten lassen wollen – bitte sehr.«

»Meinen Besuch? Welchen Besuch?«

Jetzt war es Minnies Nase, die sich rötete. »Kommen Sie mit, dann zeige ich es Ihnen.« Sie führte ihn in die Küche, deren Fenster hinaus auf die Königsallee gingen. »Sehen Sie!«

»Was soll ich sehen?«

»Na da, direkt vor dem Eingang.«

Sonderberg starrte auf den vornehmen Zweispänner, auf dessen Bock ein breitschultriger und tadellos gekleideter Kutscher saß, der – als er bemerkte, dass er vom Fenster aus beobachtet wurde – freundlich den Hut lupfte.

Sonderberg erwiderte den Gruß. »Was soll das, Minnie? Wer ist das?«

»Das ist Philipp, unser neuer Kutscher.«

»Unser neuer …?«

»Da es um die Finanzen der Detektei jetzt etwas besser steht, habe ich mir erlaubt, den Vorstellungstermin vorzuziehen. Wenn Sie erlauben, werde ich Philipp jetzt hereinbitten.«

Zugegeben, Philipp schien alles mitzubringen, was man von einem Kutscher verlangen konnte. In seiner schwarzen, enganliegenden Reiterjacke und den Stulpenstiefeln wirkte er nicht einmal entfernt so affektiert wie einer jener livrierten Diener, die am nördlichen Ende der Königsallee die hohen Herrschaften zwischen den Regierungsstellen umherkutschierten. Philipps Gang war gerade und sein Benehmen ohne jeden Makel. Als er nach einem höflichen Klopfen die Tür öffnete, begrüßte er Minnie zunächst mit einem angedeuteten Handkuss, was diese schamrot, aber mit unverhohlenem Vergnügen zur Kenntnis nahm, und deutete Sonderberg gegenüber ein förmliches Nicken an.

»Ich freue mich, Sie kennenzulernen, Dr. Sonderberg.«

»Ganz meinerseits, Philipp. Wie ich sehe, hat Minnie eine, äh, hervorragende Wahl getroffen.«

Philipp hob die Augenbrauen. Wiewohl sein Mund klein und die Lippen schmal waren, entging Sonderberg doch nicht das freundliche Zucken der Mundwinkel, als Philipp antwortete: »Ich werde mir Mühe geben, Ihren Ansprüchen gerecht zu werden, Dr. Sonderberg. Ich habe schon viel von Ihnen gehört. Sie sind ein berühmter und erfolgreicher Mann, und es wird mir eine Ehre sein, in Ihren Diensten zu stehen.«

Sonderberg winkte ab und deutete auf die Kutsche vor der Tür. »Wo haben Sie die her?«

»Als Fräulein Cogner mir mitteilte, dass ich die Stelle in Ihrem Haus erhalte, gab sie mir zugleich den Auftrag, für ein entsprechendes Fuhrwerk zu sorgen. Ich erstand die Kutsche …«

»Sie haben sie *gekauft*?«

»… übrigens ein hochwertiger Landauer mit ledergepolsterten Bezügen, mit Fräulein Cogners Zustimmung …«

»*Sie* haben das genehmigt, Minnie?«

»… bei einem befreundeten Stellmacher, der sie günstig aus der Insolvenzmasse einer Reifenfabrik bekommen hat.«

Sonderberg atmete tief durch. »Minnie. Verstehe ich das richtig? Sie haben diesen Herrn damit beauftragt, eine Kutsche für uns zu kaufen? Davon hat sie mir gar nichts erzählt.«

»Natürlich nicht«, erwiderte Minnie. »Schließlich waren Sie krank und mussten jede zusätzliche Aufregung meiden. Aber jetzt geht es Ihnen ja wieder besser.«

»Ach, jetzt kann ich mich also ruhig wieder aufregen, wie? Ich rege mich nämlich gerade sehr auf, Minnie! Ein echter Landauer! Der hat doch gewiss ein Vermögen gekostet!«

Philipp und Minnie wechselten einen Blick.

»Man muss berücksichtigen, dass es sich bei einem Landauer um einen Zweispänner handelt«, erklärte Phlipp sorgenvoll, »genau genommen sogar um einen Zweiachser, was die Stabilität und den Sitzkomfort für die Herrschaften noch einmal entscheidend erhöht …«

»Und gewiss auch den Preis!«, unterbrach Sonderberg süffisant. »Wie viel hat er gekostet?«

»Die Reparatur der Federung eingerechnet? Wie gesagt, der Stellmacher hat mir ein ausgezeichnetes Angebot gemacht. Er hat sämtliche Teile im Nachgang noch einmal kontrolliert und bürgt deshalb mit seinem Namen für die Qualität des Achswerks.«

»*Wie viel*?«

»Tausendfünfhundert«, sprang Minnie dem hilflosen Kutscher zur Seite.

»Tau-send-fünf-hun-dert?«, ächzte Sonderberg.

»Na ja, ich habe gedacht, wir werden diesen Lander … Landau… also, dieses Ding bestimmt oft genug brauchen. Und da kann es ja nicht schaden, auf Qualität zu achten.«

»Ja, schon, aber *tausendfünfhundert*?«

»Wir können es ja mit dem Gewinn aus dem Sonnenhaus bezahlen.«

»Aber das wussten Sie gestern doch noch nicht!«

Minnie schwieg.

Philipp schwieg ebenfalls.

»Es war nun mal das günstigste Angebot«, sagte Minnie endlich.

»Und wo soll ich eine Kutsche überhaupt abstellen?«, unterbrach Sonderberg. »Sehen Sie hier vielleicht einen Schuppen? Oder einen Stall für die Pferde? Das hier ist die Königsallee und kein Bauernhaus irgendwo in Derendorf!«

Philipp räusperte sich. »Fräulein Cogner und ich haben dazu bereits eine Vereinbarung getroffen. Der Landauer wird in meiner Werkstatt in der Steinstraße stehen. Das ist nur ein paar hundert Meter von hier. Und wenn Sie mich brauchen, ist die Kutsche innerhalb weniger Minuten fahrbereit.«

»Minnie?«

»Ja, Dr. Sonderberg?«

»Kommen Sie mal mit.«

Sonderberg führte sie in die Küche und schloss die Tür. »Was haben Sie sich bloß dabei gedacht? Sie werden jetzt da rausgehen und sich bei diesem Herrn entschuldigen, und anschließend werden Sie dafür sorgen, dass die Kutsche wieder verkauft wird.«

»Das werde ich bestimmt nicht tun!«

»Aber wir brauchen überhaupt keine Kutsche! Wenn ich aus der Tür gehe, falle ich direkt in irgendeine Droschke, die gerade vorüberfährt. Außerdem gibt es die Pferdebahn. Was also sollen wir mit diesem feinen Landauer?«

»Wie schon gesagt, die Pferdebahn fährt wohl kaum überallhin.«

»Gestern hat sie mich prima zu Dr. Rebstedt gebracht.«

»Und auf dem Rückweg sind Sie bedroht worden! Verstehen Sie nicht, Dr. Sonderberg? Philipp kann uns begleiten, wenn es gefährlich wird. Er wird uns bei den Ermittlungen eine große Hilfe sein!«

Sonderberg schob die Unterlippe vor. »Tausendfünfhundert Mark! Das ist geradezu irrwitzig, Minnie!«

»Es wird jedenfalls nicht billiger, indem Sie es ständig wiederholen.«

Sonderberg überlegte. Endlich sagte er: »Damit eins klar ist: Philipp wird nur auf Abruf für uns fahren.«

»Natürlich.« Minnie nickte zufrieden.

»Und er wird auch nur für die Fahrten, die er tatsächlich macht, bezahlt werden?«

»Gewiss.«

»Und uns mit der Kutsche und den Pferden und dem ganzen Drumherum vollständig vom Leib bleiben?«

»So ist es mit ihm vereinbart.«

Sonderberg hob die Hände. »Dann behalten Sie um Himmels willen Ihre verflixte Kutsche! Aber um das ganz klar zu sagen: Ich bin nur einverstanden, weil unsere Kasse gestern einen unverhofften Liquiditätsschub verzeichnet hat. Und damit wir uns auch darin recht verstehen: Wenn Philipp sich nicht an die Vereinbarung hält, wenn plötzlich Pferde in meinem Hinterhof grasen oder ein Landauer, so schön er auch sein mag, permanent den Zugang zur Detektei versperrt, dann sind Sie persönlich mir dafür verantwortlich, dass …«

»Zum Hinterhof gibt es gar keinen Durchgang. Da müssten die Pferde ja durch das Arbeitszimmer.«

»Gott weiß, was Ihnen noch alles einfällt, Minnie! Haben wir uns also verstanden?« Er streckte ihr die Hand entgegen.

Sie war so verdattert über diese seltsame Geste, dass sie reflexartig einschlug. »Einverstanden, Dr. Sonderberg.«

»Gut.«

Sie kehrten zu Philipp zurück, der geduldig im Arbeitszimmer gewartet hatte.

»Herzlichen Glückwunsch, Philipp«, knurrte Sonderberg. »Sie haben mich überzeugt.«

»Das freut mich, Dr. Sonderberg. Sie werden es nicht bereuen. Wenn es das Angebot akzeptabler macht, bin ich übrigens sogar gern bereit, Sie einmal in der Woche kostenlos zu fahren, Dr. Sonderberg.«

Sonderberg starrte ihn an. Blinzelte, während die Zahl Tausendfünfhundert in seinem Kopf auf und ab hüpfte und dabei schmerzvoll gegen die Schädeldecke prallte. Ihm kam eine Idee.

»Einmal die Woche, Philipp? Eine gute Idee. Wir fangen am besten gleich damit an.«

Kapitel 24

in dem Sonderberg die Pension Lessing aufsucht,
dort ein Frauengespräch führt
und Neues über Wilfried Kerckhoven erfährt

»Do schonn wedder!«

Maria Lessing hatte die Hände in die Hüften gestemmt und füllte so fast den gesamten Türrahmen ihrer Pension aus. Sie musterte Minnie wie ein lästiges Insekt, das einfach nicht abzuschütteln ist.

»Sie sind also Maria Lessing, die Wirtin dieses Hauses?«, erkundigte sich Dr. Sonderberg.

Ihr Blick wurde sofort freundlicher. »Stets zu Deensten jonge Spond. Wenn ech wat för dech donn kann … odder besser noch för dä jute Här dä owe uffm Kotschbock – bruchste nur zo sare!« Ihr Blick wurde noch freundlicher, als sie Philipp ins Auge fasste, der den Landauer auf der gegenüberliegenden Straßenseite vor einem verlassenen Haus abgestellt hatte. Falls er hörte, dass von ihm die Rede war, gab er dies nicht zu erkennen.

»Bedaure, aber weder mein Kutscher noch ich sind hier, um uns bei Ihnen einzumieten«, erklärte Sonderberg. »Es geht noch einmal um den Tod von Wilfried Kerckhoven.«

Maria Lessings Miene wurde hart. »Wat jibbet denn noch dazo! Minn Willi es dot on bejrawe – na, fass jädefalls. Usserdäm hann mech doch letzdens schonn din Matron dä näwe dech ussjefracht.«

»Ich muss doch sehr bitten!«, fauchte Minnie.

»Minnie«, flüsterte Dr. Sonderberg. »Würde es Ihnen etwas ausmachen, in der Kutsche zu warten?«

»Natürlich würde es mir etwas ausmachen!«

Er lächelte zuckersüß. »Ich weiß zu schätzen, dass Sie es dennoch tun. Vielen Dank.« Aus dem Augenwinkel beobachtete er, wie Minnie wutschnaubend zurück zur Kutsche stapfte. An die Wirtin gewandt, fuhr er fort: »Wäre es wohl möglich, dass wir uns in Ihrem Haus unter vier Augen unterhalten?«

Maria Lessing trat zur Seite. »Äwer selfverständlech! Minn Dör stonn jede Mann offe, Dr. Sonderberch.«

Er lüpfte den Hut und betrat an Frau Lessing vorbei die Pension. »Vielen Dank, sehr freundlich. Oh, Sie haben es aber nett hier.«

Sie schloss die Tür hinter ihm und eilte mit donnernden Schritten vorüber. »Setze mer ons henge hen, dä Desch do es mer am leefsde. Do sinn ma janz on jar onjestöht.«

Sonderberg verstand zwar nicht, weshalb man in dem menschenleeren Schankraum an einem der vorderen Tische nicht ebenfalls ganz und gar ungestört sein sollte, aber er folgte ihr in der Hoffnung, dass eine bessere Atmosphäre dem Ergebnis der Befragung zuträglich sein würde.

»Kaffee villeecht? Odder leewer ne Schabau?«

»Nein, vielen Dank.«

»Ech hann sojah ächten Mokka do.«

»Tatsächlich? Äh, nein, danke. Ich möchte auch gar nicht so lange bleiben.«

Der Tisch, zu dem sie ihn führte, befand sich in einer dunklen Nische neben dem Durchgang in die Küche. Es gab nur einen Stuhl, aber dafür eine lange Eckbank, die drei Viertel des Tisches einnahm. Sonderberg setzte sich auf den Stuhl.

»Nich mol 'n Wasser?«, fragte sie hoffnungsvoll.

»Danke, wirklich nicht.«

Sie schob sich enttäuscht auf die Eckbank. »Also jot, wat wellste frare? Äwer bevör mer anfange: Vill kann ech soweeso nich sare. Dä Willi wor Jast här, ja, äwer dat janze liejt schon so lang zuröck, datt ech mech koom erinner kann.«

»Weil Wilfried Kerckhoven ermordet wurde?«

»Dämit hann ech nix zu donn!«

»Haben Sie viele Gäste?«

»Ärch vill!«

Sonderberg blickte sich suchend um.

»För dä Oorebleck es natörlech kinne do«, erklärte Maria Lessing hastig, »weilse alle uff Ahbied send. Wenn ech eens nich mach, dänn es dat nämmech fuules Jesendel, weeßte?«

»Was arbeiten Ihre Gäste denn so?«

»Ach, dit on dat. Vill Jeschäftsreisende. On däm ihre Jeschäfte jonn mech nix an.«

»Aber um Wilfried Kerckhovens Geschäfte wussten Sie doch? Weshalb er hier in Düsseldorf war?«

Sie blickte gelangweilt zur Seite. »Erjenswat met n nü Bröck öwer dä Rhing odder so. Jenauer hann ech dä nie jefracht.«

»Kerckhoven war Gutachter. Der Oberbürgermeister hat ihn extra aus den Niederlanden anreisen lassen.«

Sie stützte das Kinn in die Hände. »Weeßte wat? Do bes jo een janz Netter, dorum sare ech et dech. Din Kleen do drusse dähd echs im Läwe nich sare, dorop kannste dech verlosse. Also: Ech hann dä Willi jemocht. Ärch sojah. Ofwoll ech sonn wie ehn söns eejenslech jar nich leef hann.«

»Solche?«

»Na, sonn däm nich richtich könne ... Do weeßt schonn! Dä wor ja janz leef, äwer wat so een richtije Mann es ... Ech meen, so een *werklich richtije* Mann, dat wor dä Willi lieder nich. Dä hät jedacht, ech weeß dat nich, äwer do kennt ehr Mannslütt ons Frollent nich! Et jibt Denger, dä kann man ja janz eenfach *senn* – sojah *dörch* dä Bux.«

»Ich verstehe. Aber Sie haben sich gut mit ihm unterhalten?«

»Ja, verzälle konnt man met däm.«

»Hat er von seiner Arbeit erzählt? Von dem Gutachten, das er für die Stadtverordnetenversammlung erstellen sollte?«

Sie hob abwehrend die Hände. »Dovon weeß ech jar nix. Dat es nich minn Jeschäft, dat solle dä Härn Polleteker mol schön alleene mahken. Minn Jeschäft es ...« Sie blickte ihm tief in die Augen. »... allet, wat ennerhalf dä Muurer vör sich jeht. Verstehste, Dr. Sonderberch?«

Sonderberg ruckte an seinem Kragen. »Langsam bekomme ich doch Durst, fürchte ich. Hätten Sie vielleicht ein Alt für mich?«

»Äwer selfverständlech!« Sie sprang auf und kehrte eine Minute später mit zwei Gläsern zurück. »Jeht uffs Huus! Prost, Dr. Sonderberch!«

»Prost.«

Er trank nur einen Schluck, während Maria Lessing ihr Glas in einem Zug leerte.

»Wellste dech nich heeher zu mech uff dä Bank setze?«, gurrte sie. »Här drenkt es sech besser.«

»Danke, im Moment nicht. Hat es Sie denn gar nicht gestört, dass Wilfried Kerckhoven jeden Abend die Rote Laterne aufgesucht hat?«

Der Körper der Wirtin straffte sich. Ihre Mundwinkel zuckten grimmig. »Dä Beeßter! Dä hann ehn doch injesponne! Hann ehn hörich jemaht! Waröm wör dä do söns jäde Owe hinjejange? Dä wor doch jar nich mehr Här von sinn Wille!«

»Warum sollten die Damen aus der Roten Laterne so etwas tun?«

Sie schlug mit der Faust auf den Tisch. »Waröm woll! Do weeßt doch, wie dä Schlang send. Dä kicke nur uffs Jeld! Een jutet, reenes Hähz düüded däm jar nix! Dobei wossten se jenau, dat dä nich ... na, dat dä nich konnt. Äwer dat wor dene ejal. Ussaure wolde se ehn, bes uff dä letzde Droppe!«

»Hat Kerckhoven von der Stadt denn einen Vorschuss auf das Gutachten erhalten?«

»Daröwer weeß ech nix. Ech weeß nur, dat dä emmer een besske wat bei sech hatt – bevör dä inne Latähn jing. On wenn dä zoröckkom ... nix mehr!«

Sonderberg nahm noch einen kleinen Schluck. »Frau Lessing, für mich ist es sehr wichtig zu wissen, ob Wilfried Kerckhoven bei der Erstellung des Gutachtens möglicherweise gewissen Einflüssen ausgesetzt war. Gab es Leute, die ihn regelmäßig hier in der Pension aufgesucht haben? Oder in der Roten Laterne? Ich weiß, Sie waren nicht dort, aber vielleicht hat er Ihnen davon erzählt.«

Sie legte den Kopf in den Nacken und schloss die Augen. Langsam wiegte sie den Oberkörper vor und zurück, wie im Rhythmus einer unhörbaren Musik.

»Frau Lessing?«

Sie riss die Augen auf. »Dat allet belastet mech ärch, weeßte? Ech jlöw, ech moss noch eene drenke. Do och?«

»Danke, ich hab noch.«

Sonderberg beobachtete die Wirtin, während sie hinter der Theke verschwand und das Altbier zapfte. Ihre Bewegungen wirkten fahrig.

»Hee, beddeschön. För dech, Dr. Sonderberch.«

»Aber ich sagte doch ...«

»Papperlapapp! Öwer son Thema verzällt et sech schleicht met drösch Kehl. Prost!« Sie stürzte den Inhalt erneut in einem Zug hinunter und stellte das Glas mit einem Knall auf dem Tisch ab. »Dä wor son ärm Deuwel, weeßte? On son ihrlecher! Dä hann zo allem on jädem minn Rot jebrucht. Neulich zum Beispeel, als ech ehn dä letzde Mol jesehen hann, do hät dä mer jesaht ... Also, dä hat von dä Einladong verzällt, die dä jekreecht hann. Wör dä doch bloss nech metjefahre!«

Sonderberg horchte auf. »Mitgefahren? Wohin?«

»In dä Kotsch! Ech hann ehm jesaht, dat es schon spät. Dä soll do nich mieh metfahre. On nu isser dot!«

Sonderberg fasste nach ihrer Hand. »Bitte, Frau Lessing! Was war das für eine Kutsche? Konnten Sie sehen, wer darin fuhr?«

»Ech hann se doch jar nech anjekickt, verflext! Weil ech nech wollt, dat dä fährt. Ech wor zornich, jawoll!« Sie schluchzte. »Ach, minn ärm Willi. Dä tut mech so leed, weeßte? Ech ben jetz parat. Parat, daröwer zu verzälle. Frach schon endlech, Dr. Sonderberch!«

»Was soll ich endlich fragen?«

Sie umklammerte seine Hand und schenkte ihm einen warmherzigen Blick. »Na, allet natörlech! Frach enfach, wat do frare wells, on ech schwör, ech wehd ihrlech on treu antwohde, jawoll!«

Und Sonderberg begann zu fragen.

Kapitel 25

in dem Sonderberg und Minnie eine moralische Diskussion führen und vor der Roten Laterne eine wichtige Entdeckung machen

»Na endlich!« Minnie schnaubte verächtlich. »Ich wollte schon reingehen und fragen, ob diese schreckliche Frau Sie ...«

»Schon gut, Minnie. Es ist alles in Ordnung.«

Sonderberg schloss den Türverschlag des Landauers und schlug zweimal sanft gegen die Seitenwand. Philipp stieß einen Pfiff aus, und die Kutsche setzte sich in Bewegung.

»Haben Sie getrunken, Dr. Sonderberg?«

»Nein.«

»Sie riechen nach Bier.«

»Ach, das waren nur ein paar Schlucke.«

»Also haben Sie doch getrunken!«

Sonderberg ließ einen Seufzer hören. In knappen Worten berichtete er, was die Wirtin Lessing ihm mitgeteilt hatte.

»Das ist doch nicht zu fassen!«, rief Minnie aus. »Da hatte dieser Schuft Heinzie also auch seine Finger im Spiel.«

»Mir wäre es lieber, wir blieben bei seinem richtigen Namen. Herman Gershwin. Offenbar hat er den Kontakt zu Kerckhoven gesucht, sofort nachdem dieser in Düsseldorf eingetroffen ist. Er war es auch, der ihn mit den Damen aus der Roten Laterne bekannt gemacht hat. Wahrscheinlich kannte er Kerckhovens Schwäche für Frauen genau.«

»Aber sagten Sie nicht, Kerckhoven wäre ...?«

»Das muss ja nicht heißen, dass er nichts mit Frauen zu tun haben wollte. Außerdem muss Impotenz kein dauerhaftes Leiden sein. Es kann sich auch um eine vorübergehende Störung handeln, zum Beispiel aufgrund von Stress.«

»Woher wissen Sie das denn?«

»Mein Freund Dr. Rebstedt ist dieser Meinung. Er hat eine ausreichende Anzahl von Fallbeispielen zu diesem Thema ausgewertet.« Sonderberg rieb die Hände aneinander. In der Pension war es stickig und heiß gewesen, aber hier draußen schien die Wärme aus seinem Körper zu fließen wie Wasser aus einem löchrigen Eimer. Vielleicht war die Erkältung doch noch nicht ganz vorüber. »Jedenfalls können wir jetzt fast mit Sicherheit davon ausgehen, dass Kerckhoven von Gershwin bedrängt wurde, das Gutachten umzuschreiben.«

»Vielleicht hat Fuchs ihn damit beauftragt!«

»Das wiederum wissen wir *nicht* mit Sicherheit. Fest steht nur, dass Gershwin den Gutachter kannte. Die Wirtin konnte mir eine genaue Beschreibung seiner Person geben. Er war jedoch nicht zwingend derjenige, der Kerckhoven am Abend seines Todes aus der Pension abgeholt hat. Da ist nämlich eine Kutsche vorgefahren. Leider konnte die Wirtin nicht sehen, wer drin saß.«

»Wenn es diese Kutsche überhaupt gab!«

»Minnie. Wenn Sie damit andeuten wollen, dass die Wirtin den Mord verübt hat …«

»Zuzutrauen wäre es ihr. Haben Sie gesehen, was für kräftige Arme sie hat? Trotzdem, Sie sollten Franz Fuchs auf jeden Fall zur Rede stellen.«

»Ich werde ihm morgen einen Zwischenbericht liefern. Aber eigentlich ergibt es keinen Sinn, dass er Kerckhoven umgebracht hat.«

»Wieso nicht?«

»Weil er mich doch überhaupt erst mit der Untersuchung beauftragt hat.« Sonderberg strich sich nachdenklich über die Nasenspitze, die immer noch gerötet war. »Tatsächlich wissen wir nur, dass Gershwin *irgendjemanden* im Sonnenhaus aufgesucht hat. Vielleicht Armin Eigler. Dessen Name wurde jedenfalls erwähnt, als Gershwin das Sonnenhaus betreten hat.«

»Sie haben recht!«, rief Minnie aus. »Der war's! Den hätten Sie sehen sollen, wie er beim Pochen so schmierig vor sich hingelächelt hat!«

»Bis Sie ihn bis auf die Unterhosen ausgenommen haben«, feixte Sonderberg.

»Ach, er hat nur bekommen, was er verdient – oder sehen Sie das etwa anders?«

Sonderberg schmunzelte. Den Ellenbogen auf die Fensterbank gestützt, schweifte sein Blick trübe in die Ferne, wo die Sonne hinter gleißenden Dachzinnen versank. Er dachte an das Haus, vor dem er vorgestern gestanden hatte, und an Rico, den südamerikanischen Ara, und daran, wie schrecklich lange es her war, dass er zum letzten Mal die Mottenkugeln im Kleiderschrank jener Dachstube gerochen hatte.

Die Kutsche holperte über ein Loch im Kopfsteinpflaster.

»Dr. Sonderberg! Haben Sie das gespürt?«

»Was? Ich habe nichts gespürt.«

»Da! Horchen Sie mal.«

»In Ordnung. Ich horche.«

»Und? Was hören Sie?«

»Gar nichts.«

Minnie lehnte sich zufrieden zurück. »Sehen Sie! Sie spüren nichts, und Sie hören nichts. Es ist so, wie Philipp gesagt hat. Das Federwerk ist exzellent! Sie werden noch viel Freude an dem Landauer haben.«

»Hm!«

Die Kutsche bog in die Hohe Straße ein, die parallel zum Exerzierplatz verlief. Am südlichen Ende kam bereits der Schwanenmarkt in Sicht.

»Ich glaube, es gibt nur einen Ort, an dem wir erfahren können, was Gershwin von Kerckhoven wollte«, überlegte Sonderberg stirnrunzelnd.

Minnie schüttelte den Kopf. »Sie wollen bestimmt in dieses Kasino, Dr. Sonderberg. Das kann nicht Ihr Ernst sein.« Sie blickte aus dem Fenster, und oberhalb ihrer Nasenwurzel bildete sich eine steile Falte. »Außerdem fahren wir in die falsche Richtung. Das Kasino liegt im Osten. Philipp ...!«

»Wir fahren nicht ins Kasino.«

»Aber wohin denn dann?«

»Zur Roten Laterne.«

»Zur ...?«

»Es wird nicht lange dauern, Minnie. Aber wenn Sie möchten, lasse ich Philipp umkehren, damit er Sie vorher in der Detektei absetzt.«

»Das hätten Sie wohl gern! Auf keinen Fall lasse ich Sie noch einmal allein in diesen Sündenpfuhl gehen!«

»Das ist wirklich sehr, sehr mutig von Ihnen, Minnie. Aber ich glaube nicht, dass eine solche Maßnahme ...«

»Es ist nur zu Ihrer eigenen Sicherheit! Am liebsten würde ich keinen Fuß in dieses Gebäude setzen, das können Sie mir glauben.«

»Aber Minnie! Diese Mädchen tun wirklich nichts Unrechtes.«

»Ach ja?«

»Ja. Sie versuchen nur zu überleben.«

»Sie verkaufen sich – und zwar für Geld!«

Sonderberg lächelte listig. »Aber das tun Sie doch auch.«

»Wie meinen?«

»Sie sind meine Assistentin. Dafür zahle ich Ihnen ein Gehalt. Gerade vorgestern haben Sie mich noch darum gebeten, die Zahlung vorzuziehen.«

Minnie schnappte nach Luft. »Aber ich verkaufe nicht ... nicht ... Also wirklich, Dr. Sonderberg! Wenn Sie mir den Besuch auf diese Weise schmackhaft machen wollen ...«

»Ich möchte Ihnen gar nichts schmackhaft machen. Ich möchte nur, dass Sie Ihre Vorurteile überdenken. Diese Mädchen sind keine Monster.«

Minnie verschränkte die Arme vor der Brust. Ein deutliches Zeichen, dass sie in dieser Angelegenheit nicht weiter zu diskutieren gedachte.

»Ach, da fällt mir ein: Hat sich eigentlich Gregor gemeldet?«

»Gregor? Nein, wieso?«

»Ich dachte nur an seine letzten Worte, als er mein Büro verlassen hat. Wollte er nicht gestern vorbeikommen und mir das Geld zurückzahlen?«

»Aber Sie haben ihm doch gar nichts geliehen.«

Sonderberg schwieg und maß sie mit einem schiefen Blick.

»Ich finde jedenfalls, es war richtig, doch nicht die Polizei einzuschalten, Dr. Sonderberg. Ich meine, Gregor ist schließlich Ihr Neffe.«

»Er ist nicht mein Neffe, das wissen Sie sehr genau«, brummte Sonderberg halbherzig.

»Aber das zählt doch gar nicht! Er hat ein reines Herz. Nur darauf kommt es an. Er wird Ihnen bestimmt alles zurückzahlen. Auf Heller und Pfennig. Davon bin ich fest überzeugt.«

»Ihr Vertrauen möchte ich haben«, sagte Sonderberg. Ich hätte ihn übers Knie legen sollen, dachte er, das wäre das Beste gewesen. Aber das ließ sich ja immer noch nachholen.

Der Landauer hielt.

»Nur damit wir uns recht verstehen«, flüsterte Minnie. »Ich werde vorangehen!« Sie warf neugierig einen Blick aus dem Fenster – und zuckte zurück. »Also, da hol mich doch der Leibhaftige!«

»Was ist denn?«

»Nicht! Bleiben Sie weg vom Fenster. Da draußen ist er.« Sie linste über die Fensterbank. »Ist das denn zu glauben! Aber das passt zu ihm. Er steht genau vor der roten Laterne.«

»Wer?«

»Franz Fuchs!«

»Fuchs? Ach nein!« Sonderberg rutschte neugierig nach vorn und folgte Minnies Blick. »Das also ist Franz Fuchs. Der ist wirklich so schmal, wie Sie gesagt haben. Und er ist anscheinend nicht allein gekommen. Wer ist der Rothaarige an seiner Seite – etwa …?«

»Rothmann! Genau! Sehen Sie jetzt, was für ein Gaunergesicht der Mann hat?«

»Ich glaube, die beiden waren schon einmal in der Roten Laterne«, sagte Sonderberg nachdenklich. »Ich habe sie bei meinem ersten Besuch rausgehen sehen. Rothmann hat sich über irgendetwas aufgeregt, aber leider kann ich mich an den Wortlaut nicht mehr genau erinnern …« Sonderberg rutschte noch weiter vor, aber Minnie schob ihn zurück.

»Vorsichtig! Passen Sie doch auf, Dr. Sonderberg, sonst sehen sie uns noch!«

»Machen Sie sich keine Sorgen. Die beachten uns gar nicht, die sehen nur die Kutsche, die da drüben vorfährt. Ich nehme an, der Kerl auf dem Kutschbock ist …«

»Steckler!«

»Also gehört die Kutsche Franz Fuchs und nicht Rothmann? Dann stecken die beiden also wirklich unter einer Decke. Ha, sehen Sie. Jetzt steigen die beiden ein. Hm, das ist ja wirklich sehr interessant. Was machen Fuchs und Rothmann gemeinsam in der Roten Laterne?«

»Na, was werden sie da schon machen«, entgegnete Minnie mit angewiderter Miene. »Ich habe mir gleich gedacht, dass dieser Rothmann ein richtig widerlicher Kerl ist. Vielleicht gehört ihm das Bordell ja sogar.«

»Das kann ich mir kaum vorstellen.«

Drüben hielt die Kutsche genau vor Rothmann und Fuchs. Steckler beugte sich herab und rief den beiden etwas zu. Dabei blickte er sich um und betrachtete auch den Landauer, der kaum zwanzig Meter entfernt angehalten hatte. Sonderberg zuckte zurück. Dieser Steckler war vielleicht ein Grobian, aber gewiss kein Dummkopf. Er sah aus wie ein Mann, vor dem man sich in Acht nehmen musste. Als Sonderberg erneut einen Blick durch das Fenster riskierte, fuhr die Kutsche drüben gerade an. Von Fuchs und Rothmann war keine Spur mehr zu sehen.

Sonderberg öffnete die Tür.

Minnie wollte ihm folgen, doch Sonderberg hielt sie zurück.

»Oh nein, Dr. Sonderberg! Wie ich schon sagte, lasse ich Sie nur über meine Leiche …«

»Die Mädchen werden schon nicht über mich herfallen, Minnie. Viel wichtiger sind die beiden Gauner, die da drüben davonfahren. Ich würde wirklich zu gern wissen, was Fuchs und Rothmann mit der Roten Laterne verbindet.«

»Dann sollten wir hineingehen und fragen.«

»Das werde ich übernehmen! Sie bleiben im Landauer und folgen der Kutsche.«

»Ich soll …?«

»Werden Sie das schaffen? Bedenken Sie, Minnie, es könnte gefährlich werden.«

»Wirklich? So richtig gefährlich?«

»Sie dürfen auf keinen Fall das Fahrzeug verlassen, verstehen Sie?«

Minnie nickte ergriffen. »Ja … und Sie?«

»Wenn ich hier fertig bin, werde ich zu Fuß ins Büro zurückkehren. Sie sagen doch selbst immer, ein bisschen Bewegung könnte mir nicht schaden.«

»Ja, aber …«

Sonderberg klopfte gegen den Türverschlag. »Folgen Sie der Kutsche, Philipp! Aber unauffällig! Und keine Verfolgungsjagden, wenn ich bitten darf.«

Kapitel 26

in dem Sonderberg Katharina herausfordert,
ein überraschendes Geständnis erhält
und Minnie Sonderberg aus prekärer Lage rettet

»Das ist jetzt aber wirklich eine Überraschung. Sollte ich mich geschmeichelt fühlen?«

»Das kannst du halten, wie es dir beliebt, Katharina«, erwiderte Sonderberg kühl. »Vor allem bin ich hier, um ein paar Antworten zu erhalten.«

»Ein paar Antworten?« Ihr Tonfall verriet, dass Sonderbergs Reserviertheit sie überraschte.

»Ich dachte, wir wären offen miteinander«, setzte er hinzu, »aber da habe ich mich wohl getäuscht.«

»Ich habe keine Ahnung, wovon du redest.« Sie bemerkte, wie er den Schreibtisch musterte, hinter dem sie saß. Darauf lag aufgeschlagen ein in schwarzes Leder gebundenes Buch. Sonderberg erkannte Zahlenkolonnen, in verschiedenen Spalten, und Bemerkungen, die Katharina dazu notiert hatte.

»Und, wie laufen die Geschäfte?«, fragte er mit mildem Spott.

Sie schlug das Buch zu. »Vielleicht könntest du mir mal erklären, welche Laus dir über die Leber gelaufen ist, Friedrich. Wieso haben die Mädchen dich überhaupt durchgelassen?«

»Das war Greta. Vielleicht dachte sie, dass wir befreundet sind.«

»Das dachte ich offen gestanden auch. Aber aus dem Sonderberg, den ich mal kannte, scheint ein launischer Mistkerl geworden zu sein.«

Flügelschlagen hinter Sonderberg. »Was hab ich verloren! Welche Perle warf ich hin!«, krächzte Rico.

»Ruhe!«, rief Katharina.

»Vielleicht hat er ja recht«, sagte Sonderberg. »Vielleicht vertraust du den falschen Leuten. Zum Beispiel Franz Fuchs und diesem Rothmann …«

»Woher …?« Sie stockte, und in ihren Augen blitzte es spöttisch auf. »Du hast die beiden eben rausgehen sehen, nicht wahr? Na und? Deswegen willst du mich ans Kreuz nageln? Sie sind eben meine Gäste. Wer wollte ihnen das verbieten?«

Sonderberg sank in den Fauteuil, was Katharina mit einem wütenden Blick quittierte.

»Ich werde so lange hier bleiben, bis du mir die Wahrheit erzählst, Kathrinchen.« Er konnte den Blick nicht von ihr abwenden. Ihr Lachen war selbst jetzt, da es zu laut war und ihn verletzen sollte, wunderschön. »Versucht Rothmann, dich zu erpressen? Droht er dir etwa?«

Für einen Augenblick glaubte er tatsächlich, ihre Fassade durchbrechen zu können. Sie sah ihn an mit ihren grünen Augen, stumm und ohne zu blinzeln. Ihr rechter Mundwinkel zuckte. »Sie sind Gäste. Wie ich schon sagte. Weiter nichts.«

»Na prima!« Sonderberg schlug sich auf die Schenkel. »Das ist ja wirklich rührend. Und der nette Heinzie? Ist der vielleicht auch nur ein ganz normaler Gast?«

»Welcher Heinzie?«

»Tu bloß nicht so unwissend! Ich rede von Gretas Freund. Herman Gershwin. Ich habe ihn neulich bei ihr im Zimmer gesehen.« Er schämte sich auf einmal für seinen gehässigen Tonfall. »Ich stand auf der Mauer im Hinterhof und habe sie belauscht.«

Er hatte damit gerechnet, dass sie ihm Vorwürfe machen oder zumindest enttäuscht sein würde. Stattdessen brach sie in Lachen aus und schlug sich die Hand vor den Mund. »Du! Auf der Mauer! Das ist ja wirklich zu komisch!«

»Ich bin Detektiv. Das gehört zu meinem Beruf«, rechtfertigte er sich beleidigt. »Aber weißt du, was *wirklich* komisch ist? Greta hat mich gesehen, aber sie hat mich nicht verraten.«

Katharina hob die Schultern. »Na und? Vielleicht hatte sie ihre Gründe.«

»Da bin ich mir sogar sicher. Aber Gershwin sagte, er werde mit ihr weggehen. Weg von hier.«

Sie griff nach dem Schreiber, der im Tintenfass steckte. »Ich weiß nicht, was du von mir willst, Sonderberg, und wie du siehst, muss ich mich um die Buchhaltung kümmern.«

Er stemmte sich hoch. »Schön. Wenn du mich weiterhin anschweigst, werde ich eben selbst mit ihr sprechen.«

Er griff nach der Klinke.

»Warte!«

Er ließ die Hand sinken. Für einen Augenblick herrschte bedrückende Stille. Selbst Rico, der sich die Flügel geputzt hatte, verharrte und starrte stumm an die Decke.

»Ich höre«, sagte Sonderberg.

»Was willst du denn hören?«, rief sie aufgebracht. »Dass Rothmann ein Erpresser und Halunke ist? Dass er mich demütigt, dass er mir damit gedroht hat, mein Geschäft kaputtzumachen?« Sie holte tief Luft, als wollte sie noch etwas hinzufügen, schüttelte aber nur den Kopf und schwieg.

»Und? Hat er?«

»Das geht dich verflixt noch mal nichts an!«

Sonderberg stützte sich mit beiden Händen auf den Schreibtisch und blickte ihr in die Augen. »Sei doch nicht dumm, Kathrinchen. Glaubst du, ich habe etwas gegen dein Etablissement oder die Art, wie du lebst? Du hast recht, das geht mich nichts an. Aber hier geht es um Wilfried Kerckhoven, der in deinem Bordell Stammgast war, bis er eines Nachts in Oberkassel auf dem Eis ermordet wurde. Und ich habe Hinweise, dass der Freund deiner Greta etwas damit zu tun hat. Er hat mich sogar bedroht, kannst du dir das vorstellen?«

Er hatte das Gefühl, dass ihre Betroffenheit echt war.

»Ich bin ihm gestern begegnet«, erklärte er. »In der Pferdebahn. Er hat mir empfohlen, die Rote Laterne in Zukunft zu meiden. Ansonsten würde meiner Assistentin oder meinem Neffen Gregor etwas Schlimmes geschehen.«

»Oh Gott, das wusste ich nicht! Friedrich, du musst mir glauben, dass ich damit nichts …«

»Ich glaube dir!«, unterbrach er sie. »Die Frage ist nur, *warum* ist Gershwin so scharf darauf, dass ich hier nicht mehr aufkreuze? Und warum hat Greta mich nicht verraten, als sie mich auf dem Mauervorsprung gesehen hat?« Als Katharina nicht antwortete, fuhr er in beschwörendem Tonfall fort: »Ich weiß nicht, ob du mir vertraust, aber *ich* vertraue dir. Ich weiß, dass du mit diesen Leuten nichts zu schaffen hast. Aber es geht hier um meinen Neffen, der seit zwei Tagen verschwunden ist! Erst habe ich mir nichts dabei gedacht, weil er nicht sehr zuverlässig ist, aber seit dem Gespräch mit Gershwin …« Er stockte und blickte sie bittend an.

»Ich wusste gar nicht, dass du Geschwister hast.«

Er machte eine wegwerfende Handbewegung. »Das ist eine lange Geschichte. Jedenfalls werde ich nicht zulassen, dass Gregor etwas geschieht. Also, kannst du mir in dieser Sache helfen oder nicht?«

Sie sah ihn an, mit ihren verfluchten grünen Augen, die so kristallklar und gleichzeitig so unergründlich waren, und er ertappte sich prompt dabei, wie er sich Vorwürfe machte, sie so angefahren zu haben.

»Also?«, fragte er in das Schweigen hinein. »Fangen wir am besten mit Greta an. Woher kennt sie Herman Gershwin?«

»Das weiß ich nicht. Er war eines Tages einfach da.«

»Ein Gast?«

Sie druckste herum. »Es ist wie bei dir und Gregor. Die Geschichte ist komplizierter.«

»Dann erzähl sie mir! Deswegen bin ich hier!«

Sie ließ einen tiefen Seufzer hören. »Es ist Rothmann. Er steckt dahinter.«

»Erpresst er dich? Nimmt er dich aus?«

»Ja und nein.« Die Worte flossen zäh wie Honig über ihre Lippen. »Es war nicht einfach, all das hier aufzubauen, Friedrich, das kannst du mir glauben. Die Räumlichkeiten, die Mädchen … Es gibt viele Leute in Düsseldorf, die nicht gerade begeistert davon sind, dass die Rote Laterne in dieser Gegend existiert.«

»Also hat Rothmann dich bedroht?«

»Im Gegenteil! Er hat mir geholfen, in den Anfangsjahren. Seine Kontakte waren sehr hilfreich.«

»Er ist ein Spielhausbesitzer!«

»Und ich bin eine Puffmutter!«, fuhr sie auf. »Ist dein Bild damit endlich komplett? Schön, dann kannst du ja zufrieden nach Hause fahren!«

»So war das nicht gemeint …« Er kam sich auf einmal schäbig vor.

Sie winkte ab. »Ach, vergiss es. Du hast ja recht. Manchmal schäme ich mich selbst abgrundtief. Was würde mein Vater dazu sagen, wenn er mich hier sehen könnte?«

Sonderberg schüttelte den Kopf. »Du bist unabhängig. Du sorgst für deine Mädchen, das hast du selbst gesagt, und du sorgst dafür, dass ihre Kunden sich anständig verhalten. Das ist vielleicht schon mehr, als man in dieser Welt verlangen kann.«

Sie lachte. »Du solltest dich hören! An dir ist ein Philosoph verloren gegangen. Ja, ich liebe meine Mädchen, und ich will, dass es ihnen gutgeht. Trotzdem, manchmal denke ich, wenn ich einen anderen Weg eingeschlagen hätte …«

»Das denke ich auch hin und wieder«, unterbrach Sonderberg schmunzelnd, »und es hat bisher zu nichts geführt.«

Sie kicherte, und es wirkte wie eine Befreiung. Sonderberg stimmte ein. Hinter ihnen schlug Rico begeistert mit den Flügeln.

»Mein Güte, wie schrecklich«, prustete Katharina, als sie sich beruhigt hatten. »Ich fühle mich, als ob ich wieder vierzehn wäre.«

»Dann lass uns lieber schnell zum Geschäftlichen zurückkommen.«

Sie nickte. »Zuerst war ich froh, dass Rothmann da war. Wie gesagt, er beschützte mich, er knüpfte Kontakte. Er sorgte dafür, dass wir sicher arbeiten konnten. Zuerst dachte ich, es wäre eine rein geschäftliche Verbindung. Aber dann stellte er Forderungen.«

»Was für Forderungen?«

»Er wollte Anteile an meinem Geschäft. Zwanzig Prozent. Dafür würde er weiterhin seine Leute einsetzen, um dieses Haus zu schützen.«

»Zu schützen? Wovor? Und was hast du dazu gesagt?«

»Ich habe ihn gefragt, was ihm einfällt! Und dann hab ich ihn rausgeschmissen.«

Er lachte. »Das kann ich mir lebhaft vorstellen.«

»Aber er ist einfach wiedergekommen – und hat dreißig Prozent gefordert.«

»Wie lange ist das jetzt her?«

»Ungefähr ein Jahr. Ich habe natürlich wieder abgelehnt, aber mir wurde klar, dass die Sache damit nicht vom Tisch war. Also habe ich ihm ein Gegenangebot gemacht.« Sie hob die Hände. »Ich weiß, ich weiß, das hätte ich nicht tun sollen! Aber was wäre die Alternative gewesen? Ich kann es mir nicht leisten, dreißig Prozent abzugeben. Ehrlich gesagt, reicht das Ganze so schon kaum zum Leben.«

»Na so was! Ich hätte gedacht, Bordelle sind krisensicher.«

»Da hat dir jemand Blödsinn erzählt! Was glaubst du, wie viele Taschen ich füllen muss, damit man mich hier in Ruhe lässt? Baupolizisten, Stadtverordnete, Rothmanns Schläger ... Die einen lassen sich mit Geld, die anderen in Naturalien bezahlen. Und als Dank werde ich gerade mal geduldet, und jede Hausfrau zieht ihrem Liebsten das Nudelholz über, wenn sie ihn bei mir erwischt.«

»Ich kann ihren Ärger verstehen ...«

»Dann sollen sie ihre Probleme unter sich ausmachen!«, entgegnete Katharina mitleidlos. »Zu Hause. Ich habe niemanden darum gebeten, zu mir zu kommen.«

Sonderberg kratzte sich am Hinterkopf. »Ich verstehe trotzdem immer noch nicht, wo das Problem ist. Ich meine, das Geld ist die eine Sache. Aber was genau hast du Rothmann angeboten?«

»Kostenlose Stunden mit den Mädchen. Er darf sich hier sehen lassen, wann immer er will – und mit wem er will. Das kommt mich immer noch billiger, als ihn zu bezahlen.«

»Dann könnten doch alle Seiten zufrieden sein.«

»Ich brauche ihn aber nicht mehr, verflixt! Außerdem schadet er dem Geschäft. Er bringt Leute hierher, die ich hier nicht sehen will. Das ist ein anständiges Bordell.«

Sonderberg lachte. »Das ist wirklich ein verzwicktes Problem.«

»Du kannst dir deinen Spott sparen! Es wird immer schlimmer, Friedrich. Rothmann fängt inzwischen an, seine Geschäfte hier abzuwickeln. Er trifft sich mit Leuten, und die soll ich natürlich auch kostenlos versorgen. Und so geht es immer weiter.«

»Er trifft sich mit Leuten?«, hakte Sonderberg ein. »Mit wem denn? Etwa mit Fuchs?«

»Ja, der war auch dabei. Und noch ein dritter Mann. Fuchs und Rothmann waren überhaupt sehr oft hier in letzter Zeit.«

»Wahrscheinlich wegen Kerckhoven.«

Sie schüttelte den Kopf. »Das hat schon vorher angefangen. Irgendwann war Fuchs dabei. Rothmann hat ihn richtig hofiert, wenn du mich fragst. Hat Champagner spendiert – natürlich auf meine Kosten!«

»Weißt du, warum er Fuchs so umgarnt hat?«

Sie hob die Schultern. »Ich weiß nur, dass Fuchs Reeder ist. Und dass es um irgendein Bauprojekt geht, über das demnächst entschieden werden soll. Aber mehr nicht. Immer wenn eines der Mädchen in der Nähe war, haben sie aufgehört, über das Geschäftliche zu reden.«

»Und Gershwin? Wie passt der da rein?«

»Der gehört zu Rothmann. Ist einer seiner Handlanger. Im Sonnenhaus laufen ja fast ein Dutzend von denen rum. Johannes Steckler ist der Schlimmste.«

»Ich dachte, Steckler arbeitet für Fuchs.«

»Wer hat dir denn das erzählt? Steckler ist Rothmanns Kutscher, und wenn hin und wieder Fuchs in der Kutsche sitzt, dann höchstens von Rothmanns Gnaden. Gegen diesen Steckler ist Gershwin jedenfalls noch ein richtig Netter. Aber irgendwie ist er auch unheimlich. Was Greta so erzählt, verlangt er ziemlich verrückte Sachen von ihr.«

»Trotzdem will sie mit ihm weggehen!«

»Ach, das ist doch nur so ein Spiel von ihr. Wir hatten alles abgesprochen. Greta versucht, über ihn etwas mehr über Rothmann rauszukriegen. Deswegen hat sie dich auch nicht verraten, als du sie belauscht hast. Aber Gershwin hat ihre Avancen ernst genommen. Und jetzt glaubt er, dass sie mit ihm ans Meer geht.«

»Und?«

»Was und? Sie bleibt natürlich hier.«

»Ich meine, hat sie was rausbekommen? Über seine Geschäfte?«

»Nur, was ich dir gesagt habe. Rothmann versucht, mit Fuchs zusammen Geld zu verdienen. Es geht um dieses Bauprojekt, diese Rheinbrücke. Fuchs hat der Stadtverordnetenversammlung stattdessen einen Durchstich vorgeschlagen.«

»Das ist ja nicht verboten.«

»Aber sie haben versucht, die Entscheidung zu beeinflussen! Deshalb haben sie doch Wilfried Kerckhoven hier angeschleppt. Damit er sich ›wohlfühlt‹. Weil sie glaubten, ihn damit im Griff zu haben. Und dann war da noch dieser andere Mann.«

»Welcher andere Mann?«

»Na, der dritte Mann, von dem ich dir erzählt habe. Irgend so ein Jungspund mit einer ganz großen Klappe. Na, ganz so jung auch wieder nicht mehr. Fünfundzwanzig Jahre, würde ich sagen. Er tat ganz dicke mit Rothmann und Fuchs, dabei habe ich ihn vorher noch nie hier gesehen.«

»Kennst du seinen Namen?«

»Er nannte sich Fritz. Aber welcher Freier nennt schon seinen echten Namen, wenn er hierher kommt.«

»Fritz«, sagte Sonderberg betroffen, weil ihm eine Idee gekommen war.

»Ja, Fritz. Wie du. Ist das nicht komisch?«

»Beschreib ihn mir!«

»Das ist ja schon ein paar Tage her … Mittelgroß. Blond. Etwas nachlässig gekleidet. Aber halt! Er hatte so eine goldene Taschenuhr. Die ist mir gleich aufgefallen, weil sie gar nicht zu ihm gepasst hat.«

»Na, das kann ich mir vorstellen!«, entfuhr es Sonderberg. »Hast du gehört, was dieser, hm, Fritz mit Franz Fuchs und Rothmann besprochen hat?«

»Ich glaube, es ging ebenfalls um ein Geschäft, das irgendwie mit dieser Brückensache zusammenhing. Kerckhoven war auch da und hat Greta und Lieschen einen Sekt nach dem anderen spendiert. Rothmann, Fuchs und dieser Fritz haben darauf geachtet, dass er von ihrer Unterhaltung nichts mitbekommt. Hm, es klang alles sehr dubios, wenn du mich fragst.«

Sonderberg schnalzte mit der Zunge. »Kathrinchen, Kathrinchen, du hast mir sehr geholfen. Aber du solltest lieber aufpassen. Das ist ein gefährliches Spiel, das du da mit Rothmann treibst ...«

Sie beugte sich vor. »Deinen Moralischen kannst du dir sparen, mein Lieber! Ich habe für sieben Mädchen zu sorgen und außerdem für mich selbst. Da kann ich mir keine Sentimentalitäten leisten.«

»Und keine Fehler. Wenn Gershwin oder Rothmann rausbekommen, dass du versucht hast, sie auszuhorchen ...«

Auf dem Flur wurde plötzlich Geschrei laut. Sonderberg vernahm Gretas und Lieschens Stimmen – und eine weitere Stimme, die er ebenfalls kannte.

Die Tür wurde aufgerissen.

Greta und Lieschen erschienen, gefolgt von Minnie, die mit ihrem Regenschirm auf sie einprügelte.

»Aus dem Weg!«

»Lass mich in Ruhe, du alte Schachtel!«

»Lassen Sie mich durch! Wagen Sie es ja nicht ...« Minnie verschnaufte, als sie Sonderberg erblickte. »Da sind Sie ja, Dr. Sonderberg! Ich dachte schon ... Geht es Ihnen gut?«

Sonderberg sprang aus dem Fauteuil. »Minnie! Was tun Sie hier? Ja, natürlich geht es mir gut. Aber wieso ...? Was ist mit der Kutsche?«

Katharina war ebenfalls aufgesprungen. »Lieschen! Greta! Was soll das?«

Greta streckte den Zeigefinger aus. »Diese blöde Kuh ist einfach reingestürmt und ist auf uns losgegangen!«

»Pah! Ich habe mich nur verteidigt!«, rief Minnie.

Katharina musterte sie kalt. »Wie wäre es, wenn Sie beim nächsten Mal anklopfen, Frau …?«

»Minnie Cogner! *Fräulein!* Und wer sind Sie?«

»Minnie!«, rief Sonderberg dazwischen. »Was ist denn nun mit der Kutsche?«

Minnie fuchtelte atemlos mit dem Regenschirm, sodass Greta und Lieschen erneut zusammenzuckten. »Deshalb bin ich ja hier! Kommen Sie, Dr. Sonderberg, schnell! Sie haben angehalten. Am Rheinufer. Ich bin zurückgefahren, weil ich dachte …«

»Weil es Ihnen keine Ruhe gelassen hat, dass ich hier allein mit Katharina …«

»Wer ist Katharina? Ach, ist ja auch egal! Wir müssen uns beeilen. Kommen Sie schon!«

KAPITEL 27

in dem Sonderberg und Minnie in eine Falle tappen,
eine rasante Kutschfahrt erleben
und schneller den Rhein erreichen, als ihnen lieb ist

Sonderberg hatte Mühe, Minnie zu folgen, die mit wehenden Kleidern vorweg eilte und den Regenschirm dabei wie einen Degen nach vorn gestreckt hielt.

Vor der Roten Laterne wartete bereits der Landauer. Sonderberg schaffte es im letzten Augenblick, an Minnie vorüberzuhuschen und ihr die Tür aufzuhalten, sonst hätte sie wohl den Verschlag durchbrochen oder zumindest mit dem Regenschirm aufgespießt.

Sonderberg schlug die Tür zu und setzte sich Minnie gegenüber mit dem Rücken zum Kutschbock. »Ich hoffe, Philipp weiß, welchen Weg er zu nehmen hat?«

»Natürlich weiß er das! Er war ja vorhin dabei.« Sie hämmerte mit der Schirmspitze gegen den Türverschlag. »Worauf warten Sie denn, Philipp! Nun fahren Sie schon!«

Philipp schnalzte mit der Zunge, und die Pferde trabten an.

»Vielleicht erzählen Sie erst einmal, was passiert ist«, sagte Sonderberg.

»Es ist so, wie ich gesagt habe. Ich bin der anderen Kutsche gefolgt, ganz wie Sie es gewünscht haben. Sie ist ans Rheinufer gefahren. Dort haben Fuchs und Rothmann sich mit einem dritten Mann getroffen.«

»Sie wissen genau, dass es die beiden waren?«

»Natürlich! Wir haben sie ja vor der Laterne einsteigen sehen!«

»Aber es könnte ja sein, dass einer von ihnen zwischenzeitlich die Kutsche verlassen hat.«

Minnie schüttelte den Kopf. »Steckler hat kein einziges Mal angehalten.«

»Gut. Wen haben sie am Rheinufer getroffen? Konnten Sie die Person erkennen?«

»Leider nicht! Ich weiß nur, dass es ein Mann war. Die Kutsche hielt an, Rothmann stieg aus und ging um die Kabine herum auf die andere Seite. Fuchs ist ihm gefolgt. Sie standen so, dass ich den Fremden nicht genau erkennen konnte.«

»Wie ärgerlich! Was ist dann passiert?«

Minnie blinzelte. »Was soll passiert sein?«

»Na ja, irgendwas müssen die drei ja getan haben.« Er fuchtelte mit den Armen, weil Minnie ihn mit ihrer Hektik angesteckt hatte. »Haben sie sich gestritten? Sind Rothmann und Fuchs bei dem Gespräch laut geworden? Konnten Sie verstehen, was gesagt wurde?«

»Natürlich nicht!«

»Aber irgendetwas hat Sie doch bewogen, zur Roten Laterne zurückzufahren. Haben Sie wenigstens darauf geachtet, ob Ihnen jemand gefolgt ist?«

Draußen ließ Philipp erneut die Peitsche knallen. Die Pferde fielen in Galopp, und Sonderberg fühlte sich wie ein Springteufel nach oben geschleudert, wenn die Räder die Schienen der Pferdebahn schnitten. Gerade rasten sie die Alleestraße entlang, am Breidenbacher Hof vorüber, vor dem einige Droschken parkten, deren Kutscher dem vorübereilenden Fuhrwerk kopfschüttelnd nachsahen.

Wieder und wieder ließ Philipp die Peitsche knallen.

»Na ja«, stotterte Minnie, »ich dachte … Also, ich dachte, Sie wären …« Sie holte tief Luft. »Ich dachte mir, dass Rothmann und Fuchs noch länger da am Rheinufer stehen und mit diesem dritten Mann sprechen würden. Und da ich nicht näher herankonnte, ohne Gefahr zu laufen, dass sie mich entdecken, und da ich ja sowieso keine ausgebildete Detektivin bin, habe ich mir eben gedacht …«

»Das haben Sie ganz richtig gemacht«, unterbrach Sonderberg. »Bitte entschuldigen Sie, dass ich Sie so angefahren habe. Ich mache mir nämlich schon die ganze Zeit über Vorwürfe, dass ich Sie allein losgeschickt ha…« Das letzte Wort ging in einem Ächzen unter, als der Landauer plötzlich nach links driftete, weil sie das Ende der Alleestraße erreichten und sich in der Breiten Straße wiederfanden, die allerdings viel schmaler war – als wollte sie sich darüber lustig machen, dass ihr jemand diesen Namen verpasst hatte.

So ging es weiter durch die Kasernenstraße, an den Unterkünften der Infanterie vorüber, hinter denen der Exerzierplatz lag.

»Gleich sind wir an den Bahngleisen, Minnie.«

»Ja, und?«

»Ich glaube, Sie sollten sich besser festhalten.«

Tatsächlich jagte Philipp den Landauer in einem Rechtsschwenk, der Minnie und Sonderberg um ein Haar aus dem Innern hinausbefördert hätte, auf die Haroldstraße. Im Schweinsgalopp ging es an den Gleisen der Bergisch-Märkischen Eisenbahn entlang in Richtung Rheinufer.

»Was haben Sie Philipp denn um Himmels willen bloß gesagt?«, brüllte Sonderberg gegen den Galopp der Pferde, das Knallen der Peitsche und das Krachen und Stöhnen der Achsen an. »Dass er uns umbringen soll?«

»Natürlich habe ich ihm gesagt, dass er sich beeilen soll. Ich meine, ich habe ihm gesagt, dass *ich mich* beeile. Bevor ich in das Bord… in das Etablissement gegangen bin. Ich sagte ihm, er solle nur kurz warten, bis ich mit Ihnen wieder herauskomme, und dann ans Ufer zurückfahren.«

»Er hat's ja wirklich eilig. Ah, da ist ja auch schon das Rheinufer.«

Minnie riss die Augen auf. »Halt! Nichts links rum. Wir müssen zum Dampfkran!«

»Was?«

»Wir fahren in die falsche Richtung! Da geht es doch gleich zur Irrenanstalt. Das ist viel zu weit im Süden! Die Stelle, an der die drei sich unterhalten haben ist in der Nähe des Dampfkrans!«

Sonderberg schnappte sich den Regenschirm und schlug gegen die Sitzbank. »Philipp!«, brüllte er. »Anhalten! Hören Sie mich! Halten Sie an!«

Philipp ließ erneut die Peitsche knallen.

»Offenbar hört er uns nicht«, murmelte Minnie.

»Kann ich mir nicht vorstellen! Sehen Sie nur – wir fahren direkt auf das Wasser zu!«

Es krachte, und der Boden der Kutsche schien plötzlich zu schwanken.

Minnie krallte sich an den Türgriff. »Was war das?«

»Ich glaube, Philipp hat das Gespann abgekoppelt!«

»Wieso das denn?« In diesem Augenblick erschien ein Schatten auf der linken Seite des Landauers. Ein Mann auf einem Pferd! »Ha, da reitet er! Aber – das ist ja gar nicht Philipp! Er ist doch kleiner …«

Die Gestalt auf dem Pferd trug einen Hut, den sie mit einer Hand tief in die Stirn gedrückt hielt. Darunter erkannte Sonderberg ein unrasiertes Gesicht mit spröden, schmalen Lippen, die zu einem höhnischen Lachen verzerrt waren. »Viel Spaß im Wasser, ihr Dösköppe!«

Der Reiter entfernte sich und winkte Sonderberg und Minnie zu.

Ihre Hand krallte sie in den Sitz. »Die Stimme hab ich doch schon mal gehört …«

Im nächsten Augenblick durchbrach die Kutsche eine Absperrung aus Holz und raste über die Kaianlage. Sonderberg und Minnie hatten das Gefühl, als würde ihnen der Boden unter den Füßen weggezogen. Der Landauer flog durch die Luft!

Minnie stieß einen spitzen Schrei aus, dann folgte auch schon der Aufprall. Die Eisdecke hielt dem Gewicht der Kutsche nicht stand, und so bohrten sich die Räder zunächst wie Geschosse in das Eis, bevor sie unter der Kabine zersplitterten.

Minnie wurde nach vorn geschleudert, und Sonderberg konnte sie gerade noch auffangen, bevor sein Hinterkopf gegen etwas Hartes knallte und er für einen Moment die Besinnung verlor. Aber das eisige Wasser, das durch die Ritzen der Verkleidung ins Innere strömte, riss ihn sofort ins Leben zurück.

Minnie lag halb über ihm. Sie griff sich stöhnend an die Stirn. Ein dünner Blutfaden rann über ihre linke Augenbraue.

»Haben Sie sich verletzt, Minnie?«

Sie versuchte sich aufzurichten, während die Kutsche unter ihren Füßen schwankte wie ein Dreimaster im Sturm. »Wo sind wir eigentlich?«

»Das muss das Hafenbecken sein. Deshalb ist das Eis auch so dünn.«

Draußen krachte etwas. Die Kutsche sackte einige Zentimeter tiefer, und der Wasserschwall, der über den Türverschlag hinweg ins Innere schwappte, wurde stärker.

»Gehen Sie weg von der Tür!« Sonderberg rüttelte an der Verkleidung. »So ein Mist. Sie klemmt. Ich glaube, sie ist beim Aufprall kaputtgegangen.«

Minnie starrte wie hypnotisiert auf den Schlitz oberhalb des Verschlags, durch den das Wasser hereinschoss. »Können Sie nicht einfach da durch?«

Sonderberg folgte ihrem Blick. »Minnie, der Schlitz ist gerade mal eine Hand breit, und ich bin ... na ja ...«

»Wollen Sie vielleicht ertrinken? Ich nicht. Haben Sie denn kein Messer bei sich?«

Sonderberg dachte schuldbewusst an das Opinel-Messer, das sorgfältig poliert auf der rechten Seite der linken Schublade seines Schreibtisches lag und mit dem er jeden Morgen die Post zu öffnen pflegte.

Das Wasser hatte ihre Knie erreicht und stieg rasch weiter. Der Regenschirm tanzte auf der Oberfläche.

»Minnie, aus dem Weg!« Sonderberg schnappte sich den Schirm und stach mit der Spitze durch die Deckenplane. Mit den Händen riss er das Loch auf Schulterbreite auf. Draußen knackte die Eisfläche. Ihnen blieb nicht mehr viel Zeit.

»Zuerst Sie, Minnie!«

»Aber ...«

»Raus mit Ihnen! Los!«

Sie packte seine Hand und kletterte über die Sitzbank. Sonderberg hielt den Schlitz auf, während Minnie sich tapfer hindurchzwängte. Sonderberg dachte schon, sie hätte es geschafft, da ging ein hässliches Krachen durch die Kutsche, und der Boden der Kabine sackte ab.

Sonderberg taumelte. Minnie schrie.

Die Kutsche drehte sich auf die rechte Seite. Sonderberg spürte, wie er einen Augenblick lang in der Luft schwebte, bevor etwas Hartes gegen seine Hüfte schlug. Der Schmerz züngelte wie Feuer den Beckenknochen entlang. Der zweite Schock kam, als er mit dem Rücken auf dem Boden landete und das Eiswasser seine Muskeln versteinern ließ. Auf einmal fühlte er sich gelähmt, unfähig zu jeder Bewegung.

»Dr. Sonderberg ...!«

Er blinzelte gegen den Wasserstrom an, der ihm ins Gesicht spritzte.

»Dr. Sonderberg! Hier, nehmen Sie!«

Er sah Minnies Kopf durch den Spalt in der Plane, der sich jetzt seltsamerweise nicht mehr über ihm, sondern auf der rechten Seite befand. Dann erblickte er das schwarze, längliche Etwas, das Minnie ihm entgegenreckte.

Der Schirm!

Sonderberg wollte danach greifen und stellte überrascht fest, dass seine rechte Hand ihm nicht gehorchte. Die Schulter schien bleischwer; schlimmer noch, er war sich nicht sicher, ob er überhaupt noch Schultern, Arme und Hände besaß!

»Nun stellen Sie sich nicht so an!«, fauchte Minnie. »Sie haben selbst gesagt, dass das Eis gleich bricht!«

Sie kroch halb durch den Spalt und stieß mit dem Regenschirm gegen seine Brust.

»Aua!«

Mit der Linken packte er den Schirm und zog sich nach oben. Wieder sackte die Kutsche ein Stück weiter ein, aber das Knirschen und Knacken ging im Sprudeln des Wassers unter.

»Ja, gleich haben Sie es geschafft!«

Sonderberg arbeitete sich keuchend die Sitzbank empor. Minnie ließ den Schirm fallen und reckte ihm die Hand entgegen. Sonderberg ignorierte sie und krallte sich am Verschlag fest.

»Gehen Sie zur Seite!«, ächzte er.

Minnies Kopf verschwand aus der Öffnung. Sonderberg sprang mit einem Satz aus der Kutsche!

Gerade noch rechtzeitig.

Hinter ihm grollte und rumorte die Eisdecke, bevor sie mit einem hellen Krachen brach, und der Landauer wie ein Stein in der Tiefe versank!

Sonderberg und Minnie krochen hastig auf das Ufer zu, weg von dem Loch, dessen Ränder nun ebenfalls gefährlich knackten.

»Dr. Sonderberg! – Dr. Sonderberg!«

Er dachte zuerst, dass Minnie nach ihm gerufen hatte und irgendetwas mit seinen Ohren nicht in Ordnung war – denn die Stimme war tief und kräftig, und sie kam nicht aus Minnies Richtung, sondern von vorn, vom Ufer, wo eine breitschultrige Gestalt an der Kaimauer wartete.

»Dr. Sonderberg!«

»Philipp!«, rief Minnie. »Da sind Sie ja endlich!«

»Fräulein Cogner!« Philipp ließ sich auf die Knie fallen und streckte die Hand aus. »Kommen Sie! Ich ziehe Sie rauf!«

Minnie griff nach seiner Hand, und während Philipp von oben zog, drückte Sonderberg von hinten, und schließlich hoben sie Minnie gemeinsam auf die Kaimauer, wo sie erschöpft und schwer atmend sitzen blieb.

»Warten Sie, Dr. Sonderberg!«

Philipp verschwand, und während Sonderberg sich fragte, ob er wohl jemals zurückkehren würde, ertönte ein Schnauben, und der Kopf eines Pferdes tauchte über Sonderberg auf. Philipp warf ihm die Zügel zu. Sonderberg griff danach. Philipp schnalzte und führte das Pferd sanft einen Schritt zurück. Sonderberg spürte, wie er emporgehoben wurde. Das Pferd machte schnaubend zwei weitere Schritte zurück, und Sonderberg wurde fast auf die Kaimauer geschleudert.

»Puh!« Er schnappte nach Luft. »Danke, Philipp!«

Minnie stand auf und blickte auf das Loch im Eis, aus dem immer noch sanft einige Luftblasen an die Oberfläche stiegen. Sie schlang die Arme um ihre Schultern. »Brrr. Philipp, wo haben Sie denn gesteckt, zum Teufel?«

»Entschuldigung, Fräulein Cogner. Ich begreife gar nicht, wie das passieren konnte. Ich habe vor der Roten Laterne auf Sie und Dr. Sonderberg gewartet, wie Sie gesagt haben. Ich bin vom Kutschbock gestiegen, um mir die Beine zu vertreten. Da hörte ich plötzlich ein Geräusch. Ich drehte mich um – aber da war es auch schon zu spät ...«

»Sie bluten ja, Philipp«, stellte Sonderberg fest. »Lassen Sie mal sehen.«

»Das ist nichts, mein Herr.«

Er nahm Philipps Schläfe in Augenschein. »Sie haben sich eine ganz schöne Beule geholt.«

»Die Inhaberin der Roten Laterne, diese Madame Rouge ... Sie überredete einen der Gäste, mir ein Pferd zur Verfügung zu stellen. Allerdings dauerte es so lange, dass ich Sie längst aus den Augen verloren hatte. Als ich am Rheinufer beim Dampfkran ankam, war niemand zu sehen. Dann aber hörte ich das Krachen und die Rufe.«

»Sie haben uns das Leben gerettet, Philipp! Wenn Sie uns nicht gefolgt wären ...«

Philipp ballte die Fäuste. »Verzeihen Sie die Ausdrucksweise, Dr. Sonderberg, aber wenn ich den Kerl erwische ...«

»Das werden wir, Philipp. Das werden wir.«

»Ich könnte Hilfe holen. Selbstverständlich können Sie bei mir unterkommen, während ich mit der Polizei ...«

»Danke, Philipp, aber die Detektei ist ja nicht allzu weit«, sagte Sonderberg und klopfte ihm wohlwollend auf die Schulter. »Ruhen Sie sich erst mal aus, Philipp. Nehmen Sie morgen frei. Und übermorgen – was soll's, wir haben es ja jetzt reichlich, nicht wahr, Minnie? – übermorgen kaufen Sie einfach eine neue Kutsche ...«

Kapitel 28

in dem die Detektei unerwünschten Besuch erhält,
Sonderberg handgreiflich wird
und schließlich in einem Verdacht bestätigt wird

»Bitte, Minnie. Treten Sie ein.«

Sonderberg schloss die Tür hinter ihr und bemerkte im matten Schein der Gaslaterne, der durch das Vorzimmerfenster hereinfiel, wie sie bibberte. Ihre Wangen waren blau angelaufen, noch dunkler wirkten ihre Lippen, und die Oberbekleidung klebte ihr wie ein nasser Sack an den Schultern. Ganz offen gestanden, sah sie so aus, wie auch Sonderberg selbst sich fühlte – als hätte ihm jemand sämtliche Lebensenergie entzogen, den Bauch mit Eiswürfeln ausgefüllt und ihn in Unterwäsche am Nordpol ausgesetzt.

»I-ich glaube, ich werde lieber …«

»Keine Widerrede, Minnie! Der Ofen müsste noch warm sein. Ich werde im Arbeitszimmer schlafen, und sobald Ihre Kleider getrocknet sind …« Er hielt inne. »Haben Sie das gehört?«

Das Geräusch war aus dem Arbeitszimmer gedrungen. Ein leiser, schleifender Laut.

»Warten Sie hier, Minnie!«

»Dr. Sonderberg, glauben Sie wirklich, dass Sie allein …?«

»Psst! Ich bin gleich wieder da.«

Sonderberg ging zur Bürotür. Dabei gab er sich keine Mühe, leise zu sein. »Hallo? Ist da jemand?«

Minnie begann hinter ihm noch stärker zu bibbern. »Um Himmels willen, vielleicht sollten wir doch lieber die Polizei verständigen, so wie Philipp gesagt hat!«

Sonderberg winkte ab und betrat das Arbeitszimmer, das fast vollständig im Dunkeln lag. Nur durch einen handbreiten Spalt zwischen den Vorhängen fiel matter Mondschein auf den Schreibtisch – und auf eine schwarze Gestalt, die dort stand!

»Wer sind Sie?«

Der Schatten sprang auf Sonderberg zu und wollte ihn zur Seite stoßen, doch Sonderberg riss geistesgegenwärtig den unverletzten Arm hoch und wehrte ihn ab. Der Gegner gab einen Laut der Verärgerung von sich, blieb aber ansonsten stumm und startete einen weiteren Angriff. Sonderberg spürte einen Schlag in der Bauchgegend. Sein Zwerchfell zog sich zusammen und presste ihm die Luft aus den Lungen. Sonderberg griff nach dem Schatten. Der Angreifer machte einen Sprung zur Seite. Sonderberg sah noch etwas Schwarzes auf sich zurasen, das groß und quaderförmig war wie ein Buch – da erwischte ihn dieses Etwas auch schon an der Wange. Schmerz stach durch seinen Kiefer in den Hals bis hinunter zur Schulter – schon wieder! –, während Sonderberg taumelnd nach Halt suchte und schließlich zu Boden ging.

Alles um ihn herum drehte sich, wie er feststellte – wobei es da eigentlich gar nicht so viel zum Drehen gab: nur die Schwärze und der Spalt zwischen den Gardinen. Der Eindringling hatte nämlich bereits die Flucht ergriffen, und Sonderberg vernahm von rechts oben – oder war es links unten? – Minnies bebende Stimme, die in einem dumpfen Schlag abriss. Hastige Schritte folgten, und die Wohnungstür knallte ins Schloss.

Stille.

Sonderberg wälzte sich auf die Seite. »Minnie …?«

»Nnhnngg …«

Er richtete sich auf. Minnies Stimme kam jetzt von vorn, wo sich die Tür zum Vorzimmer befand.

»Geht es Ihnen gut, Minnie?«

»Uuh … Mir geht es hervorragend …« Sie ächzte. »Aua. Mein Hintern. Dieser Schuft!«

Sonderberg rappelte sich auf. Das Zimmer schien sich immer noch zu drehen, bis Sonderberg schließlich begriff, dass er selbst es war, der sich drehte. Er klammerte sich am Türrahmen fest. Das Bild beruhigte sich.

Vom Rahmen ausgehend, tastete er sich zum Regal neben Minnies Schreibtisch, wo er die kleine Öllampe wusste, in deren Schein Minnie oftmals arbeitete. Sonderberg rieb ein Zündholz an. Das Licht der Öllampe blendete zunächst, aber sobald er sich an die Helligkeit gewöhnt hatte, nahm er Minnie in Augenschein. Sie sah tatsächlich sehr mitgenommen aus in ihren tropfnassen Kleidern, mit den triefenden, am Kopf klebenden Haaren und dem wilden Blick, den sie Sonderberg zuwarf.

»Wenn ich den Kerl in die Finger kriege!«

»Das werden Sie«, erklärte Sonderberg ruhig, während er eine weitere Lampe entzündete und außerdem eine Kerze, die auf der Vitrine vor dem Fenster stand.

»Woher wollen Sie das wissen? Der ist doch längst über alle Berge.«

»Weil ich einen Verdacht habe, welcher Schuft das war. Und was er hier wollte. Kommen Sie ins Büro.«

Sonderberg trug die Öllampe vor sich her wie einen Schild, obwohl er längst ahnte, dass der Einbrecher allein gewesen war. Im Arbeitszimmer fiel sein triumphierender Blick auf die Stelle rechts neben dem Schreibtisch, von der er sich sehr gut erinnern konnte, dass sie heute Nachmittag, als sie die Detektei verlassen hatten, noch nicht so gähnend leer gewesen war.

»Ha! Da haben wir es. Er ist weg.«

»Wer?« Minnie schnäuzte sich die Nase.

»Der Koffer«, erklärte Sonderberg. »Der Koffer mit dem Fotoapparat. Er hat ihn mitgenommen.«

KAPITEL 29

in dem die Detektei wieder unerwünschten Besuch erhält, Sonderberg ein Angebot unterbreitet wird und Inspektor van den Beeck auftaucht

Sonderberg schlief unruhig in dieser Nacht.

Obwohl er das Bett vor dem Schlafengehen mit der Kupferpfanne angewärmt hatte, träumte er davon, frierend auf dem offenen Meer zu treiben, bewegungslos, gelähmt, während sich um ihn herum Eisschollen bildeten, immer weiter wuchsen und ihn schließlich so fest umschlossen, dass er keine Luft mehr bekam.

Er erwachte mit triefender Nase und dem Gefühl, dass ihm jemand die Kupferpfanne mit den glühenden Kohlen darin auf die Stirn gelegt hatte. Fieber? Der Rest seines Körpers war jedenfalls eiskalt.

Sonderberg schlug die Decke zurück. Die Pfanne stand immer noch neben dem Bettpfosten und strahlte eine gemütliche Wärme aus, die seine Füße aber nicht erreichte.

Drüben im Arbeitszimmer schlug die Pendeluhr die dritte Stunde nach Mitternacht. Er stand auf und ging in die Küche. Eine Kanne Kaffee würde zwar dem Schlaf abträglich sein, aber wenigstens würde er einen klaren Kopf bekommen.

Missmutig zählte er die Kaffeebohnen ab – wieder nur vierzig, er nahm sich Minnies Kritik wirklich zu Herzen – und gab sie in die Kaffeemühle. Während er die Bohnen zermahlte, fiel sein Blick auf die Fensterbank. Die Milchkanne schien ihn förmlich anzustarren. Er wandte sich ab und mahlte die Bohnen mit dem Blick zur Tür zu Ende. Zog die Schublade der Kaffeemühle auf. Zögerte. Dieser herrliche Duft … Aber da blieb der Blick der Milchkanne in seinem Nacken.

»Ist ja gut!«, brummte er und entleerte die Lade in den Mülleimer. Was für eine Schande – die schönen Bohnen!

Noch missmutiger als zuvor setzte er einen Topf Milch auf den Ofen.

Es klopfte an der Tür.

Sonderberg, der im Arbeitszimmer vor der Wandskizze des Falles gesessen hatte, schaute überrascht auf die Uhr. Viertel nach acht.

Er war nach der zweiten Tasse heiße Milch nicht mehr zu Bett gegangen, sondern hatte sich im Nachthemd und in Hauspantoffeln hinter den Schreibtisch gesetzt, um den Fall Wilfried Kerckhoven noch einmal in allen Einzelheiten schriftlich durchzugehen. Zwischendurch war er aufgestanden und hatte die Skizze an der Wand um einige Kreise, Linien und Kreuze ergänzt. Je voller das Bild wurde, desto mehr rückte Kerckhoven aus dem Zentrum der Ereignisse und die Rote Laterne und Rothmann rückten hinein. War es bloß ein Zufall, dass er immer wieder auf diese Namen stieß, die, wenn überhaupt, dann ja nur am Rande mit Kerckhovens Gutachten und dem Rheindurchstichprojekt zu tun hatten? Oder waren die politischen Hintergründe der Tat etwa gar nicht so wichtig, wie er bisher gedacht hatte?

Auf jeden Fall hatte es jemand darauf abgesehen, Minnie und ihn loszuwerden, wofür diesem Jemand jedes Mittel recht zu sein schien. Als Erstes kam Sonderberg da natürlich Gershwin in den Sinn, der ihn in der Pferdebahn bedroht hatte. Aber Herman Gershwin war von mittelgroßer Gestalt gewesen, während der unheimliche Reiter, der die Kutsche vor der Roten Laterne entführt hatte, sehr kräftig gewirkt hatte, wenn auch nicht so breitschultrig wie Philipp.

Sonderberg grübelte und grübelte und versank dabei so sehr in Gedanken, dass er sich irgendwann in der Küche wiederfand, wo die dritte Tasse Milch auf dem Ofen köchelte. Er schnäuzte sich empört die Nase. Ja, war er denn verrückt geworden?!

Andererseits ... Jetzt, da die Milch schon einmal heiß war, konnte er sie ebenso gut auch trinken. Er goss sie in den Becher und rührte einen Löffel Honig unter, während er das Gesicht halb abgewandt hielt. Die Milchsäure roch wirklich abscheulich!

Mit dem Becher in der Hand kehrte er ins Arbeitszimmer zurück und stellte ihn auf die linke Seite des Schreibtisches, sodass ihm der Dampf nicht direkt in die Nase stieg. Er begann zu grübeln, worüber er die Milch schließlich ganz vergaß.

Und dann das Klopfen.

Viertel nach acht!

Das konnte nur Minnie sein. Sie hatte sein Angebot ausgeschlagen und es vorgezogen, stattdessen im eigenen Bett zu übernachten.

Sonderberg überlegte, dass sie bei ihrer nächtlichen Irrfahrt und dem anschließenden Bad im Rhein vielleicht den Schlüssel für die Detektei verloren hatte. Er schlüpfte in die Pantoffeln und öffnete die Tür.

Davor stand ein Mann mittleren Alters, der Sonderberg halb gelangweilt den Rücken zuwandte. Obwohl Sonderberg das Gesicht des Mannes nur im Profil sah, erkannte er es sofort aus den Beschreibungen, die Minnie ihm gegeben hatte, und aus den flüchtigen Begegnungen vor der Roten Laterne. Es wirkte tatsächlich erstaunlich jung, trotz der Falten um Augen und Mundwinkel. Die Nase war spitz und leicht nach unten gekrümmt, die Augenlider hingen halb herab, was dem Gesicht zusammen mit den gelb verfärbten Augenrändern einen erschöpften, aber auch leicht arroganten Ausdruck verlieh. Der Mantel sowie der Anzug, den der Mann trug, war von feinstem Zwirn, wie bei einem amerikanischen Dandy. In der rechten Hand trug er einen Stock, auf dem er sich lässig abstützte.

»Guten Morgen, Dr. Sonderberg. Gestatten, Franz Fuchs. Wie schön, dass wir uns endlich persönlich kennenlernen.« Er betrachtete Sonderberg indigniert von oben bis unten. »Falls ich ungelegen kommen sollte …«

Sonderberg wurde rot, weil ihm erst jetzt auffiel, dass er ja immer noch das Nachthemd trug! »Wie? Nein, nein, Herr Fuchs! Bitte treten Sie doch ein.« Er gab die Tür frei und huschte zur Garderobe, wo eine Tagesjacke aus Leinen hing, die er sich hastig überwarf. »Darf ich Ihnen den Mantel abnehmen, Herr Fuchs?«

»Danke, sehr freundlich. Wo ist denn Ihr bezauberndes Fräulein Cogner?«

»Sie, äh, kommt heute etwas später. Ich glaube, Sie hat sich erkältet.«

Fuchs folgte Sonderberg ins Arbeitszimmer. Er trug schwere, spitze Schuhe, und Sonderberg fiel auf, dass Fuchs ausnehmend große Füße hatte. »Wie schade. In Ihrer Detektei scheint ein sehr hartnäckiger Bazillus umzugehen.«

»Ach, das sieht nur so aus. Ich bin lediglich ein wenig überarbeitet.«

Fuchs lachte meckernd. »Und Ihr Kompagnon erst! Den bekommt man ja gar nicht zu Gesicht.«

Sonderberg lächelte gequält.

»Aber ich bin eigentlich aus einem ganz anderen Grund hier …«, fuhr Franz Fuchs fort.

Sonderberg klappte hastig die Schranktüren vor der Fallskizze zu und bot Fuchs einen der Besuchersessel an. »Das trifft sich übrigens gut, dass Sie hier sind, Herr Fuchs, denn ich wollte Sie ohnehin heute aufsuchen, um Ihnen einen ersten Bericht über den Fall zu erstatten.«

Fuchs setzte sich und spielte mit dem Knauf seines Stockes. »Nun, das wird nicht mehr nötig sein. Wie ich schon sagte, ich bin aus einem ganz bestimmten Anlass hier. Aus einem guten Anlass. Für mich. Ich möchte Ihnen mitteilen, dass Sie nicht länger zu ermitteln brauchen.«

Sonderberg hob überrascht die Brauen. »Also ist der Fall gelöst?«

Wieder stieß Fuchs ein unangenehm meckerndes Lachen aus. Er lehnte sich entspannt in den Sessel. »Viel besser! Es ist überhaupt keiner mehr. Die Polizei hat festgestellt, dass dieser Kerckhoven durch einen Unfall ums Leben gekommen ist. Die Ermittlungen wurden eingestellt.«

»Gratuliere.«

»Ich, ähem, bin natürlich bereit, Sie für die entstandenen Unkosten zu entschädigen. Ihre Assistentin sprach von einem Wochenhonorar. Ich nehme an, unter den gegebenen Umständen wäre ein Siebtel davon ein angemessener Betrag …?«

»Tja, also das kommt jetzt alles ein wenig plötzlich …«

»Ich verstehe natürlich, dass Sie Auslagen hatten, Dr. Sonderberg. Aber Sie müssen auch meine Position verstehen. Der Grund, aus dem ich Sie zu ermitteln bat, hat sich erledigt. Man könnte sogar sagen, eigentlich hat es ihn nie gegeben!«

Draußen drehte sich ein Schlüssel im Schloss. Sonderberg hörte, wie Minnie das Vorzimmer betrat.

Fuchs stand auf. »Also, ich möchte Sie gar nicht weiter in Ihren Geschäften stören. Die Zahlung des Rechnungsbetrags könnten wir allerdings gleich hier erledigen – vorausgesetzt natürlich, dass wir uns über die Höhe einig werden.«

»Was ist denn hier los?«

Sonderberg stand auf. »Guten Morgen, Minnie. Wir haben Besuch. Sie kennen Herrn Fuchs ja bereits.«

»Guten Morgen, Frau Cogner.«

»Fräulein Cogner! Immer noch.« Minnies Blick ging verächtlich über Fuchs hinweg und blieb an Sonderbergs Beinen hängen. »Wie sehen Sie denn aus? Ist das Ihr Nachthemd?«

»Mir, äh, ging es nicht gut. Ich habe Franz Fuchs trotzdem empfangen, weil es offenbar eine neue Entwicklung gibt. Die Polizei hat den Fall Kerckhoven neu bewertet.«

»Neu bewertet!«, rief Fuchs lachend. Er war ebenfalls aufgestanden und deutete bei Minnie einen Handkuss an. »Das ist leicht untertrieben. Die Ermittlungen sind eingestellt, ich bin von jedem Verdacht reingewaschen. Damit hat sich natürlich mein Auftrag an die Detektei Sonderberg erledigt. Ich habe mich trotzdem bereit erklärt, Dr. Sonderberg für die entstandenen Unkosten mit einem vollen Tageshonorar zu entschädigen, und Dr. Sonderberg hat großzügigerweise …«

»Drei Tagessätze!«, unterbrach Minnie.

Fuchs' Lippen wurden schmal. »Bitte entschuldigen Sie, Fräulein Cogner, aber Dr. Sonderberg und ich …«

»Vereinbart wurde ein komplettes Wochenhonorar! Mindestens. Wir kommen Ihnen damit also weit entgegen.«

Fuchs reckte den Unterkiefer vor. »Zwei Tagessätze! Mehr kann ich nicht zahlen.«

»Und wir verlangen drei! Aber wenn Sie drauf bestehen, uns um unseren Lohn zu bringen … Die Polizei wartet schon draußen.«

Fuchs machte einen Satz zurück. »Die Polizei?«

Minnie wandte sich triumphierend an Sonderberg. »Ich habe Inspektor van den Beeck auf der Straße getroffen. Er wünscht Sie dringend zu sprechen, Dr. Sonderberg. Ich habe ihn allerdings gebeten, noch eine Minute auf dem Flur zu warten, weil ich mir schon dachte, dass Sie vielleicht …«

»Das war sehr vorausschauend von Ihnen«, erwiderte Sonderberg peinlich berührt. Er stand auf. »Ich werde mich schnell umziehen. Der Inspektor kann so lange ja im Vorzimmer Platz nehmen. Bitte entschuldigen Sie mich, Herr Fuchs, aber ich habe zu tun. Ach ja, und zwei Tagessätze gehen vollauf in Ordnung. Fräulein Cogner wird Ihnen die Rechnung zusenden. Auf Wiedersehen.«

»Aber …« Minnie stemmte die Hände in die Hüften, doch Sonderberg gebot ihr mit einer Geste zu schweigen.

Fuchs stand auf und lächelte sie herablassend an. »Vielen Dank, ich finde schon allein hinaus. Auf Wiedersehen, Dr. Sonderberg. Auf Wiedersehen, *Fräulein* Cogner …«

Mit drei Schritten hatte er das Arbeitszimmer verlassen. Zurück blieben die Schmutzspuren seiner riesigen spitzen Stiefel vor dem Schreibtisch.

»Dr. Sonderberg«, murrte Minnie. »Lassen Sie mich bemerken, dass …«

»Minnie, bitte nicht jetzt. Kümmern Sie sich erst mal um den Inspektor. Ich brauche noch zwei Minuten.«

Sie seufzte beleidigt. »Wie Sie wünschen, Dr. Sonderberg.«

Kapitel 30

in dem Inspektor van den Beeck einen Becher Milch bekommt, noch immer an einem Mord zweifelt und eine spontane Einladung erhält

»Vielen Dank, Fräulein Cogner. Sehr freundlich. Wirklich *sehr* freundlich, vielen Dank ...«

»Inspektor.« Sonderberg deutete auf den Besuchersessel, in dem kurz zuvor noch Franz Fuchs Platz genommen hatte. »Bitte setzen Sie sich doch. Was kann ich für Sie tun?«

Van den Beeck ließ sich in das weiche Leder sinken. »Dr. Sonderberg, äh ... Oh, ich sehe, Sie haben meinen Ratschlag beherzigt.«

»Ihren Ratschlag?«

»Die Milch.« Der Inspektor deutete auf den Becher, der immer noch auf dem Schreibtisch stand.

Sonderberg zog die Stirn kraus. »Ach so, die. Ja, ähem. Möchten Sie vielleicht? Ich habe noch nicht draus getrunken.« Er schob sie zu van den Beeck herüber – und wünschte sich im nächsten Augenblick, er hätte das Angebot nicht ausgesprochen, denn natürlich war die Milch bereits kalt, und auf der Oberfläche hatte sich eine hässlich-runzlige Haut gebildet.

Aber van den Beeck griff bereits zu – und zögerte. »Och, äh ... eigentlich gern. Aber nein. Nein. Wirklich nicht. Ich bin im Dienst!«

»Wie Sie wollen.« Sonderberg spürte einen Niesreiz in sich aufsteigen. Gerade noch rechtzeitig zog er das Taschentuch heraus und schnäuzte hinein.

»Ich möchte auch nicht lange stören. Ich sehe ja, wie es Ihnen geht. Ich wollte Sie nur darüber in Kenntnis setzen, dass der Fall Kerckhoven ... Tja, also, man hat sich entschieden, die Akte zu schließen.«

»Da erzählen Sie mir nichts Neues. Herr Fuchs hat mir diese Nachricht soeben brühwarm zugetragen.«

Van den Beeck drehte den Kopf und zeigte mit dem Finger in Richtung Tür. »Ach, dann war dieser Mensch da draußen also …? Ha, ich hab mir doch gleich gedacht, dass ich das Gesicht irgendwoher kenne. Ich glaube nämlich, er ist in der letzten Wochen öfter im Rathaus aufgetaucht.« Er lachte. »Aber zur Polizei wollte er mit seinem Gaunergesicht bestimmt nicht. Vielleicht eher zur Stadtverordnetenversammlung …«

»Was hat denn die Überprüfung seines Alibis ergeben? Fuchs hat ja meiner Assistentin gegenüber angegeben, dass er am Tag von Kerckhovens Tod in Köln war.«

Van den Beeck hob die Schultern. »Was soll die Überprüfung ergeben haben? Ich habe jemanden am Bahnhof nachfragen lassen, aber heutzutage fahren so viele Leute mit dem Zug …«

Sonderberg dachte an den Zeugen, den Fuchs angeblich in Köln besucht hatte, und dessen Namen er nicht nennen wollte. Auf diesem Weg würden sie also auch nicht weiterkommen. »Und die Leiche? Ich nehme an, wenigstens die haben Sie noch einmal gründlich untersuchen lassen?«

Van den Beeck hob abwehrend die Hände. »Dafür war leider keine Zeit. Der Korpus wurde heute den niederländischen Behörden übergeben.«

»Ach. Das ging ja schnell.«

»Es gab keinen Grund, die Überführung noch länger hinauszuzögern. Die Polizei hat Besseres zu tun, als sich mit solchen Bagatellen herumzuschlagen. Wissen Sie, unter welchen Bedingungen meine Leute und ich zurzeit unsere Arbeit erledigen müssen? Welche Verantwortung ich bei meinen Entscheidungen trage?«

»Na, Sie sind schließlich auch der Polizeiinspektor.«

Van den Beeck schüttelte den Kopf. »Na, Sie haben gut reden, Sonderberg! Als Inspektor bin ich bekanntlich nicht nur ein gewöhnliches Organ der Kommunalbehörde und mit der speziellen Leitung des inneren und äußeren Polizeidienstes betraut, sondern überdies direkter Untergebener des Bürgermeisters. Sie können sich vorstellen, dass ein solches Amt vielerlei Pflichten mit sich bringt!«

»Das kann ich mir sehr gut vorstellen, Inspektor …«

»Papperlapapp! Nichts können Sie sich vorstellen, Dr. Sonderberg! Ein Polizeiinspektor und bis vor Kurzem nur sechs Kommissare – für hunderttausend Einwohner! Und von den sechs Kommissariaten zählen wohlgemerkt überhaupt nur zwei zur gerichtlichen Polizei. Wenigstens habe ich kürzlich eine siebte Kommissariatsstelle durchsetzen können, für die Sittenangelegenheiten und die Erledigung des Vereins-, Droschken- und Dienstmannswesens. Und das war auch nötig, kann ich Ihnen sagen. Der Verkehr nimmt ja überhand in dieser Stadt. Es ist ganz und gar unbeschreiblich. Im Vergleich zu früher fährt ja heutzutage wirklich jeder Hans und Franz in seiner eigenen Kutsche durch die Gegend …«

Sonderberg hob die Brauen. »Was Sie nicht sagen.«

»… und dann die übergreifenden Kriminalfälle! Erst gestern Nacht gab es wieder ein Gewaltverbrechen, ausgerechnet in der Nähe der Roten Laterne! Jemand hat gesehen, wie ein Kutscher niedergeschlagen wurde. Der Täter hat sich einfach auf den Kutschbock gesetzt und ist – wohlgemerkt erst, nachdem die Insassen eingestiegen sind! – mit der Kutsche losgefahren. Ist das nicht dreist?«

»In der Tat«, murmelte Sonderberg.

»Und ich frage Sie, ist das jetzt ein Fall für das Sittenkommissariat oder für die gerichtliche Polizei? Das ist eine gewichtige Entscheidung, die ich in voller Verantwortung selbst zu treffen habe. Leider wissen wir nicht mal, wem die Kutsche gehörte. Wobei wir natürlich vermuten müssen, dass der Besitzer Gast in der Roten Laterne war, aber diese Inhaberin, diese Madame Rouge, die verriet uns …«

»Ja?«, dehnte Sonderberg, als van den Beeck nicht weitersprach.

Der Inspektor winkte verärgert ab. »Na, gar nichts hat sie uns verraten! Drum herumgeredet hat sie, und zwar die ganze Zeit. Wollte uns den Namen des Besitzers nicht nennen. Bestimmt ist sie selbst in den Fall verwickelt. Aber damit tut sie sich keinen Gefallen, kann ich

Ihnen sagen. Ich werde die Angelegenheit natürlich genauestens untersuchen lassen.«

»Aber ich bitte Sie! Was sollte Madame Rouge mit einer Entführung zu tun haben?«

»Ach, kennen Sie sie etwa?«

»Die Madame? Nein, nein. Ich meine nur, generell gesprochen. Ganz allgemein sozusagen. Also, was ich eigentlich damit sagen will: Warum sollte wohl jemand eine Kutsche samt Insassen entführen?«

Van den Beeck lachte und schlug mit der Faust auf den Tisch. »Nichts für ungut, aber da fehlt Ihnen eben die Erfahrung, Sonderberg! Als verantwortlicher Leiter der Polizei Düsseldorf kann ich Ihnen versichern, dass die Leute die seltsamsten Dinge tun. Die Kutsche haben wir übrigens inzwischen gefunden. Am Rheinwerft. Im Wasser! Sicher verstehen Sie jetzt, dass wir diese Ermittlungen mit Priorität behandeln müssen. Der Unfall von diesem Kerckhoven ist da nicht mehr so wichtig.«

»Wenn es ein Unfall war.«

»Ach was! Die Sachlage ist inzwischen eindeutig. Kerckhoven ist ausgerutscht und mit dem Hinterkopf auf dem Eis aufgeschlagen. Er verlor das Bewusstsein. Durch den Aufprall ist das Eis gebrochen, und so ist Kerckhoven ins Wasser gerutscht und erfroren. Oder ertrunken.«

»Was denn nun? Erfroren oder ertrunken?«

»Das ist doch ganz gleich! Jedenfalls war es ein Unfall.«

Sonderberg lehnte sich zurück und breitete die Arme aus. »Also ich finde nicht, dass das gleich ist. Die Frage ist nämlich: Wieso hat Kerckhoven das Eis überhaupt betreten? Allein. In der Nacht. Schließlich ist er Ingenieur und Fachmann für den Brückenbau. Glauben Sie, so ein Mensch weiß nicht, wie brüchig Eis bei diesen Temperaturen sein kann?«

»Dr. Sonderberg! Ihr Engagement in allen Ehren – und ich möchte betonen, dass es mir durchaus nicht gleichgültig ist, dass Sie jetzt um einen lukrativen Fall gebracht worden sind –, aber es ist nicht meine Aufgabe, über den Geisteszustand eines Toten zu spekulieren. Ich halte mich an die Fakten, und die sind in dieser Sache eindeutig.«

»Dann ist der Fall also unwiderruflich abgeschlossen?«

Der Inspektor strich sich zufrieden über die blank polierten Knöpfe seiner Uniform. »Als ranghöchster Polizeibeamter in dieser Stadt bin ich natürlich bereits meiner Pflicht nachgekommen und habe den Bürgermeister darüber informiert. Er war übrigens einverstanden mit meiner Entscheidung.«

»Heißt das, er hat Ihnen seine *Erlaubnis* erteilt?«

»Ich meine damit nur, er konnte sie nachvollziehen. Seien Sie doch nicht so ein Wortklauber, Sonderberg! Sie sollten sich mit den Tatsachen abfinden. Es ist vorbei. Ich wollte Ihnen die Nachricht ja sowieso nur persönlich überbringen, weil ich weiß, wie engagiert Sie in diesem Fall sind … äh, waren.« Mit einem Blick über die Schulter versicherte sich van den Beeck, dass die Tür zum Vorzimmer geschlossen war. Mit gesenkter Stimme fuhr er fort: »Außerdem dachte ich, es könnte eine Gelegenheit sein, sie zu fragen.«

»Wen?«

»Na, Fräulein Cogner! Wegen des Abendessens. Sie erinnern sich?«

Sonderberg hatte Mühe, ein Schmunzeln zu unterdrücken. »Hm. Ich glaube, das ist im Augenblick keine so gute Idee.«

»Oh«, erwiderte van den Beeck enttäuscht, »und warum nicht?«

»Die Erkältung, verstehen Sie? Sie schlägt Fräulein Cogner doch sehr aufs Gemüt.«

»Ach, natürlich, natürlich. Tja dann …« Van den Beeck riss plötzlich die Augen auf. Sein Blick wurde starr, und noch ehe Dr. Sonderberg wusste, was in den Inspektor gefahren war, schnellten dessen Hände nach oben und er krümmte sich in einem Niesanfall. »Haaaatschiee!! Gnnn, äh … Entschuldigung.«

»Das macht doch nichts.« Sonderberg reichte ihm ein sauberes Taschentuch, das der Inspektor dankbar entgegennahm. Er entfaltete es gerade noch rechtzeitig, bevor …

»Haatschiieee!«

»Oh je. Ich habe Sie hoffentlich nicht angesteckt?« Sonderbergs Blick schweifte zum Becher hinüber. »Möchten Sie nicht doch noch einen Schluck nehmen?«

Van den Beeck schnäuzte sich die Nase. »Hm. Na ja ... mit Honig?«

»Mit Honig!«

Van den Beecks Gesicht nahm einen gequälten Ausdruck an. »Und es würde Ihnen nichts ausmachen?«

»Nein.« Und hinter vorgehaltener Hand fügte Sonderberg hinzu: »Fräulein Cogner hat die Milch gemacht.«

Van den Beeck hob die Brauen. »Na, also dann geben Sie mal her!« Er schnappte sich den Becher und kippte die Hälfte in einem Zug herunter. Als er den Becher wieder absetzte, klebte Milchhaut an seiner Oberlippe. »Ah, köstlich! Also wissen Sie, es ist mir regelrecht peinlich, aber ich *liebe* heiße Milch mit Honig ... Ah, noch einen Schluck!« Nachdem er den Becher vollständig geleert hatte, knallte er ihn glückselig auf den Tisch. »Wirklich hervorragend – obwohl, äh, ich Milch mit Honig normalerweise wärmer trinke. Aber dieses Rezept ist auch gut. Mal was anderes.« Er rümpfte die Nase, schnüffelte, sog die Luft ein und blies sie wieder aus. »Und, sehen Sie? Alles frei! Die Erkältung ist wieder weg! Und das bei dem Sauwetter, das draußen herrscht! Haben Sie vielen Dank. Wenn ich mich dafür in irgendeiner Form erkenntlich zeigen kann, Dr. Sonderberg ...?«

Sauwetter, dachte Sonderberg. Die Schmutzspuren von Fuchs' Stiefel fielen ihm ein. »Hm, jetzt wo Sie es sagen, Inspektor, gäbe es da tatsächlich einen kleinen Gefallen, den Sie mir erweisen könnten ... Hätten Sie Lust auf einen kleinen Ausflug?«

»Auf einen Ausflug? Wohin denn? Ich will damit sagen, dass meine Amtsgeschäfte eigentlich ...«

»Vielen Dank. Sehr freundlich. Und was Ihre Geschäfte angeht: Ich habe sowieso noch einige Vorbereitungen zu treffen. In der Zwischenzeit können Sie zurück zum Markt gehen und alles Notwendige erledigen. Ich hole Sie in zwei Stunden mit einer Droschke vor dem Kommissariat ab.«

Kapitel 31

in dem Sonderberg und der Inspektor in Oberkassel, auf offenem Terrain im Schnee, eine hochinteressante Entdeckung machen

»Veränderung«, sagte Dr. Sonderberg, während sich die Droschke von nördlicher Seite, über den Burgplatz kommend, der Schiffsbrücke näherte. »Es geht immer um Veränderung und die Frage, wie die Menschen damit zurechtkommen.«

»Aha«, sagte van den Beeck, und sein Gesichtsausdruck verriet, dass er nichts von dem begriff, was Sonderberg sagte.

Der Detektiv deutete hinaus auf den Burgplatz. »Da draußen, die Kunstgewerbeschule. Das ist genau das, was ich meine. Früher stand da das Stadtschloss, aber nach dem Feuer vor fünfzehn Jahren haben sich die Stadtväter entschlossen, die ausgebrannte Ruine vollständig abzureißen.«

»Bis auf den Schlossturm«, korrigierte van den Beeck. »Der ist immer noch da.«

»Mit einer Stahlbrücke nach Oberkassel wäre es dasselbe. Ich habe mir die Pläne, über die die Stadtverordnetenversammlung diskutiert, einmal genauer angeschaut. Die Brücke würde weiter nördlich verlaufen. Das wäre natürlich perfekt.«

»Perfekt wofür?«

»Für die Erweiterung des Rheinwerfts. Im Moment ist ein Ausbau in Richtung Norden ja unmöglich, weil die Schiffsbrücke im Weg ist – aber eine neue Brücke würde die alte überflüssig machen. Der Rheinwerft würde nach Norden wachsen, bis hierher zur Düsselmündung.«

»Nun machen Sie mal halblang, Sonderberg …«

»Bedenken Sie die Konsequenzen, Inspektor. Es geht immer um die Konsequenzen. Das gesamte Schmutzwasser der Stadt – von ein paar kleinen Senkgruben und Kanälen abgesehen – läuft zurzeit über die beiden unterirdischen Düsselmündungen. Wenn sich das ändert, muss man praktisch die komplette Kanalisation neu aufbauen.«

Van den Beeck rümpfte die Nase. »Was gewiss nicht die schlechteste Idee wäre. Der Kanal bei Ihnen in der Königsallee … Also, ich will ja nichts sagen, aber im Sommer, in der Hitze, da wären neue Abflüsse schon eine Wohltat.«

»Das würden wohl die meisten Bürger so sehen. All das wird passieren. All die Gelder, die dafür notwendig sind, werden fließen. Tausende von Mark. Ach was. Millionen. Und alles wegen einer Brücke.«

Der Droschkenführer drosselte die Geschwindigkeit, als sie die Schiffsbrücke erreichten. Ein Dampfer näherte sich von Norden. Gerade wurde das Joch ausgefahren.

»Ah, gesperrt!«, brummte Sonderberg. »Wieder einmal!«

»Wohin fahren wir eigentlich, wenn ich fragen darf? Nicht dass ich das Angebot einer kostenlosen Droschkenfahrt verschmähen würde, aber meine Amtsgeschäfte am Markt haben natürlich Vorrang. Meine Kommissare können zwar auch eine Weile ohne mich auskommen, aber lieber wäre es mir, wenn wir …«

»Wir werden nicht lange in Oberkassel bleiben, und auf dem Rückweg werde ich Sie direkt vor dem Kommissariat am Markt absetzen lassen.«

»Danke sehr – aber wollen Sie mir denn nicht verraten, was es mit der Fahrt auf sich hat?«

»Ich möchte Ihnen etwas zeigen, Inspektor. Wobei ich mir allerdings noch gar nicht sicher bin, ob es etwas zu zeigen gibt. Aber wie auch immer das Ergebnis ausfallen wird – in unseren Ermittlungen wird es uns ein hübsches Stück voranbringen.«

»In unseren Ermittlungen?« Der Inspektor lachte. »Sie meinen doch nicht etwa den Fall Kerckhoven? Ihren Ehrgeiz in allen Ehren, aber meine Kollegen haben den Tatort bereits vollständig abgesucht. Außerdem sagte ich ja, der Fall ist unwiderruflich …«

»Wir suchen ja auch nicht am Tatort, sondern – ah, wie ärgerlich.«

»Was denn?«

Sonderberg wies mit dem Finger voraus. »Sie fahren auch noch das zweite Joch aus. Das heißt, wir sitzen hier mindestens für eine halbe Stunde fest. Ich hoffe, Ihre Kommissare können Sie so lange entbehren.«

»Tja, also …«

Als die Brücke endlich wieder öffnete und die Droschke das andere Ende der Brücke erreichte, waren van den Beecks Wangen bereits rot angelaufen, von seiner Nase hing ein dicker Tropfen, und auf seiner Pickelhaube leuchteten die ersten Eiskristalle.

»Brrr. Ist das ein eisiger Wind. Da weiß man das Leben in der Stadt doch gleich besser zu schätzen. Meine Herren! Nichts als Weiden, Wälder und Felder hier drüben. Bauernland! Öde und grau!«

»Ich hätte Ihnen ja gern meine neue Kutsche mit Verdeck angeboten, aber die ist zurzeit leider, äh, in Reparatur.«

Van den Beeck lachte. »Da kann ich wohl froh sein, dass Sie wenigstens eine Droschke aufgetrieben haben, wie? Ich wusste übrigens gar nicht, dass Sie schon ein eigenes Fuhrwerk besitzen. Das heißt, Sie sind nun also auch dieser Mode verfallen?«

»Ich nicht, sondern Fräulein Cogner. Aber das ist eine lange Geschichte. Sie ist der Ansicht, dass man als Detektiv ein angemessenes Verkehrsmittel zu benutzen hat.«

»Ah, das verstehe ich natürlich! Aber wenn die Kutsche so neu ist, wieso ist sie denn schon in Reparatur?«

»Ein Rad ist gesprungen. Bei der Jungfernfahrt. Wirklich eine ärgerliche Angelegenheit.«

Van den Beeck schlug in die geöffnete Hand. »Da haben Sie's! Früher, als es noch echtes Handwerk gab, wurde nicht so gepfuscht! Wissen Sie, was ich meine? Mein Großvater, der Kommerzienrat van den Beeck, sagte immer …«

»Ich verspreche Ihnen, Inspektor, wir werden nicht lange brauchen. In einer Stunde sind wir wieder in der Stadt.«

Van den Beeck nickte heftig, sodass ihm sicherlich die Haube vom

Kopf gerutscht wäre, wenn sie nicht mit einem Lederriemen um das Kinn festgeschnallt wäre. »Ja, wenn die Brücke auf dem Rückweg nicht schon wieder gesperrt ist. Also, wenn Sie mich fragen, ich halte eine Brücke auf Stelzen, unter der die Schiffe durchfahren können, inzwischen für gar keine schlechte Idee.«

»Bitte halten Sie hier«, rief Sonderberg dem Droschkenführer zu. »Wir sind da.«

Van den Beeck blickte sich um. »Wo – ›da‹?«

Sonderberg deutete auf den sandigen Uferabschnitt südlich der Schiffsbrücke, der immer noch unter harschem Schnee und Eis begraben lag. »Da unten am Ufer ist Wilfried Kerckhoven gestorben. Man kann jetzt noch die Bruchstellen sehen, wo Ihre Kollegen die Leiche aus dem Eis befreit haben.«

»Und was sollen wir da finden? Wie ich vorhin schon sagte, meine Kollegen haben den Tatort doch längst vollständig abgesucht!«

»Wie ich schon sagte: Wir suchen ja auch nicht am Tatort. Kommen Sie.« Sonderberg stieg aus, bezahlte den Droschkenführer und bat ihn, einige Minuten auf ihre Rückkehr zu warten. Mit strammen Schritten stapfte er in Richtung Ufer über das Feld.

»He, warten Sie, Sonderberg! Wo wollen Sie hin?«

»Weiter am Ufer entlang«, entgegnete Sonderberg, ohne sich umzudrehen. »Da, zum Unterholz.«

Van den Beeck folgte ihm schnaufend und keuchend. Als sie die Baumgrenze erreichten, waren die Wangen des Inspektors feuerrot, und der Tropfen an seiner Nase baumelte bis zur Oberlippe.

»Da sind wir!«, stellte Sonderberg fest.

»Und jetzt?«, fragte van den Beeck ratlos.

Sonderberg nahm das Ufer in Augenschein. Der Kontrast zum gegenüberliegenden Düsseldorf hätte nicht größer sein können. Während das Bild drüben vom Rheinwerft und einer komplett mehrstöckigen Häuserfront gebildet wurde, aus der höchstens der Schlossturm und die Spitze von St. Lambertus noch zusätzlich herausragten, war das Ufer auf der Oberkasseler Seite gänzlich unbebaut und fiel flach zum Wasser ab.

»Schauen Sie sich doch mal um, Inspektor. Ganz Oberkassel besteht aus Weide- und Ackerland, wie Sie sehen. In unmittelbarer Nähe des Tatorts bilden diese Pappeln hier das einzige Waldstück – wobei es im Grunde vermessen ist, angesichts der paar Bäumchen von einem Wald zu sprechen.«

»Sie haben recht. Aber ich verstehe trotzdem nicht, was …«

»Na, es ist doch ganz einfach. Wenn jemand aus einem Versteck heraus beobachtet hat, wie Kerckhoven gestorben ist, dann von hier.«

»Wenn jemand beobachtet hat, wie …? Verflixt, Sonderberg! Was ist denn das jetzt wieder für eine verrückte Idee? Wer sollte denn den Unfall beobachtet haben?«

»Das eben werden uns die Spuren verraten – wenn es denn welche gibt.«

Sonderberg schritt die Baumgrenze ab, wobei er an verschiedenen Stellen, die ihm geeignet erschienen, die Zweige zur Seite drückte und das Unterholz inspizierte. Auch hier war der Schnee bereits harsch und brüchig geworden. Sonderberg beglückwünschte sich, dass ihm die Idee für den Ausflug gerade noch rechtzeitig gekommen war. Eine Temperaturerhöhung kündigte sich an, und im Westen waren die Wolken schwer und grau. Wahrscheinlich würde es im Laufe des Nachmittags Regen oder Schneeregen geben, und damit wären auch die letzten möglichen Spuren verwischt worden.

»Das ist doch wirklich lächerlich!«, rief van den Beeck hinter ihm mürrisch. »Wenn ich gewusst hätte, dass Sie mich hierherbringen, um wie ein Indianer im Wilden Westen auf Spurensuche zu gehen …«

»Kommen Sie mal her, Inspektor!«

»Der Teufel soll mich holen, wenn Sie hier etwas finden, das mit Kerckhovens Tod zu tun hat! Welche Spuren sollen das überhaupt sein? Glauben Sie etwa, ein Mörder versteckt sich hier im Busch, während er gleichzeitig unten am Ufer einen Menschen umbringt? Da müsste ich jetzt wohl nach einem Geist suchen lassen, wie?«

Sonderberg kniete vor einem Strauch, dessen Zweige an der Vorderseite abgeknickt herunterhingen. »Sehen Sie mal, Inspektor. Die

Zweige sind komplett zerdrückt. Als wäre hier jemand ins Unterholz gehuscht.«

»Wahrscheinlich irgendein Wild. Ein scheues Reh, das Sie verjagt haben …«

»Nein, die Bruchstellen sind bereits trocken. Und sehen Sie mal, die Fußspuren hier! Der gesamte Bereich ist zertrampelt. Das müsste ein sehr kräftiges Reh gewesen sein. Mit Stiefeln an den Pfoten.«

Van den Beecks Augen wurden schmal. »Sie haben recht, Sonderberg.« Er richtete sich wieder auf, und ein selbstgefälliges Lächeln huschte über sein Gesicht. »Aber das hat wohl kaum etwas zu bedeuten. Die Spuren hier sind alt, viele Tage, vielleicht sogar Wochen alt. Sonst hätten wir ja auch Abdrücke im Schnee finden müssen, die hierherführen. Na, habe ich Sie damit überzeugt, Sonderberg?«

»Tut mir leid, Inspektor, aber das Gegenteil ist der Fall. Am Morgen nach Kerckhovens Tod hat es geschneit. Deshalb war ja auch die Leiche von Schnee bedeckt, und die Kinder haben sie nicht sofort gesehen. Aber hier im Unterholz sind die Flocken nicht dicht genug gefallen, um die Abdrücke zu verwischen.«

Van den Beeck seufzte und betrachtete die Spuren. »Also, mit aller polizeilichen Erfahrung würde ich sagen … dass es ein Mann war. Und zwar ein ziemlich großer.«

»Zumindest mit sehr großen und vorn spitz zulaufenden Schuhen mit glatter Sohle.«

»Davon wird es Tausende in der Stadt geben.«

»Möglich«, erwiderte Sonderberg und dachte an die Stiefelspitzen von Franz Fuchs, die heute Morgen ein so prominentes Muster auf dem Dielenboden im Arbeitszimmer hinterlassen hatten. »Die Frage, die mich im Augenblick aber noch mehr beschäftigt, ist: Warum hat dieser Mann sich hier versteckt? Warum hat er Kerckhoven nicht geholfen?«

Van den Beeck hob die Schultern. »Wer soll das wissen? Vielleicht hatte er ja Angst. Angst vor … vor … Aber Moment mal! Das würde ja bedeuten, dass …«

»Dass Ihre Untersuchung der Leiche zum falschen Ergebnis geführt hat, Inspektor! Genauso ist es. *Selbst wenn* es wirklich nur ein Unfall war, hat ein Zeuge dem Opfer die Hilfe verweigert. Damit liegt eine Straftat vor.«

Van den Beeck wand sich. »Das ist doch alles pure Spekulation, Sonderberg! Und nehmen wir einmal an, es wäre so – nur angenommen, versteht sich, denn Sie haben mich bisher keinesfalls überzeugt mit Ihrer Theorie! –, woher sollen wir dann wissen, wer der Zeuge war?«

»Auf jeden Fall jemand, der nicht zufällig hier war. Und das bedeutet, er kommt wahrscheinlich nicht aus Oberkassel, wie zum Beispiel die spielenden Kinder, die die Leiche gefunden haben, sondern aus Düsseldorf.«

»Umso schlimmer. In Oberkassel wohnen ja nur ein paar Dutzend Leute, aber in Düsseldorf … Was schauen Sie mich denn so an?«

»Ich dachte gerade daran, wie wir hierhergekommen sind.«

»Wie wir hergekommen sind? Äh …« Van den Beeck folgte Sonderbergs Blick hinüber zu der Stelle, an der immer noch die Droschke wartete. »Ah, Sonderberg, da kommt mir eine Idee! Wenn er aus der Stadt gekommen ist, hat er vielleicht eine Droschke genommen oder eine Kutsche. So wie wir. Ha! Darauf wären Sie wohl nicht gekommen, wie? Aber machen Sie sich nichts draus. Das ist kriminalistischer Spürsinn. So was bringt der Beruf mit sich. Ich werde das sofort überprüfen lassen – selbstverständlich nur, um Ihre Vorwürfe zu entkräften. Die Düsseldorfer Polizei darf sich nicht vorhalten lassen, nicht nach bestem Wissen und Gewissen gehandelt zu haben.«

»Warum fragen Sie nicht als Erstes nach bestem Wissen und Gewissen unseren Fahrer, mit dem wir hier sind? Er fährt bestimmt öfter über die Brücke.«

Van den Beeck blinzelte verblüfft. »Richtig. Richtig. Ah, Sie sind aber doch ein gewieftes Kerlchen! Jetzt verstehe ich, warum Sie sich vor der Fahrt so lange mit ihm unterhalten haben. Und ich dachte doch glatt, sie wollten mit ihm um den Fahrpreis feilschen. – Was hat er gesagt?«

»Dasselbe wie all die anderen Droschkenführer, die ich in den letzten Stunden befragt habe. Er hat in der betreffenden Nacht niemanden über die Brücke gefahren.«

»Ah, wie ärgerlich! Also hat Ihre Theorie einen Haken.«

»Nicht unbedingt. Der Verdächtige könnte zu Fuß gegangen sein. Oder er hat genug Geld, um sich eine eigene Kutsche zu leisten.«

»Das sind aber nichts als Vermutungen …«, wandte van den Beeck vorsichtig ein.

Sonderberg fasste den Inspektor scharf ins Auge. »Wer hat eigentlich die Entscheidung getroffen, die Ermittlungen im Fall Kerckhoven einzustellen?«

»Wie bitte? Natürlich ich! Also ich meine, ich sagte Ihnen doch schon, dass ich …«

»Bitte, Inspektor, verstehen Sie mich nicht falsch. Sie tragen für diese Entscheidung selbstverständlich die *Verantwortung*. Aber hat es nicht womöglich von irgendeiner Seite, vielleicht aus dem Umfeld des Oberbürgermeisters oder der Stadtverordnetenversammlung, einen Hinweis gegeben, wie die Sache zu handhaben sei?«

»Wie die Sache zu handhaben sei …?«, ächzte van den Beeck.

Sonderberg gab dem Inspektor einen Wink, ihm zurück zur Droschke zu folgen. »Ich glaube, ich muss Sie bitten, zusammen mit mir noch einen Besuch zu unternehmen, Inspektor.«

Kapitel 32

in dem der Stadtverordnete Eigler offensiv wird,
bei Sonderberg auf den Falschen trifft
und dafür van den Beeck aufs Korn nimmt

»Eine Vermutung!«, brüllte der Stadtverordnete Armin Eigler und zwirbelte die Enden seines gewichsten Schnurrbarts. Außer sich vor Wut hämmerte er mit der Faust auf den Schreibtisch. »Nur aufgrund einer *Vermutung* lassen Sie alles stehen und liegen und fahren mit Dr. Sonderberg über den Rhein nach Oberkassel, um einer Spur nachzugehen, die überhaupt nicht existiert. Können Sie mir sagen, wie *ich* das dem Oberbürgermeister erklären soll, Inspektor van den Beeck? Dafür sind Sie mir verdammt noch mal eine Erklärung schuldig!«

Van den Beeck, der bei jedem Satz kleiner geworden war, druckste herum.

»Herr Stadtverordneter«, ging Sonderberg mit ruhiger Stimme dazwischen. »Wenn ich den Inspektor in Schutz nehmen darf – es gab einen begründeten Verdacht, der mich vermuten ließ ...«

»Ruhe, verdammt!«, schrie Eigler heiser und lehnte sich in seinem Sessel zurück. Sein Gesicht war rot angelaufen, und die eisgrauen Augen hatten sich tief in die Höhlen zurückgezogen. Seinem Blick haftete etwas Fiebriges an. »Ich opfere nicht meine wertvolle Arbeitszeit, um mir Ihre Ausflüchte anzuhören, Sonderberg! Sie sind als Detektiv ein freies Mitglied dieser Gesellschaft – obzwar in meinen Augen auch kein sehr nützliches, wenn mir diese Bemerkung erlaubt ist –, aber Inspektor van den Beeck ist ein Exekutivorgan der Stadtverwaltung und untersteht in direkter Linie ...«

»Dem Oberbürgermeister«, ergänzte Sonderberg.

»... dem Oberbürgermeister und seinen vier Beigeordneten, also beispielsweise mir! Und ich kann mich nicht erinnern, dass ich ihm den Befehl gegeben habe, am helllichten Tag einen Ausflug nach Oberkassel zu machen.«

»Inspektor van den Beeck hat keinen Ausflug gemacht, sondern …«

Eigler tippte mit dem Zeigefinger auf die Tischplatte. »Dr. Sonderberg. Vielleicht bin ich ja falsch informiert, und seit Neuestem zahlen Sie das Gehalt dieses armen Tropfes hier. Aber meines Wissens nach steht die Polizei immer noch im Dienste der Bürger dieser Stadt. Am Ende also im Dienste der bürgerlichen Vertretung. Also des Bürgermeisters beziehungsweise seiner Beigeordneten.«

»Vor allem steht die Polizei in der Pflicht, die Wahrheit herauszufinden.«

»Die längst ausreichend festgestellt worden ist«, tobte Eigler. »Wilfried Kerckhoven ist einem Unfall zum Opfer gefallen! Das haben sämtliche Untersuchungen des Leichnams bestätigt! Ihr Verhalten wird ein Nachspiel haben, Inspektor, darauf können Sie sich verlassen.«

»Aber es hat doch gar keine Untersuchungen gegeben«, warf Sonderberg ein. »Wissen Sie, was ich mich frage, Herr Stadtverordneter? Ich frage mich, weshalb Sie sich so davor fürchten, dass Kerckhoven ermordet worden sein könnte.«

Eigler schnappte nach Luft. »Wie bitte? Ich habe mich wohl verhört!«

Sonderberg ließ sich nicht aus der Ruhe bringen. »Die Sache ist doch ganz einfach. Ich ermittle in einem Fall, der Ihnen im Kampf um das Brückenprojekt einen unliebsamen Konkurrenten vom Hals schaffen könnte, und Sie scheinen nichts Besseres zu tun zu haben …«

»Einen unliebsamen Konkurrenten? Passen Sie bloß auf, was Sie sagen!«

»Sonst passiert was? Wollen Sie mir drohen, Herr Stadtverordneter?«

»Ich drohe überhaupt nicht! Aber ich werde auch nicht dulden, dass Sie das Amt des Bürgermeisters und seiner Beigeordneten beschädigen. Sie ermitteln, wo es nichts zu ermitteln gibt, Dr. Sonderberg!«

Sonderberg strich sich nachdenklich über das Kinn. »Das ist aber wirklich komisch. Dieser Ansicht ist Ihr Erzfeind Franz Fuchs auf einmal auch. Eine seltsame Interessengemeinschaft, die Sie da bilden. Finden Sie nicht? Gerade heute Morgen hat Fuchs mich nämlich aufgesucht und gebeten, die Ermittlungen im Fall Kerckhoven einzustellen – sogar noch vor Inspektor van den Beeck, der mir ebenfalls diese Empfehlung aussprechen wollte.«

Eiglers Blick heftete sich auf van den Beeck, der schräg hinter Sonderberg an der Tür stand, als wollte er die nächste Gelegenheit nutzen, aus dem Amtszimmer zu fliehen. »Sie haben diesen Mann hier angewiesen, die Ermittlungen einzustellen, van den Beeck?«

»Nun, genauer gesagt … Also eigentlich war es so, dass … äh …«

»Inspektor van den Beeck hat ausschließlich seiner Amtspflicht Genüge getan«, sprang Sonderberg ihm bei. »Bei Ihnen bin ich mir da allerdings nicht so sicher, Herr Eigler.«

Eigler schnappte nach Luft. »Was wollen Sie damit andeuten?«

»Ich will gar nichts andeuten. Ich weiß nur, dass die Brückenfrage die Stadtverordnetenversammlung spaltet. Offenbar gibt es Mitglieder der Versammlung, die das Projekt von Herrn Fuchs – den Rheindurchstich – favorisieren. Die Mehrzahl aber ist für die Brücke.«

»Woher wollen Sie das wissen? Das sind übrigens Amtsinternas …internum …interniumnisse! Das heißt, das alles geht Sie rein gar nichts an, Sonderberg.«

»Dummerweise bin ich Detektiv und stecke meine Nase öfter in Sachen, die mich nichts angehen. So zum Beispiel in das Sonnenhaus – ein Glücksspiellokal im Osten der Altstadt. Haben Sie jemals davon gehört, Herr Eigler?«

Eigler wurde kreideweiß. »Sonnenhaus? Ja, das kann sein … Aber was hat das mit unserer Sache hier zu tun?«

»Es geht das Gerücht um, dass einige Stadtverordnete sich dort beim Pochspiel aushalten lassen. Der Besitzer des Sonnenhauses ist ein gewisser Ferdinand Rothmann, offenbar eine bekannte Größe im Rotlichtgeschäft dieser Stadt. Und Rothmann ist ein Bekannter von Franz Fuchs. Muss ich noch deutlicher werden, Herr Stadtverordneter?«

»Das sind doch nichts weiter als haltlose Unterstellungen!«

Sonderberg hob die Schultern. »Wie ich hörte, ist zumindest einer der Stadtverordneten im Sonnenhaus gesehen worden. Vorgestern Abend. Er soll sich während einer Pochrunde, in der auch eine Frau zugegen war, sehr respektlos verhalten haben. Offenbar hat er die Dame mehrfach zum Spiel herausgefordert. Können Sie sich so etwas vorstellen?«

Eigler sackte in seinem Sessel zusammen. Er krächzte wie ein Vogel. »Was wollen Sie, Sonderberg?«

»Ich will die Wahrheit wissen, nichts weiter.«

Eigler ballte die Fäuste. »Die Wahrheit, pah! Von mir aus können Sie dahin gehen, wo der Pfeffer wächst. Und das liegt noch weit hinter Oberkassel. Aber Inspektor van den Beeck hat seinem Dienstplan zu folgen. Und seinen Befehlen ... also meinen. Ich warne Sie, Sonderberg. Ich weiß, dass Fuchs Sie engagiert hat. Aber da können Sie noch so sehr im Dreck wühlen. Sie werden nichts finden, was mich belastet.«

»Wieso fürchten Sie Herrn Fuchs, Herr Eigler?«

»Ich fürchte Herrn Fuchs überhaupt nicht, sondern ...«

»Das trifft sich gut. Fuchs ist nämlich gar nicht mehr mein Klient.«

In Eiglers Gesicht zuckte es unkontrolliert. »Ach ja? Und weshalb geben Sie dann keine Ruhe, wenn ich fragen darf?«

»Weil es zu viele ungeklärte Fragen gibt! Und weil ich den Verdacht habe, dass gewisse Mitglieder der Stadtverordnetenversammlung käuflich sind – und dass direkt oder indirekt aus diesem Grund ein unschuldiger Mann in unserer Stadt sein Leben verloren hat!«

Eigler stieß ein gurgelndes Lachen aus. Er schien zu begreifen, dass Sonderberg nichts gegen ihn in der Hand hatte. »Dass ich nicht lache, Sonderberg! Sie machen mir nichts weis. Leute wie Sie scheißen nicht auf den Teller, von dem sie essen. Sie arbeiten immer noch für Fuchs!

Aber das kann mich nicht einschüchtern. Hören Sie? Ich werde mich nicht erpressen lassen!«

Sonderberg blinzelte. »Moment mal? Wieso sollte ich Sie erpressen wollen?«

Aber Eigler schien ihm überhaupt nicht mehr zuzuhören. »Inspektor, bringen Sie Dr. Sonderberg nach draußen. Ich will ihn nicht mehr in meinem Büro sehen. Und ich will *Sie* dafür in *Ihrem* Büro sehen. Augenblicklich. Habe ich mich klar ausgedrückt?«

»Jawohl, Herr Stadtverordneter!«, erwiderte van den Beeck zackig.

Eigler scheuchte sie mit einer Handbewegung in Richtung Tür. »Der Teufel soll Sie holen, Sonderberg. Sie und ihr ganzes Ganovenpack!«

Kapitel 33

in dem Minnie eine gewagte Theorie entwickelt, Sonderberg seine Zweifel äußert und ein Zeitungsartikel wertvolle Hinweise liefert

Es war ein ganz und gar typisches Gefühl, wie es Sonderberg bereits des Öfteren erlebt hatte, wenn sich ein Fall dem Ende zuneigte. Die vielen Steinchen begannen sich zu einem Mosaik zu verbinden – und gerade durch die Verbindungen entstanden neue Fragen, die alles noch schwieriger, noch komplizierter machten.

Vor dem Besuch im Büro des Stadtverordneten Eigler war Sonderberg sich sicher gewesen, dass dieser etwas mit Franz Fuchs und mit den Drohungen zu tun hatte, die sein Helfer Rothmann über einen Helfershelfer gegen ihn ausgestoßen hatte. Jetzt war diese Gewissheit dahin. Auch als Beobachter des Mordes an Kerckhoven schied Eigler aus. Sonderberg hatte während des Streits ausführlich Gelegenheit gehabt, einen Blick unter Eiglers Schreibtisch zu werfen. Seine Füße waren so klein, dass er schon den rechten und linken hätte hintereinanderstellen müssen, um jene Abdruckgrößen zu erreichen, die Sonderberg und van den Beeck an der Baumgrenze in Oberkassel gefunden hatten.

Auch Sonderbergs Sorgen um seinen Neffen Gregor – und es waren inzwischen echte Sorgen, die er sich nach Minnies Beobachtung und dem Vorfall mit der Kamera machte – wurden durch die Misserfolge nicht gelindert.

Die nächste Überraschung – die allerdings erst in zweiter Linie etwas mit dem Fall zu tun hatte – erwartete Sonderberg, als er nach dem Besuch bei Eigler in die Detektei zurückgekehrt war.

Minnies Platz war leer. Ebenso ihr Schreibtisch – bis auf einen Zeitungsausschnitt, der zusammengefaltet darauf lag. Stattdessen vernahm Sonderberg Minnies Stimme aus dem Arbeitszimmer.

Hatte er etwa schon wieder Besuch, der nicht angemeldet war?

Gregors Stimme war es jedenfalls nicht, die Minnie in den kurzen Monologpausen antwortete. Eigentlich waren es noch nicht einmal vollständige Antworten, sondern nur ein »Ja« oder, kürzer noch, ein »Hm«, bevor Minnie mit der nächsten Erklärung fortfuhr.

Sonderberg betrat das Arbeitszimmer.

»Dr. Sonderberg!«, entfuhr es Minnie erleichtert. »Da sind Sie ja endlich! Wir haben uns schon gefragt, wo Sie bloß stecken.«

»Wir?« Sonderbergs Blick fiel auf den Besucher, der überhaupt kein Besucher war. »Philipp! Was machen Sie denn hier? Sie gehören doch ins Bett.«

Philipp tastete nach der Wunde an seiner Stirn, die längst gewaschen und verkrustet war und nur noch halb so furchterregend wirkte wie am gestrigen Abend. »Es geht mir schon viel besser, Dr. Sonderberg, und da dachte ich, ich komme einfach vorbei und stelle Ihnen die neue Kutsche vor, die ich gekauft habe.«

»Die neue …?«

»Ich habe sie natürlich nicht dabei, weil der Kauf noch beurkundet werden muss, aber es ist bereits alles abgemacht. Das Angebot war äußerst günstig, da …«

»Moment mal, Moment mal, Philipp. Sie haben eine *neue Kutsche gekauft*?«

»Natürlich hat er«, erklärte Minnie. »Oder glauben Sie vielleicht, die alte lässt sich noch wiederherstellen, nachdem man sie aus dem Wasser gezogen hat?«

»Keine Ahnung«, rief Sonderberg. »Da müssen Sie van den Beeck fragen. Der lässt sie nämlich gerade untersuchen. – Aber wieso haben Sie denn dann gleich …«

»Sie haben ihm doch selbst den Auftrag erteilt, Dr. Sonderberg!«

»Ich?«

»Ja. Gestern Abend sagten Sie zu Philipp …«

»Ich weiß, was ich gesagt habe! Aber das war doch … Das war

doch …«, nicht ernst gemeint, wollte er sagen, aber das kam ihm in Philipps Gegenwart nicht über die Lippen. Was konnte der arme Kutscher dafür, dass er Sonderbergs Galgenhumor für bare Münze genommen hatte?

»Sie sehen blass aus, Dr. Sonderberg«, sagte Minnie. »Plagt Sie etwas?«

Sonderberg schwieg.

»Ich habe Philipp übrigens gerade das Büro gezeigt. Ich finde, es ist wichtig, dass auch er sich in der Detektei auskennt, falls ich einmal gerade nicht …«

»Wie viel?«

Philipp und Minnie wechselten einen Blick.

»Die Kutsche ist natürlich kostenlos«, erklärte Minnie.

»Kostenlos?«, schnappte Sonderberg irritiert. »Was soll das heißen?«

»Genau das, was es eben heißt, Dr. Sonderberg. Die Kutsche wird natürlich derjenige bezahlen müssen, der die vorige auf dem Gewissen hat. Das ist doch eine Selbstverständlichkeit.«

Sonderberg starrte Minnie an und fragte sich, ob ihm vielleicht eine entscheidende Entwicklung des Falles entgangen war. »Aber wir wissen doch gar nicht, wer uns in den Rhein katapultiert hat!«

»Das wissen wir *noch* nicht«, entgegnete Minnie würdevoll, »aber sobald der Fall gelöst ist, werden wir es wissen, und der Schuldige wird zur Rechenschaft gezogen. Bis dahin, so habe ich es Philipp versichert, wird die Detektei die Kosten auslegen.«

»Minnie …«

»Ich weiß, was Sie sagen wollen, Dr. Sonderberg, aber ich bin nicht bereit, diese Diskussion noch einmal zu führen. Wir haben uns auf Wichtigeres zu konzentrieren.«

Dr. Sonderberg starrte sie immer noch an und wünschte sich, dass er den gesamten Tag – und den gestrigen Abend mit ihrem unfreiwilligen Bad am Rheinwerft eingeschlossen – nur geträumt hätte.

»Minnie, wir können uns eine zweite Kutsche nicht leisten!«, ächzte er. »Also, ich will damit sagen, *vielleicht* können wir sie uns leisten.

Wenn wir den Fall geklärt haben und der Täter tatsächlich willens ist oder vom Gesetz dazu gezwungen werden kann, uns den Schaden zu ersetzen. Aber bis dahin sehe ich nicht die geringste Möglichkeit …«

»Aber der Fall *ist* doch bereits aufgeklärt, Dr. Sonderberg.«

Sonderberg sagte gar nichts. Das musste ein Traum sein. Es gab überhaupt keine andere Möglichkeit.

»Ich habe mit Philipp alles durchgesprochen. Wollen Sie nun erfahren, wer Kerckhoven ermordet hat?«

»Ob ich erfahren will, wer …? Ja, natürlich will ich das!«

»Na also«, brummte Minnie zufrieden. »Dann setzen Sie sich hin und hören Sie zu.«

»Nein!«

»Doch«, erwiderte Minnie überzeugt.

»Katharina? Ich meine, Madame Rouge soll Kerckhoven umgebracht haben? Nie im Leben!«

»Und ob! Es gibt nämlich gar keine andere Möglichkeit!«, fügte sie triumphierend hinzu.

Sie hatten sich zu zweit an Sonderbergs Schreibtisch gesetzt, nachdem Minnie Philipp nach Hause geschickt hatte.

»Sie sind ein ungläubiger Thomas«, sagte Minnie beleidigt, »also werde ich mir die Mühe machen, es Ihnen noch einmal zu erklären.«

»Ich bitte darum«, sagte Sonderberg.

»Punkt eins«, begann Minnie. »Die heimliche Besprechung mit diesem Helfer von Ferdinand Rothmann. Könnte es nicht sein, dass es gar nicht Rothmann war, der die sauberen Damen in der Roten Laterne erpressen wollte, sondern dass die Frauen ihrerseits ihr Spiel mit Rothmann treiben?«

»Welches Spiel sollten sie denn mit ihm treiben?«

»Zum Beispiel eine Beteiligung am Sonnenhaus. Oder sie wollten Herman Gershwin auf ihre Seite ziehen, damit er Rothmann für sie erledigt.«

»Minnie, ich kann mir wirklich nicht vorstellen, dass die Madame …«

»Punkt zwei. Der Überfall auf die Kutsche. Der Angriff erfolgte direkt nachdem Sie sich allein in der Roten Laterne aufgehalten haben. Das heißt, Sie waren zu diesem Zeitpunkt ohne Schutz.«

»Aber Sie glauben doch nicht ernsthaft, die Mädchen …«

»Der Kutscher war natürlich ein Mann. Vielleicht dieser Heinzie, den sie dazu angestiftet haben. Nach dem, was Sie erzählt haben, tut er wohl alles für Greta, selbst wenn es sich um Mord handelt.«

»Das ist doch pure Spekulation!«

»Punkt drei. Die Rote Laterne selbst. Sie können dieses Etablissement natürlich bezeichnen wie Sie wollen, aber ich sage Ihnen, dass es von körperlicher Lust bis zur Spiellust nur ein winziger Schritt ist. Das ist doch ganz eindeutig. Wenn also diese Madame Rouge und Ferdinand Rothmann zusammen einen Plan ausgeheckt haben, um mithilfe von Grundstücksspekulationen im Rahmen des Brückenbaus nach Oberkassel Geld zu verdienen, so wäre eine gegenseitige Partnerschaft dafür die beste Möglichkeit. Man kann gar nicht schlecht genug von den Menschen denken, das habe ich von Ihnen gelernt! Wie ich Ihnen erzählte, habe ich ja den Stadtverordneten Eigler im Sonnenhaus gesehen – und ich wette, dass sich der eine oder andere Herr Politiker auch in der Roten Laterne blicken lässt!«

»Was den Stadtverordneten Eigler angeht, so habe ich vorhin den Eindruck bekommen, dass …«

»Ich bin noch nicht fertig. Punkt vier: Der letzte und auch der wichtigste. Diese Madame aus der Roten Laterne.«

»Madame Rouge.«

»Wie auch immer. Ich habe den Blick sehr wohl registriert, mit dem sie Sie angeschaut hat. Ich wette, sie kennt Sie! Wahrscheinlich wusste sie von Anfang an, dass Sie in dem Fall ermitteln. Ferdinand Rothmann muss es ihr gesagt haben! Und dann hat sie Sie hingehalten, während draußen Rothmanns Schergen das Attentat vorbereitet haben! Na, was sagen Sie dazu? Es passt alles zusammen!«

Sonderberg blickte Minnie an. Blickte aus dem Fenster. Überlegte, wie er es ihr beibringen sollte, ohne dass sie …

»Was sagen Sie denn nun dazu!«

»Mit Verlaub, Minnie, aber ich halte Ihre Theorie für, äh, sehr weit hergeholt.«

»Das habe ich mir gedacht. Diese Madame Rouge hat Sie bereits vortrefflich manipuliert.«

»Sie irren sich«, beharrte er, doch bevor sie erneut zur Gegenrede ansetzen konnte, hob er die Hand und fügte hinzu: »Das heißt, Sie irren sich nicht in allem: Madame Rouge, die eigentlich Katharina heißt, und ich kennen uns tatsächlich – aber von früher, aus einer Zeit, die lange vor diesem Fall liegt und darum mit den Geschehnissen nichts zu tun haben kann.«

»Wusste ich's doch!«

»Ich wollte es Ihnen schon früher erklären, aber leider war keine Zeit dazu. Es hat außerdem ja auch gar nichts zu bedeuten. Aber trotzdem muss ich Ihre Beobachtungsgabe loben, Minnie. Wirklich, Sie haben das Zeug zu einer richtigen Detektivin.«

Aber wenn er glaubte, dass er sie damit beschwichtigt hatte, sah er sich getäuscht. Minnie sprang auf und lief aus dem Zimmer. Fünf Sekunden später kam sie mit dem Zeitungsausschnitt zurück, den Sonderberg vorhin auf ihrem Schreibtisch hatte liegen sehen. Sie knallte das Blatt Papier vor ihm auf den Tisch.

»Sie sind also der Meinung, dass meine Theorie, die wirklich hinten und vorne stimmig ist, wertlos ist. Und was bedeutet dann bitte schön das hier, Dr. Sonderberg?«

Sonderberg nahm den Ausschnitt zur Hand. »›Hat die Eisenbahngesellschaft sich verspekuliert? Über die Korruptionsvorwürfe beim Bau der Oberkasseler Brücke schreibt unser Redakteur Eberhard Stätter …‹ – Das ist die Zeitung von heute?«

»Lesen Sie!«, befahl Minnie.

Sonderberg las weiter. »›Wie aus gut unterrichteten Kreisen zu vernehmen ist, hat der Tod des Gutachters Wilfried Kerckhoven und das ausbleibende Gutachten keinen Einfluss mehr auf die Entscheidung des Stadtrats. Der Bau der Oberkasseler Brücke ist so gut wie beschlossen – obgleich die Kosten den ursprünglich angesetzten Rahmen weit überschreiten. Bezahlt werden soll der Bau durch dubiose

Spekulationsgeschäfte mit Oberkasseler Grundstücken, welche die Eisenbahngesellschaft während der letzten Monate zu Spottpreisen aufgekauft hat. Es wird zu klären sein, ob die Investitionen der hochverschuldeten Eisenbahngesellschaft vor oder nach der Öffentlichmachung des Brückenprojekts erfolgten …‹ – Und so weiter und so fort. Himmel, Minnie, das ist ja wirklich interessant! Höchst interessant!«

»Also habe ich recht«, stellte Minnie fest. »Ich wette, dieser Eigler steckt dahinter! Dieses Gaunergesicht macht mit Rothmann und dieser Madame Rouge gemeinsame Sache.«

Sonderberg faltete den Artikel wieder zusammen. »Zumindest, was einen Teil der Geschichte angeht, mögen Sie recht haben. Aber Eigler ist unschuldig. Da bin ich mir nach dem Besuch heute im seinem Büro sicher.«

»Aber er war bei Rothmann im Sonnenhaus!«

Sonderberg nickte. »Und es hat ihm buchstäblich den Schweiß auf die Stirn getrieben, als ich ihn auf diesen Besuch hinwies. Sie hätten ihn sehen sollen, wie ertappt er sich fühlte. Aber nicht, weil er ein Verbrechen begangen hat, sondern weil er ein Opfer in dieser Angelegenheit ist. Eigler ist spielsüchtig, daran besteht für mich kein Zweifel. Wahrscheinlich steht er bei Rothmann hoch in der Kreide, und der hat die Situation ausgenutzt, um aus Eiglers Berufung als Stadtverordneter Vorteile zu ziehen.« Sonderberg hob die Brauen. »Apropos Spielen …« Er stand auf und öffnete den Schrank mit der Wandzeichnung. »Ich habe heute früh ein paar Möglichkeiten durchgespielt. Gehen wir zunächst einmal davon aus, dass Kerckhoven ermordet wurde. Eine Untersuchung des Leichnams ist ja verschlafen worden, aber die Spuren am und um den Tatort sprechen dafür. Vom Tod Kerckhovens würde natürlich in erster Linie Franz Fuchs profitieren – vorausgesetzt, Rebstedts Andeutungen stimmen, und die Entscheidung für oder gegen die Brücke ist noch offen.«

»Weil er doch noch seine Rheinbegradigung bekommen könnte?«

»Zumindest ist sie nicht völlig aus dem Spiel, wie sie es wohl bei einem regulären Gutachten von Kerckhoven gewesen wäre. Aber natürlich bleibt der Bau der Oberkasseler Brücke wahrscheinlicher. Die

Brücke ist nämlich billiger und wird aus diesem Grund vom Oberbürgermeister, seinen Beigeordneten und der Stadtverordnetenversammlung favorisiert.«

»Und einer der Beigeordneten ist Armin Eigler!«

»Der vermutlich bei Rothmann in der Kreide steht und deshalb gezwungen ist, in der Stadtverordnetenversammlung für ihn Stimmung zu machen.«

»Für Rothmann?«, erwiderte Minnie. »Das verstehe ich nicht.«

»Es ist doch ganz einfach. Der Brückenbau wird von der Eisenbahngesellschaft finanziert. Die ist aber sehr knapp bei Kasse. Um den Bau zu finanzieren, kauft sie reihenweise Grundstücke in Oberkassel, und zwar auf Kredit.«

»Aber dann verschuldet sie sich ja noch mehr.«

»Nicht, wenn sie die Grundstücke später zu einem höheren Preis wieder verkaufen kann. Denn durch die Brücke wird Oberkassel faktisch Düsseldorf einverleibt. Der Verkehr wird zunehmen. Die Grundstückspreise in Oberkassel werden nach oben schießen. Darauf spekuliert die Bahngesellschaft. Das ist ja auch der eigentliche Sinn der Aktion. Um die Brücke selbst geht es überhaupt nicht, sondern um den Spekulationsgewinn. Die Brücke ist nur Mittel zum Zweck. Aber natürlich haben Sie in einer Sache recht, Minnie – die Eisenbahngesellschaft braucht das Geld *jetzt*, das heißt, sie braucht jemanden, der es für sie vorstrecken kann.«

»Ferdinand Rothmann!« Minnie schüttelte ungläubig den Kopf. »Aber was passiert denn, wenn die Brücke nicht gebaut wird?«

»Dann bleibt immer noch das Projekt von Franz Fuchs. Rheindurchstich oder Brücke, das ist für die Eisenbahngesellschaft nicht so wichtig, da auch ein Rheindurchstich und eine Trockenlegung des alten Flussbetts wahrscheinlich zur Eingemeindung von Oberkassel führen würde. Nur wenn keins von beidem verwirklicht wird, ist die Eisenbahngesellschaft ruiniert – und mit ihr alle, die sich an der wahnwitzigen Investition beteiligt haben.«

»Aber warum hätte Rothmann dann Kerckhoven umbringen sollen?«

»Ja, warum. Das passt nicht ins Bild. Da muss ich Ihnen recht geben, Minnie.«

»Franz Fuchs!«, rief Minnie aus. »Rothmann und Fuchs sind doch so dicke miteinander. Und das ausgebliebene Gutachten von Kerckhoven ist zumindest für Fuchs immer noch ein Mordmotiv!«

Sonderberg war nicht gänzlich überzeugt. »Schön, nehmen wir einmal an, Franz Fuchs hat Kerckhoven umgebracht. Warum sollte er dann zu mir kommen und mich engagieren, um den Mord aufzuklären?«

»Um den Verdacht von sich abzulenken!«

Sonderberg schmunzelte. »Dann müsste er ja schon den perfekten Mord begangen haben. Oder er müsste mich, hm, für einen ausgemachten Trottel halten. Ich hoffe, weder das eine noch das andere ist der Fall.«

»Und was hoffen Sie stattdessen?«

»Ich glaube, dass wir immer noch zu wenig über die Zusammenhänge wissen. Die Stadt will eine Brücke über den Rhein bauen, zusammen mit der Eisenbahngesellschaft. Diese Brücke wird finanziert mit einer Menge Geld, das noch gar nicht da ist. Die Stadtverordnetenversammlung votiert für die Brücke, und alles läuft nach Plan – bis ein Problem auftaucht, und das heißt Franz Fuchs. Der Reeder hat eine andere Idee. Er will den Rhein begradigen und die Rheinschlaufe zwischen Düsseldorf und Oberkassel zuschaufeln. Das würde die Grundstücke ebenfalls im Wert steigen lassen, aber vor allem Fuchs' Schiffe profitabler machen.« Sonderberg starrte stirnrunzelnd auf die Zeichnung an der Wand, die inzwischen so viele Striche, Pfeile und Linien besaß, dass er fast selbst den Überblick verlor. »Nun wird es spekulativ, Minnie: Fuchs macht offenbar Geschäfte mit dem Spielhausbesitzer Rothmann, einem stadtbekannten Kriminellen. Erpressung, Körperverletzung. Wer weiß, was der noch alles angestellt hat. Warum gibt Fuchs sich mit so jemandem ab? Das ist die entscheidende Frage …«

»Jetzt hab ich's!«, rief Minnie dazwischen. »Steckler!«

»Wie bitte?«

Minnies Nase wurde plötzlich fleckig vor Aufregung. »Jetzt weiß ich endlich, woher ich die Stimme des Kutschers kannte! Der Mann, der Philipp niedergeschlagen und uns fast ertränkt hat! Das war dieser Johannes Steckler! Der Kutscher, der Franz Fuchs, diesen Rothmann und mich über die Brücke gefahren hat.«

»Minnie! Sind Sie sicher?«

»So wahr ich hier sitze!« Sie schlug die Hände zusammen. »Dass ich da nicht eher drauf gekommen bin! Aber warum sollte denn Fuchs versuchen, uns umzubringen?«

»Weil Sie recht haben mit Ihrer Vermutung und es ihm nie darum ging, dass der Mord an Kerckhoven tatsächlich aufgeklärt wird – und natürlich weil er versuchte, sich das Honorar zu sparen … aber das wäre wohl nur ein angenehmer Nebeneffekt gewesen. Als er gewahr wurde, dass der Anschlag fehlgegangen war, kam er am nächsten Morgen her und versuchte, mich von weiteren Ermittlungen abzuhalten.«

»Dazu passt auch, dass Steckler ja gar nicht für Fuchs arbeitet, wie wir inzwischen wissen. So ein Knauser wie Fuchs hält sich bestimmt kein Dienstpersonal.«

»Davon dürfen wir nach allem, was Sie im Sonnenhaus gesehen haben, wohl ausgehen.«

Minnie sprang auf. »Dann müssen wir sofort dem Inspektor Bescheid sagen.«

Sonderberg hob die Hand. »Warten Sie …« Er überlegte. »Nein, das halte ich für keine gute Idee. Er wird bestimmt wissen wollen, warum ich ihm verschwiegen habe, dass es meine Kutsche ist, die man heute Morgen aus dem Wasser gezogen hat.« Sonderberg zog die Stirn in Falten. »Außerdem ist da immer noch der dritte Mann …«

»Der dritte Mann?«

»Der mit Fuchs und Rothmann in der Roten Laterne war und den Sie dann vermutlich später mit ihnen an der Rheinpromenade gesehen haben. Leider habe ich schon eine Vermutung, um wen es sich dabei handeln könnte. Hm. Wenn nur Gregor inzwischen aufgetaucht wäre …«

»Der weiß schon, warum er sich nicht blicken lässt, wenn Sie mich fragen. Aber ich sage Ihnen, so leicht wird er mir nicht davonkommen.«

Sonderberg nickte gedankenverloren. »Normalerweise würde ich mir seinetwegen ja keine Sorgen machen. Aber unter diesen Umständen ... Ich glaube, es wäre doch besser, Rothmann mal auf den Zahn zu fühlen und ihn zu fragen, weshalb er zwei Menschen, die ihm nichts getan haben, nachts im Rhein ertränken will.«

Minnie Cogner stieß einen Seufzer aus und folgte Sonderberg ins Vorzimmer. »Sie wollen also wirklich noch einmal in dieses Kasino?«

Er half ihr in den Mantel. »Es muss sein. Nur so können wir herausfinden, ob Rothmann tatsächlich in der Sache drinsteckt.«

Und ob Katharina und ihre Mädchen tatsächlich so unschuldig in die ganze Angelegenheit hineingeraten sind, wie ich vermute, fügte er in Gedanken hinzu, sprach es aber nicht aus, weil er froh war, Minnie vorerst von diesem Thema abgebracht zu haben.

Minnie schlang sich den Schal um den Hals und setzte sich die Mütze auf. »Erst diese ... na, diese komische Laterne und jetzt zum zweiten Mal in dieses Kasino. Ich frage mich, wohin das alles noch führen wird, Dr. Sonderberg.«

Er lächelte. »Minnie. Eines müssten Sie doch seit heute Nacht wissen: Wer schwimmen will, wird dabei nass.«

»Sie können wirklich froh sein, dass ich Sie nicht allein schwimmen lasse!«

»Das bin ich, Minnie. Das bin ich ...«

Kapitel 34

in dem Sonderberg und Minnie auf Rothmann treffen und einem passionierten Spieler vorführen, was ein gezinktes Blatt bedeutet

Diesmal wurden sie von Johannes Steckler direkt am Eingang empfangen. Von René war nichts zu sehen.

»Sieh an.« Steckler grinste schief. »Dr. Sonderberg und seine Gehilfin.«

»Assistentin«, schnappte Minnie zurück.

Sonderberg erwiderte das Lächeln. »Guten Abend, Herr Steckler. Es überrascht Sie wohl, uns zu sehen?«

Stecklers Miene geriet nur für einen winzigen Moment aus dem Gleichgewicht. Er spähte an Sonderberg vorbei in die weite Runde des Spielsaals, aber es war niemand zu sehen, der ihm hätte zur Seite springen können. Also beschloss er wohl, sich in Dreistigkeit zu flüchten. »Überhaupt nicht. Wenn Sie wüssten, wer alles zum Spielen hierherkommt. Roulette oder Poch?«

Minnie Cogner zupfte Dr. Sonderberg am Ärmel und deutete auf einen der Roulettetische. »Da, Dr. Sonderberg! Sehen Sie nur.«

Sonderberg folgte ihrem Blick. »Was denn?«

»Ist das nicht …? Das ist doch … Doch, das muss er sein! Peter Jansen der Ältere …! Ich werd verrückt!«

»Wer zum Henker ist Peter Jansen der Ältere?«, erkundigte sich Sonderberg verwirrt.

Minnie schüttelte den Kopf. »Oh, Sie Kunstbanause! Das sollte einmal Eva Rosenke hören, wie Sie daherreden! Herr Jansen ist ein berühmter Maler. Und er ist der Direktor unserer Kunstakademie.«

»Minnie!«, flüsterte Dr. Sonderberg. »Ich weiß Ihre Begeisterung zu schätzen, aber geht es etwas diskreter?«

Johannes Steckler stieß ein höhnisches Lachen aus. »Was für eine Landpomeranze!«

Sonderberg räusperte sich. »Wir möchten übrigens nicht spielen, Herr Steckler. Wir sind hier, um Ferdinand Rothmann zu sprechen.«

In Stecklers Gesicht zuckte es verräterisch. »Das geht leider nicht! Herr Rothmann ist beschäftigt.«

Wie um seine Worte Lügen zu strafen, löste sich von einem der Roulettetische in der Mitte des Saals, an dem Spieler und Schaulustige ein wahres Knäuel bildeten, eine Gestalt und näherte sich Sonderberg und Minnie.

»Johannes! Was ist denn hier los?«

Steckler bemühte sich um einen gleichgültigen Ton. »Entschuldigen Sie, Herr Rothmann, aber dieser Mensch hier wünscht Sie zu sprechen.«

Rothmann griff nach Minnies Hand, die sie nicht rechtzeitig genug wegzog, und deutete einen Kuss an. »Sehe ich recht? Ist das nicht das verehrte und bezaubernde Fräulein Cogner? Wenn ich ganz ehrlich sein soll: So schnell hatte ich gar nicht mit einem Wiedersehen gerechnet. Da muss ich wohl meiner Buchhaltung Bescheid geben, dass Sie heute Abend keine Pochmarken mehr rausgeben darf.« Ferdinand Rothmann stieß ein abgehacktes Lachen aus und wandte sich an Sonderberg. »Verzeihung, dann müssen Sie natürlich Dr. Sonderberg sein. Franz Fuchs hat viel von Ihnen erzählt.«

Minnie, die Rothmanns Rede mit angewiderter Miene verfolgt hatte, konnte nicht länger an sich halten. »Pah, Sie brauchen sich gar nicht zu verstellen!«, platzte es aus ihr heraus. »Sie wollten uns doch gestern Abend im Rhein ertränken!«

»Minnie«, sagte Sonderberg vorsichtig. »Das ist jetzt vielleicht nicht der richtige Zeitpunkt …«

Rothmann wirkte von ihrem Vorwurf nicht sonderlich beeindruckt. Gleichgültig schaute er auf die Uhr. »Tja, ich gestehe, dass meine Zeit äußerst knapp bemessen ist. Wenn Sie also geschäftlich mit mir sprechen wollen, Dr. Sonderberg, wäre es schön, wenn Sie gleich zur Sache kämen …«

Sonderberg ließ den Blick durch den Saal schweifen. »Eine hübsche Einnahmequelle haben Sie hier. Roulette, Poch, wahrscheinlich noch Poker und vieles andere … Damit lässt sich bestimmt eine Menge Geld waschen.« Er bleckte die Zähne. »Entschuldigung. Verdienen, wollte ich sagen.«

Rothmann lachte dröhnend. »Nicht schlecht, Herr Sonderberg! Ich werde Franz sagen, dass er den richtigen Mann engagiert hat.«

»Franz?«, wiederholte Sonderberg. »Dann sind Herr Fuchs und Sie wohl alte Freunde, wie?«

Rothmann winkte ab. »Wir treffen uns gelegentlich in Clubs, sind Mitglied in der gleichen Loge. Die Freimaurer. Das ist auch schon alles.«

»Natürlich!«, höhnte Minnie. »Und die Rote Laterne ist das Clubhaus!«

Sonderberg achtete peinlichst darauf, die Rolle des Verlegenen weiterzuspielen, damit der Plan, den Minnie und er zuvor ausgeheckt hatten, aufging. »Minnie, jetzt reicht es aber wirklich. Äh, Sie sprachen doch vorhin von diesem Jansen, dem Größeren …«

»*Peter* Jansen, dem *Älteren*!«

»Wie auch immer. Wäre dies nicht ein günstiger Zeitpunkt, um den verehrten Herrn Künstler um ein Autogramm zu bitten?«

»Jetzt?«

»Ja, warum denn nicht?«

»Ja, und Sie?«

»Oh, vielen Dank, aber ein paar Minuten werde ich wohl ohne Ihre Hilfe zurechtkommen.«

Minnie zuckte beleidigt die Schultern. Sie warf noch einen verächtlichen Blick auf Ferdinand Rothmann und seinen Gehilfen Steckler, drehte sich auf dem Absatz um und machte sich auf den Weg zu dem Roulettetisch, an dem sie Peter Jansen ausgemacht hatte.

Rothmann blickte ihr mit einer Mischung aus Unwillen und Bewunderung nach. »Ich muss schon sagen: Höflichkeit ist eine Zier …«

»… doch weiter kommt man ohne ihr«, vollendete Sonderberg. »Tja, und da Fräulein Cogner gerade die Rote Laterne erwähnte, wollte ich Sie fragen, ob …«

»Um der Wahrheit die Ehre zu geben«, unterbrach Rothmann, »ich kenne dieses Etablissement. Ich bin dort hin und wieder zu Gast. Wenn das alles ist, was Sie gegen mich vorzubringen haben …«

»Wer sagt, dass ich etwas gegen Sie vorbringen möchte? Ich bin nur neugierig, welche Geschäfte Sie mit meinem Klienten treiben.«

»Wir *treiben* keine Geschäfte. Außerdem ist Herr Fuchs nicht mehr Ihr Klient. Wenn ich recht informiert bin, hat er Sie kürzlich aufgesucht, um Sie von Ihrer Ermittlungspflicht zu entbinden.«

»Also doch eine rein private Freundschaft«, beharrte Sonderberg.

Rothmann zog ein Zigarilloetui aus der Innentasche. »Sie auch, Dr. Sonderberg?«

»Danke sehr.«

Rothmann nahm einen Zigarillo heraus und klappte das Etui zu. Aus der Hosentasche kramte er eine Schachtel Zündhölzer, steckte den Zigarillo an und paffte dreimal, bevor er antwortete. »Ach, wissen Sie, Herr Sonderberg, Freundschaft ist für mich ein schweres Wort. Fast so schwer wie Familie.«

»Das gilt auch für mich«, stimmte Sonderberg zu. »Es freut mich, dass wir die gleiche Sprache sprechen. Mein Neffe, zum Beispiel, macht mir nämlich zurzeit sehr viel Kummer. Er droht, vom rechten Weg abzugleiten.«

Rothmann hob gelangweilt die Augenbrauen. »Ach ja? Wie bedauerlich.«

»Und das Schlimmste dabei ist«, fuhr Sonderberg mit grimmiger Miene fort, »er wird in Versuchung geführt. Von jemandem, der ihn bewusst übervorteilt. Können Sie sich das vorstellen?«

Rothmann paffte und blickte auf seine Taschenuhr. »Das hört sich nicht gut an. Sie sollten versuchen, ihrem Neffen die Augen zu öffnen.«

»Leider ist es mir nicht gelungen. Aber ich habe beschlossen, die Angelegenheit zu verfolgen, und früher oder später werde ich herausfinden, wer ihm dieses schamlose Angebot unterbreitet hat.«

Rothmann erwiderte Sonderbergs kalten Blick. »Es wäre Ihnen zu wünschen, wirklich.« Für einen Augenblick war es wie ein stilles Duell, zwei Männer, die wussten, was sie voneinander hielten, und von denen doch keiner die Möglichkeit hatte, dem anderen hier und jetzt an die Kehle zu gehen. Dann plötzlich lächelte Rothmann und wandte den Blick zur Seite. »Ah, da kommt ja auch schon Ihre Assistentin. Haben Sie Erfolg gehabt, Fräulein Cogner?«

»So eine Blamage!«, rief Minnie aus und stapfte heran. »Das war überhaupt nicht Peter Jansen. Na, hätte ich mir ja gleich denken können. Was hätte er auch hier zu suchen? In einer Spielhölle. Undenkbar!«

»Tja, Minnie«, wandte Dr. Sonderberg ein, ohne den Blick von Rothmann zu lassen. »Es ist schon spät. Ich glaube, wir müssen jetzt gehen.«

In Rothmanns Augen blitzte es spöttisch. »Es hat mich gefreut, Sie kennenzulernen, Dr. Sonderberg.«

»Wie?« Minnie stand die Fassungslosigkeit ins Gesicht geschrieben. »Das schlägt doch dem Fass den Boden aus! Sie wollen diesen Gauner nicht weiter in die Mangel nehmen? Ich hoffe doch nicht aus Feigheit!«

»Aber Minnie!« Sonderberg legte Minnie mit einer jovialen Geste den Arm um die Schulter. »Es gibt keinen Grund für Ihre schlechte Laune. Herr Rothmann war ein sehr angenehmer Gesprächspartner ...« Und mit leicht gesenkter Stimme, sodass er sicher war, dass Rothmann ihn gerade noch verstehen konnte, fügte er hinzu: »... und ich habe im Übrigen alles – wirklich alles – erfahren, was ich wissen wollte!«

Kapitel 35

in dem Sonderberg und Minnie mit der Kutsche fahren, zwischen Nebelfetzen im Düsseldorfer Osten landen und eine haarsträubende Entdeckung machen

»Können Sie überhaupt was sehen, Dr. Sonderberg?«

»Ich kann genug sehen.«

»Ich meine, wegen des Nebels.«

»Ich weiß, Minnie, aber ich sehe wirklich gut.«

Stille.

»Was glauben Sie, Dr. Sonderberg? War ich überzeugend genug?«

»Auf jeden Fall. Sie waren sehr überzeugend, Minnie.«

Minnie hatte bereits in der Kutsche Platz genommen, die Sonderberg vor ihrem Besuch im Kasino am Ende der Straße hatte stoppen lassen, zweihundert Meter vom Sonnenhaus entfernt. Von dort waren sie zu Fuß gegangen und auch zu Fuß wieder zurückgekehrt, um keinen Verdacht zu erregen. Philipp saß auf dem Bock der Kutsche, die er vorübergehend von einem Stellmacher gemietet hatte, bereit, die Pferde sofort antraben zu lassen. Sonderberg stand am offenen Türverschlag und beobachtete den Eingang des Sonnenhauses durch einen Feldstecher.

Minnie schmunzelte unterdrückt. »Das ist wirklich zu komisch!«

»Sie brauchen nicht zu flüstern, Minnie«, sagte Sonderberg, ohne den Blick vom Fernglas zu nehmen. »Was ist denn so komisch?«

»Na, dieser Mensch da am Roulettetisch sah nie im Leben aus wie Peter Jansen der Ältere!«

»Ich weiß.«

»Ja, aber was ist, wenn Ferdinand Rothmann das auch gewusst hat?«

Sonderberg schürzte die Lippen. »Dann hoffen wir einfach mal, dass Rothmann mindestens so ein Kunstbanause ist wie ich. Wenn Sie mir Jansens Bild nicht vorher in der *Illustrierten* gezeigt hätten, wäre ich nie auf die Idee gekommen …«

»Und der Streit war auch wirklich glaubhaft?«

»Sehr glaubhaft!«

»Und Sie meinen, auch Steckler hat keinen Verdacht geschöpft?«

»Machen Sie sich keine Sorgen, Minnie. Selbst *ich* hätte geglaubt, dass wir uns wirklich streiten. Außerdem haben wir unser Ziel ja erreicht. Ich konnte ein sehr interessantes Gespräch mit Rothmann führen. Er ist so arrogant und herablassend aufgetreten, dass er ganz sicher etwas mit Gregors Verschwinden zu tun hat.«

Minnie schlug die Hände zusammen. »Ach, Gregor! Ich hoffe nur, dass er noch am Leben ist. Nicht auszudenken, was diese Schurken mit ihm angestellt haben!«

»Malen Sie bitte nicht zu schwarz, Minnie. Ich bin sicher, Gregor ist … Moment, da kommt jemand!« Sonderberg grinste zufrieden. »Rothmann ist allein. Er sieht sich um. Wenn Sie mich fragen, schaut er ganz schön nervös aus.«

Aus dem Torhof neben dem Sonnenhaus preschte eine Kutsche hervor und hielt vor dem Eingang. Rothmann stieg ein. Der Kutscher hieb mit der Peitsche auf die Pferde ein.

»Das auf dem Kutschbock ist Steckler!«

»Grrr«, knurrte Minnie. »Wenn ich dieses Gaunergesicht nur sehe, geht mir schon der Hut hoch!«

»Sie werden beide ihre gerechte Strafe erhalten.« Sonderberg steckte das Fernglas ein und stieg ein. »Los, Philipp, folgen Sie der Kutsche! Aber passen Sie auf, dass wir den notwendigen Abstand einhalten.«

Sonderberg zog die Tür zu. Der Landauer fuhr an und gewann rasch an Fahrt. Zwischendurch lehnte Sonderberg sich immer wieder hinaus und warf durch den Feldstecher einen Blick auf die vordere Kutsche, sodass Minnie schon angst und bange wurde, er würde in einer scharfen Kurve womöglich aus der Kutsche fallen.

»Die haben es aber wirklich eilig«, murmelte Sonderberg. »Da hoffe ich doch nur, dass wir sie im Nebel nicht verlieren.«

Der abendliche Marktplatz war ruhig.

Nur über dem Haupt Jan Wellems flatterten ein paar gelangweilte Tauben. Van den Beeck sah der Droschke nach, die vor ein paar Minuten vor dem Kommissariat gehalten hatte. Der Droschkenführer war heruntergesprungen und zur Tür des Gebäudes Nr. 4 geeilt. Vor einer Minute war er zurückgekehrt, jetzt seelenruhig spazierend, hatte sich auf den Bock gesetzt und war davongefahren.

An der Tür klopfte es.

»Herein.«

Kommissar Abels dürre Gestalt erschien. »Eine Nachricht, Inspektor. Für Sie persönlich.«

»Für mich? Geben Sie her.«

Van den Beeck faltete das Papier auseinander und zog die Stirn in Falten. Es handelte sich nur um eine einzige Zeile, die jemand offenbar in großer Eile niedergekritzelt hatte.

Van den Beeck zerknüllte das Papier.

Abel schrumpfte vor dem Schreibtisch zusammen. »Entschuldigen Sie, Inspektor, aber ich dachte … Nun, der Bote sagte, es wäre sehr wichtig …«

»Ja. Schon gut. Rufen Sie ein paar Leute zusammen. In zwei Minuten fahren wir los.«

In der Abenddämmerung hatten sich die Schwaden wie weiße Tücher über die Stadt gelegt. Die Fahrt ging nach Osten, die Grafenberger Straße entlang über die Brücke am Güterbahnhof hinweg. Philipp ließ die Kutsche ein wenig zurückfallen, um keinen Verdacht zu erregen. So ging es in gemütlichem Tempo am Gelände der Buchdruckerei Bagel und an der Lack- und Farbenherstellung Diederichs vorbei, bis die Allee sanft nach Nordosten abknickte. Rothmanns Kutsche war jetzt nur noch ein schwarzer Schemen in der Dämmerung, die sich über die Vorstadt senkte. Auf der linken Seite kamen mehrere langgestreckte zwei- und dreigeschossige Backsteinhäuser mit roten Ziegeldächern in Sicht, die von Schornsteinen überragt wurden: das riesige Gelände der Stahlfabrik Haniel & Lueg. Der Fabrikhof wurde bereits von Kohlelampen erleuchtet. Vereinzelte Arbeiter liefen zwischen Gussstücken, Stahlrahmen und mannshohen kreisförmigen Schachtsegmenten umher, sogenannten Tübbings, die als Teilstücke beim Bau unterirdischer Kanäle verwendet wurden. In der Mitte des Fabrikhofs drehte sich ein schwerer, dampfgetriebener Kran, der die verschiedenen Rohre und Stahlpaletten transportierte.

Rothmanns Kutsche überquerte den Bahnübergang und erreichte ein rotes Backsteinhaus auf der rechten Seite der Straße, hinter dem Gelände der Grafenberger Gussstahlfabrik.

»Fahren Sie langsamer, Philipp!«, rief Sonderberg.

Sofort drosselte Philipp das Tempo.

»Was ist?«, erkundigte sich Minnie, rutschte ans Fenster und reckte ebenfalls den Hals.

»Die Kutsche ist weg«, sagte Sonderberg. »Ich glaube, sie ist da drüben bei dem Backsteinhaus abgebogen. Gott sei Dank.«

»Wieso Gott sei Dank? Wenn wir die Kutsche verlieren, war doch alles umsonst!«

»Ich meinte, Gott sei Dank, dass wir anscheinend unser Ziel erreicht haben. In der Stadt war die Verfolgung einfach, aber hinter den Stahlwerken kommt nur noch ein kleines Schulgebäude, wenn ich mich recht erinnere, und dann der Grafenberger Wald. Da ist alles finster, das heißt, wir würden Rothmann verlieren, wenn wir nicht gerade direkt an seinem Hintern kleben. Und der Nebel macht die Sache nicht einfacher.«

Tatsächlich waren die Schwaden hier draußen noch dichter geworden. Kaum hatten Sie das hell erleuchtete Gelände von Haniel & Lueg hinter sich gelassen, so verschwamm der Fabrikhof auch schon zu einem glimmenden Schemen in der Nacht, ähnlich einem Schwarm Glühwürmchen, der wie festgefroren an einer Stelle hing.

Philipp ließ die Kutsche langsam an dem Backsteinhaus vorüberrollen.

»Sieht aus wie ein altes Kontorhaus«, murmelte Sonderberg. »Das ist jedenfalls merkwürdig, so weit draußen.«

»Es ist schon ganz verfallen. Sehen Sie mal, die Fenster im oberen Stockwerk sind eingeschlagen!«

Philipp hielt die Kutsche an.

»Warum bleiben wir stehen?«, erkundigte sich Minnie, wobei sie unwillkürlich in Flüsterton verfiel.

»Weil Rothmann und Steckler auch angehalten haben.« Sonderberg deutete auf Rothmanns Kutsche, die im Schatten des vermeintlichen Kontorhauses stand. »Jetzt können wir nur noch hoffen, dass unser Plan funktioniert und die beiden unsere Verfolgung nicht bemerkt haben.«

Sonderberg verließ die Kutsche und half Minnie beim Aussteigen. »Philipp. Fahren Sie ungefähr fünfzig Meter weiter. Dort bleiben Sie im Schutz der Bäume stehen, sodass man Sie vom Haus aus nicht sehen kann – und zwar so lange, bis das abgesprochene Zeichen erfolgt.«

»Sehr wohl, mein Herr.«

»Minnie?«

»Ich folge Ihnen auf dem Fuß, Dr. Sonderberg!«

Während Philipp die Pferde sanft antraben ließ, schlichen Sonderberg und Minnie zum Eingang des verfallenen Hauses. Hinter einem der Fenster im Erdgeschoss war ein schwacher Lichtschein zu sehen, aber das Fensterglas war so schmutzig, dass keine Einzelheiten zu erkennen waren.

»Da drin müssen sie sein«, flüsterte Minnie.

Sonderberg schüttelte den Kopf. »Ich bilde mir ein, dass das Licht schon vorher da war. Aber ganz sicher bin ich mir nicht. Sehen Sie mal, da vorn. Die Eingangstür.«

Die Tür stand halb offen.

»Kommen Sie, Minnie.«

Er drückte die Tür weiter auf und schob sich hindurch. Alter, schmutziger Dielenboden knarrte unter seinen Füßen.

»Um Gottes willen, seien Sie doch leise.«

»Leiser geht es nicht«, rechtfertigte sich Sonderberg.

Er tastete sich vorwärts. Minnie folgte ihm lautlos und auf Zehenspitzen.

Der Raum, in dem sie sich befanden, war langgestreckt und besaß kein Mobilar. Zwischen den Schatten, die das Dämmerlicht an die Wände warf, erblickte Sonderberg Schmutzreste und Ränder einer Vitrine, die einmal an der Wand gestanden haben musste. Darüber ein Bild oder ein Spiegel. Von der Decke hingen Spinnweben.

»Igitt«, flüsterte Minnie und schob sich am Kadaver einer Ratte vorbei, die halb verwest im Schatten der Eingangstür lag. »Und wenn wir uns getäuscht haben? Vielleicht war das da draußen gar nicht Rothmanns Kutsche.«

»Sondern?«

Minnie hob die Schultern. »Ich weiß nicht. Irgendeine andere Kutsche halt.«

Sonderberg deutete auf die Tür, die am Ende des Ganges auf sie wartete. Sie war nur angelehnt. Aus dem Zimmer dahinter drang diffuser Lichtschein.

»Haben Sie eine Waffe, Dr. Sonderberg?«

»Natürlich nicht.«

»Dann werde ich eine kaufen, sobald wir wieder zu Hause sind. In einer Situation wie dieser benötigt man unbedingt eine Pistole.«

»Darüber reden wir noch«, gab Sonderberg mit unterdrückter Stimme zurück.

Er legte die Hand auf die Türklinke. Sie war frei von Staub – und auf dem Boden hatte jemand Fußabdrücke hinterlassen. Aber wer? Rothmann und Steckler hatten das Haus jedenfalls nicht durch den Vordereingang betreten.

Sonderberg vernahm eine Stimme. Er verstand nicht, was sie sagte, aber er erkannte den Klang.

»Gnnnnnnhhdnnnn …«

»Himmel«, flüsterte Minnie, »das ist doch …«

»Schhht!«

Sonderberg legte den Finger auf die Lippen, aber es war schon zu spät. Minnie schob ihn mit einer energischen Handbewegung zur Seite und drückte die Tür auf.

»Gregor! Wo sind Sie? Wir sind es – Dr. Sonderberg und …«

»Stehen bleiben!«

Etwas knackte unmittelbar neben Minnies Kopf. Eine Gestalt schälte sich aus dem Schatten des Türblattes. Minnie fuhr mit einem spitzen Schrei herum.

»Rothmann!«, entfuhr es ihr.

Aber es war nicht Ferdinand Rothmann, der neben ihr aufgetaucht war, sondern Johannes Steckler, der ihr mit höhnischem Grinsen eine Pistole an die Schläfe hielt.

»Keinen Schritt weiter, du alte Schreckschraube – oder ich jage dir eine Kugel in den Schädel!«

Auf der anderen Seite der Tür erschien eine Gestalt, die Sonderberg ebenfalls nicht unbekannt war. Gershwin.

»Na, na, na«, ertönte eine Stimme aus der Mitte des Zimmers. »Wer wird denn so unhöflich sein, Herr Steckler. Wollen Sie unsere Gäste nicht standesgemäß begrüßen?«

Stecklers Kopf ruckte herum. »Sie haben mir überhaupt nichts zu sagen, Fuchs!«

Sonderbergs Blick schweifte zu den Gestalten in der Mitte des Raumes. Franz Fuchs und Ferdinand Rothmann standen vor einem Stuhl, auf dem ein Mann gefesselt worden war. Man hatte seine Arme und Beine an das Holz gebunden und ihn anscheinend sogar geknebelt, denn unter dem Gardinenstoff, der über seinen Kopf gestülpt war, drang nur ein gequältes Schluchzen hervor.

»Gnnnn ….«

»Sieh an, wen haben wir denn da!«, spottete Ferdinand Rothmann. »Der neugierige Dr. Sonderberg und seine kunstbegeisterte Gehilfin.«

Minnie blieben die Worte im Hals stecken.

»Gershwin und Franz Fuchs. Sie haben hier auf die beiden anderen gewartet?«

»Eine Überraschung, wie?«, höhnte Rothmann. »Sie haben wohl

nicht damit gerechnet, dass wir Ihre Kutsche bemerken. Ich habe übrigens *noch* eine Überraschung für Sie. Kennen Sie den Herrn hier?« Er zog Gregor den Fetzen vom Kopf.

»Gnnn …!« Gregors Augen waren aufgerissen, Nase und Wangen gerötet. Die verschwitzten Haare standen ihm nach allen Seiten vom Kopf ab.

»Binden Sie ihn los, Rothmann!«

Der schien sich köstlich zu amüsieren. »Das werde ich schön bleiben lassen. Wenn ich nämlich eines nicht gebrauchen kann, dann ist es zusätzlicher Ärger – und den haben Sie mir leider beschert, Dr. Sonderberg! Ich habe mir fast schon gedacht, dass Sie irgendetwas im Schilde führen. Aber jetzt erhalten Sie Ihre Quittung. – Johannes, Herman, haltet die beiden in Schach. Wenn sie sich bewegen, erschießt sie.«

»Mit Vergnügen!«

Sonderberg schüttelte den Kopf. »Das hat doch alles keinen Sinn mehr. Sie sind überführt, Rothmann. Sie haben Kerckhoven bewusstlos geschlagen und anschließend ein Loch ins Eis gehackt und ihn darin versenkt. Fuchs hat Sie vom Waldrand aus beobachtet.«

Fuchs' Mundwinkel zuckten ängstlich. »Woher wissen Sie das?«

In Sonderbergs Augen blitzte es spöttisch. »Schauen Sie mal auf Ihre Füße. Kein anderer Mensch in Düsseldorf trägt so große, hässliche, spitz zulaufende Schuhe wie Sie!«

Rothmann schien Sonderbergs Anklage nicht zu überraschen. Er maß Fuchs verächtlich von der Seite. »Er ist eben ein Feigling, was will man da machen? Natürlich wollte er sich bloß nicht selbst die Hände schmutzig machen und hat verlangt, dass ich das arme Würstchen erledige! Ich hab ihm dann gesagt, er soll mir wenigstens einen ordentlichen Stein suchen, den ich Kerckhoven über den Schädel ziehen kann.«

Fuchs schnappte nach Luft und schluckte seine Verärgerung herunter.

»Warum musste Kerckhoven sterben?«, fragte Sonderberg. »Weil die Erpressung mit den Fotos nicht geklappt hat?«

Fuchs' Augen wurden groß. »Das wissen Sie auch schon?«

Minnie drehte den Kopf. »Was für eine Erpressung?«

Rothmann schnaubte böse. »Du hättest ihn eben nicht engagieren sollen! Es bestand von Anfang an die Gefahr, dass er was rausfindet.«

»Aber ich musste doch den Verdacht von mir ablenken!«, jammerte Fuchs.

»Es ist ja auch gar nicht Ihre Schuld«, beruhigte ihn Sonderberg. »Das mit den Fotos war nun wirklich nicht schwer zu erraten. Kerckhovens Besuche in der Roten Laterne. Der Koffer mit der Kodak darin, den Gregor in mein Büro geschleppt und anschließend wieder gestohlen hat.«

»Hnhnhn!«

Sonderberg nickte. »Genau. Dafür solltest du dich wirklich schämen, mein lieber Neffe!«

»Gnnnddhh …«

Rothmann lachte schallend. »Wer soll denn ahnen, dass dieser Kerckhoven so ein Schlappschwanz ist! Ihr Neffe hat geknipst, wie vereinbart. Aber auf den Fotos sind nur zwei Menschen, die miteinander *reden*. Ich frage Sie: Was sollten wir mit solchen Fotos denn anfangen?«

Sonderberg nickte. »Dabei war es so ein schöner Plan. Sie haben Gregor einen Haufen Geld versprochen. Dafür sollte er die Fotos schießen. Die hätten Sie dann Fuchs gegeben. Und der hätte Kerckhoven damit erpresst, das Gutachten umzuschreiben. Jetzt bleibt nur noch die Frage, wie der Stadtverordnete Eigler da mit drinhängt.«

Rothmann breitete die Arme aus. »Na, irgendwas musste ich nach dem Fiasko ja tun. Schließlich hatte ich Ausgaben, weil Fuchs mich leider überredet hat, mich in der Angelegenheit Kerckhoven zu engagieren.«

»Überredet?«, spottete Sonderberg. »Mit Geld, oder wie?«

»Ich bin eben Geschäftsmann. Mir doch egal, ob nun eine Brücke gebaut wird oder der Rhein durchstochen wird, aber Franz war da nicht ganz so gelassen, wie Sie sicher verstehen. Er bot an, mich an seinen steigenden Umsätzen zu beteiligen, wenn Kerckhoven die Rheinbegradigung durchsetzt. Tja, das war leider ein Schlag ins Wasser. Um meine Kosten wieder reinzuholen, habe ich also dem Eigler gesteckt, was Kerckhoven mir kurz vor seinem Tod verraten hat. Dass einige ehrenwerte Mitglieder der Stadtverordnetenversammlung ihr gesamtes Vermögen in die Grundstücksspekulation der Bahngesellschaft investiert haben. Deshalb wollten diese Leute ja auch unbedingt die Brücke und hatten nicht die Geduld, auf einen langwierigen Rheindurchstich zu setzen.«

Sonderberg lächelte mild. »Das erklärt auch, weshalb Eigler den Fall so schnell abgeschlossen wissen wollte. Er konnte auf einmal keine Ermittlungen mehr gebrauchen. – Ach, Gregor. Da bist du zwei sauberen Kerlen auf den Leim gegangen. Wofür hast du die vierzig Mark gebraucht? Um die Kamera abzuzahlen?«

»Hnhnhn!«

»Ich muss Sie enttäuschen«, erwiderte Rothmann an Gregors Stelle. »Der Stadtverordnete Eigler ist leider nicht der Einzige, der Schulden bei mir hat. Ihr Neffe stand ganz oben auf der Liste, und zwar mit einer hübschen, dreistelligen Summe! Diese verflixte Spielsucht – sie lässt einen einfach nicht los … Ich sagte Gregor, ich würde die Sache vergessen und sogar noch etwas drauftun – wenn Fuchs sein Ziel erreicht und der Rheindurchstich kommt. Tja, daraus wird jetzt wohl nichts mehr.«

Gregor warf sich auf dem Stuhl hin und her und starrte Sonderberg aus tränenden Augen an.

»Nehmen Sie ihm endlich den Knebel ab, Rothmann!«, verlangte Sonderberg. »Das ist ja unwürdig!«

»Bitte, wie Sie wollen … Los, Franz, nimm ihm den Knebel ab.«

Franz Fuchs machte sich mit mürrischer Miene an Gregors Hinterkopf zu schaffen. Kurz darauf spuckte Gregor das Tuch aus.

»Pfff! – Bitte, Onkel! Es war ein wirklich *übler* Betrug! Ich wusste nichts von der Erpressung! Das *musst* du mir glauben!«

»Und der Einbruch in meinem Büro?«, entgegnete Sonderberg verärgert.

Gregor blickte niedergeschlagen zu Boden. »Ich wollte dir die Kamera dalassen, wirklich. Aber dann kam Fuchs an und sagte, er wolle die Kamera zurück. Er war total sauer. Obwohl ich die Fotos ja schon entwickelt hatte.«

Fuchs schüttelte den Kopf. »Die Kamera ist ein Beweisstück! Wer ist schon so blöd und gibt ein Beweisstück an den einzigen Menschen in der Stadt, der in dem Fall ermittelt?«

Gregor senkte den Kopf. »Also musste ich die Kamera zurückholen. Ich schwöre dir, ich wusste nichts von alledem!«

Rothmann schüttelte den Kopf. »Ts, ts. Das Ganze ist wirklich eine ärgerliche Angelegenheit, die ohne Not eskaliert ist. Alles fing damit an, dass dieser holländische Käskopp sich albernerweise querstellte. Kerckhoven sollte in seinem Gutachten einfach nur vom Brückenbau abraten. Aus ›Sicherheitsgründen‹, so hatten wir es uns für ihn überlegt. Aber er schaltete auf stur.«

»Also haben Sie zu härteren Mitteln gegriffen«, schloss Sonderberg.

Rothmann hob die Arme. »Eine bittere, aber notwendige Maßnahme. Ich bin da recht leidenschaftslos und sachlich, solange mein Geld nicht mit drinsteckt. Was geht's mich an, ob der Rhein begradigt wird oder nicht? Von mir aus können die auch gern einen Knoten oder eine Schleife reinmachen!«

»Also ein heimtückischer Auftragsmord? Das wird dem Staatsanwalt nicht gefallen.«

Rothmann grinste selbstgefällig. »Mir scheint, Sie verkennen die Lage, Dr. Sonderberg. Sie werden dieses Haus nicht lebend verlassen – genauso wenig wie Ihr Neffe und Ihre Sekretärin!«

»Assistentin …«, schnappte Minnie mit zitternder Stimme.

»Sie scheinen ja alles genau überlegt zu haben«, sagte Sonderberg.

Rothmann nickte. »Der Plan ist ganz einfach. Johannes erschießt zuerst Sie, dann die werte Dame dort und dann Gregor. Wir haben genügend Waffen dabei, um es wie eine Tat im Affekt aussehen zu lassen. Ein hübsches kleines Familiendrama sozusagen.«

Sonderberg ließ ein leises Lachen hören. »Und wer soll Ihnen das abkaufen?«

Rothmann deutete mit beiden Händen auf seine Brust. »Mir? Aber ich bitte Sie! Mich wird doch überhaupt niemand fragen. Ich bin nie hier gewesen!«

»Genauso wenig wie ich natürlich!«, krähte Fuchs dazwischen und schlich an Sonderberg vorüber zur Tür. »Auf Nimmerwiedersehen, Dr. Sonderberg. Sterben Sie schön.«

Die Tür knallte hinter ihm ins Schloss.

Rothmann spuckte aus. »Pah. Er ist und bleibt eben ein Feigling.«

Minnie Cogner schlug die Hände über der Brust zusammen. »Wollen Sie das wirklich tun – einfach ohne jeden Grund drei Menschen umbringen? Haben Sie denn gar kein Gewissen?«

»Aber ich habe doch einen Grund«, gab Rothmann zurück und zückte seelenruhig sein Zigarilloetui. »Außerdem habe ich schon ganz andere Dinge getan. Da kommt es auf drei Leben mehr nicht an. Nun, Dr. Sonderberg – haben Sie einen letzten Wunsch, den Sie äußern möchten?« Er steckte sich einen Zigarillo an und hielt Sonderberg das Etui hin. »Ich weiß ja, Sie sind Nichtraucher, aber ich frage aus reiner Höflichkeit.«

»Natürlich habe ich einen Wunsch«, gab Sonderberg zurück. »Lassen Sie uns am Leben.«

Rothmann stieß ein hartes Lachen aus. »Der Fettwanst hat Humor, das muss man ihm lassen!«

»Nicht doch«, entgegnete Sonderberg. »Ich meine es nur gut mit Ihnen. Der Staatsanwalt würde es nämlich zu schätzen wissen, wenn Sie …«

Er wurde unterbrochen, als draußen Geschrei ertönte. Männerstimmen drangen herein, über die sich verärgerte Ausrufe von Fuchs hinwegschraubten.

Rothmann rannte zum Fenster. »Was soll das? Was ist da los?«

Sonderberg hob die Schultern. »Ich glaube, das ist Inspektor van den Beeck mit seinen Leuten, der gerade Ihren Komplizen Fuchs verhaftet.«

Rothmann warf den Zigarillo auf den Boden und stampfte mit dem Fuß darauf. »Sie lügen! – Johannes, Herman, legt sie um!«

Die beiden Gauner richteten die Waffen auf Minnies Brust.

Da ertönten die Rufe auch auf dem Flur. Die Tür wurde aufgestoßen, und van den Beeck erschien im Türrahmen, gefolgt von drei Uniformierten.

»Ah, da sind Sie ja, Sonderberg! Ich hatte schon Sorge, dass etwas passiert ist.«

»Keinen Schritt weiter!«, brüllte Rothmann.

Van den Beeck und die drei Polizisten erstarrten.

»Geben Sie auf, Rothmann«, sagte Sonderberg. »Sie sehen doch, dass Sie nichts mehr ausrichten können.«

»Niemals!« Rothmann zückte eine Klinge, und noch bevor Sonderberg oder die anderen reagieren konnten, hatte er Gregors Fesseln durchschnitten, riss ihn auf die Beine und drückte ihm das Messer an die Kehle.

»Aaaahhh … Onkel …!«

»Halt's Maul, du Memme!«, fluchte Rothmann, und an Gershwin gewandt fügte er hinzu: »Los, gib mir die Pistole!«

Dieser zögerte und warf einen Blick auf die Polizisten. Schließlich bückte er sich und legte die Pistole auf den Boden.

»Ha, du gibst also auf?«, brüllte Rothmann.

»Man muss wissen, wann es zu Ende ist«, murmelte Gershwin.

»Dann eben du, Steckler!«, schrie Rothmann. »Gib mir die Knarre!«

Steckler gehorchte widerwillig.

»Na also!«, rief Rothmann triumphierend, ließ das Messer verschwinden und hielt Gregor stattdessen die Waffe an die Schläfe.

»Onkel …! Hilfe …!«

»Bleiben Sie, wo Sie sind, Sonderberg! Oder Ihr Neffe muss dran glauben.«

Sonderberg schüttelte in purer Verzweiflung den Kopf. »Machen Sie keinen Unsinn, Mann! Der Einzige, der hier etwas bereuen wird, sind Sie.«

Er wollte einen Schritt auf Gregor zu machen, aber Rothmann trieb ihn mit einem Wink zurück. »Weg da! Los, Inspektor, machen Sie den Weg frei! Johannes, komm!«

Sonderberg trat Steckler in den Weg, der verdutzt stehen blieb. »Ihr Faktotum bleibt, wo es ist, Rothmann. Genauso wie Sie.«

»Ha!«, brüllte Rothmann verzweifelt. »Sie glauben wohl nicht, dass ich Ernst mache, wie?«

»Das glaube ich sehr wohl, aber Sie können uns nicht alle erschießen.«

Rothmann schnaufte und blickte sich gehetzt um. Sonderberg, Minnie, Inspektor van den Beeck und die Polizisten bildeten einen Halbkreis um ihn. Er wich in Richtung Fenster zurück. »Na schön! Wie Sie wollen, Sonderberg. Da haben Sie Ihren Dummkopf von einem Neffen!«

»Aaahhhh!«

Rothmann stieß Gregor geradewegs auf Sonderberg zu. Gregor stolperte über seine eigenen Füße und wäre um ein Haar zu Boden gegangen, doch Sonderberg fing ihn gerade noch auf.

»Auf ihn!«, befahl van den Beeck.

Aber da hielt Rothmann sich die Waffe selbst an die Schläfe. »Mich kriegt ihr nicht! Mich nicht!«

Er drückte ab.

Es klickte.

Rothmann starrte mit fiebrigem Blick in den Lauf der Waffe und drückte erneut ab. Die Pistole gab keinen Laut mehr von sich.

»Verdammter Mist!«

Sonderberg atmete aus. »Das ist der Nebel«, rief er erleichtert und gestattete sich ein zufriedenes Schmunzeln. »Der lässt schnell das Pulver feucht werden.«

Er ging auf Rothmann zu und nahm ihm, ohne dass dieser sich wehrte, die Waffe aus der Hand. »Das war's dann wohl. Führen Sie die Männer ab, Inspektor. Es ist kalt hier drinnen. Eine warme Zelle wird ihnen guttun.«

Van den Beeck gab seinen Leuten ein Zeichen, und Rothmann, Gershwin und Johannes Steckler wurden nach draußen geführt.

»Die drei werden so schnell kein Unheil mehr anrichten«, erklärte van den Beeck zufrieden. »Ich muss Ihnen wirklich ein Kompliment machen, Dr. Sonderberg. Ich hätte ja nicht gedacht, dass … also, dass … Ja, und Ihnen natürlich auch, Fräulein Cogner. Wirklich, ganz hervorragende Arbeit!«

Minnie musterte ihn mit hochgezogenen Brauen. »Und die Arbeit ist noch nicht zu Ende. Den Stadtverordneten Eigler und seine Mittäter können Sie gleich als Nächstes verhaften!«

»Den Stadtverordneten Eigler und seine …? Was …?«

»Das erklären wir Ihnen auf dem Rückweg«, unterbrach Sonderberg. »Vorher aber hab ich noch etwas mit meinem Neffen hier zu besprechen.«

Gregor stand wie ein Häuflein Elend vor ihm. »Onkel, bitte … Es tut mir leid. Ganz ehrlich! Das *musst* du mir einfach glauben!«

»Aber ich glaube dir doch, Gregor.«

»Ich konnte ja nicht wissen, dass… Wie? Du glaubst mir? Wirklich und wahrhaftig?«

»Wirklich und wahrhaftig!«

»Gott sei Dank! Und ich verspreche dir hoch und heilig, wirklich *ganz hoch und heilig*, ich zahle das Geld bald zu… zu… zuhurüüü….« Er wurde von einem Niesanfall geschüttelt. »Oh, Entschuldigung…«

»Gesundheit!«, rief Minnie.

»Ach, das Geld interessiert mich nicht«, fuhr Sonderberg Gregor an. »Was sind denn schon vierzig Mark! Viel schlimmer ist, dass du mich hintergangen hast!«

Gregor sah beschämt zu Boden. »Es sind aber nicht nur vierzig Mark …«

Sonderberg kniff die Augen zusammen. »Wie? Hast du etwa noch mehr gestohlen?«

Gregor richtete sich auf. »Gestohlen? Nein! *Sie* hat es mir gegeben.« Er zeigte auf Minnie und nieste. »Geliehen. Gegeben. Hatschi!«

Sonderberg drehte sich um. »Minnie?«

Minnie Cogner schlug die Augen nieder. »Na ja, ich dachte …«

»Minnie?! *Sie* haben ihm doch nicht etwa …!«

»Aber er brauchte es doch so dringend!«, platzte es aus ihr heraus. »Na ja, und da dachte ich mir… da dachte ich mir eben…« Sie stockte.

Sonderberg verdrehte die Augen. »Und was ist mit Ihrer Freundin? Dieser Elisabeth? Und ihrem Tanzpartner?«

»Es gibt keinen Tanzpartner«, beichtete Minnie, »und keine Hochzeit. Und kein Haus. Ihr Neffe tat mir einfach so leid …«

Gregor hob die Hand vor die Brust. »Ich werde alles abbezahlen! Ich schwöre es. Bis auf den letzten Heller! Ich werde … werde … Hatschi! … Hatschiiieee!« Er seufzte erschöpft. »Alles. Versprochen.«

Sonderberg blickte von Gregor zu Minnie und wieder zu Gregor und lächelte maliziös. »Nein, Gregor. Ich weiß etwas viel Besseres. Minnie? Ich glaube, mein Neffe hat zu lange auf dem nackten Steinboden gesessen. Er ist *schrecklich erkältet* …«

»Ja und?«, fragte Minnie arglos, als er nicht weitersprach.

»Na, Sie haben da doch dieses alte Hausmittel …«

Kapitel 36

in dem Sonderberg sich von Kathrinchen verabschiedet,
auf eine fantastische Idee kommt
und Minnie zuliebe auf seinen Mokka verzichtet

»Das ist wirklich schade«, sagte Katharina und gab einen tiefen Seufzer von sich.

»Du findest es schade, dass Herman Gershwin deine Greta nicht weiter belästigen wird?«, erwiderte Sonderberg, der glaubte, nicht richtig gehört zu haben.

»Ja.«

»Und dass du deinen Champagner in Zukunft wieder zu regulären Preisen an ehrlich zahlende Kunden verkaufen kannst?«

»Auch das ist sehr schade.«

»Und dass Rothmann seine gerechte Strafe erhalten und zusammen mit Fuchs, Gershwin und Steckler in den Knast wandern wird?«

Sie strich ihm über das Kinn. »Das ist die schlechteste Nachricht von allen. Ich könnte krank werden vor Gram. Weil ich jetzt weiß, dass dies wahrscheinlich vorerst dein letzter Überraschungsbesuch in meinem Haus sein wird …«

Sonderberg räusperte sich und lugte über die Schulter durch das Fenster. Auf der Straße stand der Landauer, den Philipp vor drei Tagen gekauft hatte. Philipp saß auf dem Kutschbock, den Oberkörper halb nach hinten gewendet, und sprach mit Minnie, die unruhig auf dem Sitz herumrutschte und immer wieder misstrauische Blicke zur Roten Laterne herüberwarf. Immerhin hielt sie sich an die Abmachung, die Sonderberg mit ihr getroffen hatte, und blieb in der Kutsche.

»Ach, das siehst du vielleicht zu schwarz, Kathrinchen«, murmelte er. »Wer kann schon wissen, was die Zukunuft bringen wird.«

Sie lächelte und gab ihm einen Kuss auf die Wange. »Vielen Dank. Für alles. Ich werde den Mädchen sagen, was wir dir schuldig sind.« Sie warf einen Blick aus dem Fenster. »Euch beiden.«

Er lächelte zurück, und es war für einen Moment wie vor vielen Jahren, in einem kleinen Zimmer auf dem Dachboden im Osten der Stadt. »Ich danke *dir*, Kathrinchen. Für alles, was zwischen uns war.«

Er nickte ihr ein letztes Mal zu und trat auf die Straße. Katharina blieb im Türrahmen stehen und beobachtete, wie er den Landauer bestieg und Philipp ein Zeichen gab.

Die Pferde trabten an.

»Was hat sie gesagt?«, fragte Minnie und nickte mürrisch zur Madame herüber, die schmunzelnd die Hand hob. »Jetzt winkt sie auch noch. Wie aufdringlich.« Minnie lächelte zuckersüß und winkte zurück. »Also. Was hat sie gesagt?«

»Nichts«, entgegnete Sonderberg. »Nur danke.«

Minnie schaute ihn zweifelnd an. »Sie werden rot, Dr. Sonderberg.«

»Wirklich?« Er blinzelte in die Mittagssonne. Die Luft war eiskalt und kristallklar. »Das muss an der Kälte liegen. Dabei fühle ich mich gut. Ich glaube, Ihre heiße Milch hat endlich geholfen. Wenn wir zu Hause sind, würde ich aber trotzdem lieber wieder einen Mokka trinken.«

»Ich habe nichts dagegen. Wenn Sie danach das Büro aufräumen. An der Schrankwand hängt ja immer noch diese Zeichnung, wissen Sie? Und die Bücher liegen auf den Stühlen herum.«

»Hm. Ich fand die Zeichnung eigentlich sehr praktisch.«

»Ja, schon, aber jetzt brauchen wir sie ja nicht mehr.«

»Vielleicht sollten wir in Zukunft bei unseren Fällen regelmäßig solche Zeichnungen anfertigen. Ich könnte ja mal beim Generalanzeiger nachfragen, ob man uns eine Rolle Zeitungspapier überlässt. Von dem restlichen Geld aus Ihrem Gewinn könnten wir dann … Wie viel ist denn davon noch übrig?«

»Mit oder ohne die neue Kutsche?«

»Ich dachte, die Kutsche wäre kostenlos.«

»Ja, in der alten Ausstattung. Aber mit diesen herrlichen Ledersitzen …«

»Ein bisschen was wird ja wohl noch da sein. Genug jedenfalls, um ein Flipchart zu kaufen.«

»Ein was?«

»Ich meine so ein Gestell mit einem großen senkrecht aufgestellten Brett darauf. Eine neue Erfindung aus Amerika. Da können wir dann das Zeitungspapier aufhängen, und jedes Mal, wenn ein Fall gelöst ist, blättern wir das alte Papier nach hinten über.«

»Und das heißt Fl… Fli…«

»Flipchart. Das ist englisch. Für Umblätterdiagramm.«

»Wieso nennen Sie es denn dann nicht Umblätterdiagramm?«

»Ach, das habe ich doch nur so dahergesagt. Wir können es auch ganz anders nennen.«

Die Kutsche ratterte die Ratinger Straße hinunter. Sonderberg lehnte sich zurück und schloss die Augen. Er dachte daran, dass dritter Advent war. In den Straßen herrschte eine feierliche Stille. Vielleicht doch kein Mokka, vielleicht doch lieber Tee. Minnie zuliebe. Mit Zimt. Immerhin hatten sie bald Weihnachten.

»Andererseits«, überlegte Minnie, »Flipchart ist kurz und knackig. Und es klingt lustig. Wer weiß, vielleicht wird es sich sogar durchsetzen. So wie Chauvinismus …«

Sonderberg hielt die Augen geschlossen. »Ein englisches Wort? Hier in Deutschland? Nie im Leben.«

Irgendwo im Westen, über dem Rhein, kam ein Lüftchen auf. Der Himmel strahlte kristallblau.

Minnie legte den Kopf schräg. »Haben Sie schon daran gedacht, dass heute der dritte Advent ist? Was halten Sie davon, wenn Sie auf den Mokka verzichten, und ich setze einen Tee auf. Mit Zimt.«

Sonderbergs verschränkte die Arme hinter dem Kopf. »Wir haben ja noch Zeit, bis wir zu Hause sind. Ich werde es mir überlegen.«

Danksagung

Der Autor mag mir verzeihen, wenn ich hier an seiner statt das Wort ergreife. Minnie ist wieder einmal einkaufen (ich hoffe, diesmal wirklich), da bleibt mir Zeit, mich in einigen Zeilen zu bedanken.

Die Lösung dieses Falles wäre ohne Kathrin Nick und die weiteren Mitarbeiter des Droste-Verlags nicht möglich gewesen.

Natürlich ist es ungewiss, ob sich jemand im fernen Jahr 2011 noch an die heutige Zeit erinnern wird. Die Detektei wird vermutlich längst vergessen sein, ebenso wie meine Person (und wohl leider auch alle Freunde und Bekannten, die mit mir gelebt haben). Sollte es anders kommen, so dürfte dies Andrea Trudewind aus dem Düsseldorfer Stadtarchiv zu verdanken sein. Sie hat Dennis Ehrhardt zum Beispiel über den »Mulvany-Plan« in Kenntnis gesetzt, der in einigen Jahren – genauer gesagt 1889 – die Düsseldorfer Politik beschäftigen wird. Der Unternehmer und Funktionär William Thomas Mulvany hat schon 1883/84 seine Vision eines Rheindurchstichs von Heerdt nach Niederlörick den Mitgliedern einer Strombaukommission vorgestellt. Der Durchstich werde die Hochwassergefahr für Düsseldorf verringern und außerdem den Bau eines neuen großen Hafens ermöglichen. Die Reaktion war verhalten. 1889 aber wird das Thema noch einmal auf den Tisch kommen, wenn der Oberkasseler Porzellanfabrikant Louis Hermann ebenfalls einen Plan für einen Rheindurchstich entwirft. Natürlich wird er sich des Vorwurfs erwehren müssen, von Mulvany abgekupfert zu haben (und von Franz Fuchs, aber das bleibt unser kleines Geheimnis). Am 4. Juni 1889 schließlich wird die Stadtverordnetenversammlung das Projekt aus finanziellen Gründen ablehnen. Eine weise Entscheidung, wie ich finde.

Zurück zur Danksagung: Ein anderer Gefährte im Kampf gegen das Vergessen ist ebenfalls noch nicht geboren: Wolfgang Krämer wird im Jahr 1958 eine Examensarbeit »Über die Verfassung und Verwaltung der Stadt Düsseldorf von 1856-1914« vorlegen. Diese Arbeit wird für den Autor eine wichtige Quelle darstellen, um die heutigen Verhältnisse des öffentlichen Apparates korrekt wiederzugeben.

Zu guter Letzt geht mein Dank, auch im Namen des Autors, an Diana Steinbrede. »Hand aufs Herz, lieber Dr. Sonderberg«, so hörte ich Herrn Ehrhardt kürzlich flüstern, »ich glaube nicht, dass es eine bessere Lektorin für Ihre Abenteuer gibt.«

Dieser Meinung schließe ich mich an.

Zum Abschluss noch ein Hinweis in eigener Sache. Ich gebe ihn mit zwiespältigen Gefühlen, da ich – früher grundsätzlich, heute zumindest in Grund*sätzen* – etwas gegen Tagebücher und ähnliche Notizen habe, welche das Belanglose glorifizieren und das Wertvolle, Besondere zu einer Randnotiz verkümmern lassen. Seit ich Minnie kenne, denke ich allerdings etwas anders darüber. Wir haben deshalb einen Kompromiss geschlossen. Ich schreibe kein Tagebuch, sondern habe mir einen Blog zugelegt. Was das genau ist, weiß ich nicht. Da müssen Sie Minnie fragen. Sie interessiert sich ja für allerlei technische Neuerungen und hat kürzlich sogar überlegt, ein Fahrrad anzuschaffen. Ich weiß nur, dass man in einen Blog etwas hineinschreiben kann. So wie in ein Tagebuch. Nur ohne Papier und Tinte. Ich habe in diesem Blog einige Notizen, zum Beispiel zum Fall »Jägerhof« und zum Fall »Kerckhoven«, abgelegt sowie zu einigen weiteren Fällen, die die Detektei im Laufe der Jahre zu bearbeiten hatte. Natürlich nur das Wichtigste. Das Unsinnige und Banale soll weiterhin dem Vergessen anheimfallen. Sie finden meine Aufzeichnungen bei Interesse im sogenannten – Minnie hat mir den Namen aufgeschrieben – im sogenannten »Internet« unter **http://www.sonderbergundco.de**. Über Ihr Interesse, einen Blick in dieses Internet zu werfen, würde ich mich freuen.

Höflichst und mit den besten Grüßen

Ihr ergebener
Friedrich Sonderberg — Düsseldorf, Dezember 1886

Wenn Sie wissen wollen wie alles begann:

Sonderberg & Co. und der Mord auf Schloss Jägerhof

Teil I der historischen Krimireihe

Gleich im ersten Band bekommt es Dr. Friedrich Sonderberg mit einem kniffligen Fall zu tun: Im Hofgarten bei Schloss Jägerhof entdeckt er eine Mädchenleiche. Alles deutet auf einen Unfall hin, doch Sonderberg ist skeptisch. Unterstützt von seiner resoluten Nachbarin Minnie Cogner stellt er Nachforschungen an. Die Spuren führen in das reiche Fabrikantenmilieu … Mit Witz, Charme und Kombinationsvermögen ermittelt das ungleiche Duo im Dunstkreis ehrenwerter Gesellschaft.

256 Seiten, Taschenbuch, ISBN 978-3-7700-1386-9
Leseprobe unter www.drosteverlag.de

»Originelle Figuren und flotte Dialoge« *ekz*

DETEKTEI
SONDERBERG
& CO.